U0745597

盗墓笔记
【一部五十年前发现的千年古卷】【相当好看的盗墓小说】
四川文艺出版社
南派三叔 著
邛笼石影
7

图书在版编目（CIP）数据

盗墓笔记 . 7 / 南派三叔著 . — 成都：四川文艺出版社，2022.4（2025.10 重印）
ISBN 978-7-5411-6189-6

Ⅰ . ①盗⋯ Ⅱ . ①南⋯ Ⅲ . ①长篇小说–中国–当代 Ⅳ . ① I247.5

中国版本图书馆 CIP 数据核字 (2021) 第 214936 号

DAO MU BIJI .7

盗墓笔记 . 7

南派三叔　著

出品人　冯　静
特约监制　孟　祎　舒　以　王传先　谢梓麒
责任编辑　陈润路
责任校对　段　敏

出版发行　四川文艺出版社（成都市锦江区三色路 238 号）
网　　址　www.scwys.com
电　　话　010–82068999（市场部）　028–86361781（编辑部）

印　　刷　河北鹏润印刷有限公司
成品尺寸　166mm × 235mm　开　本　16 开
印　　张　17　字　数　300 千
版　　次　2022 年 4 月第一版　印　次　2025 年 10 月第二十四次印刷
书　　号　ISBN 978-7-5411-6189-6
定　　价　49.80 元

邛笼石影

盗墓笔记
柒

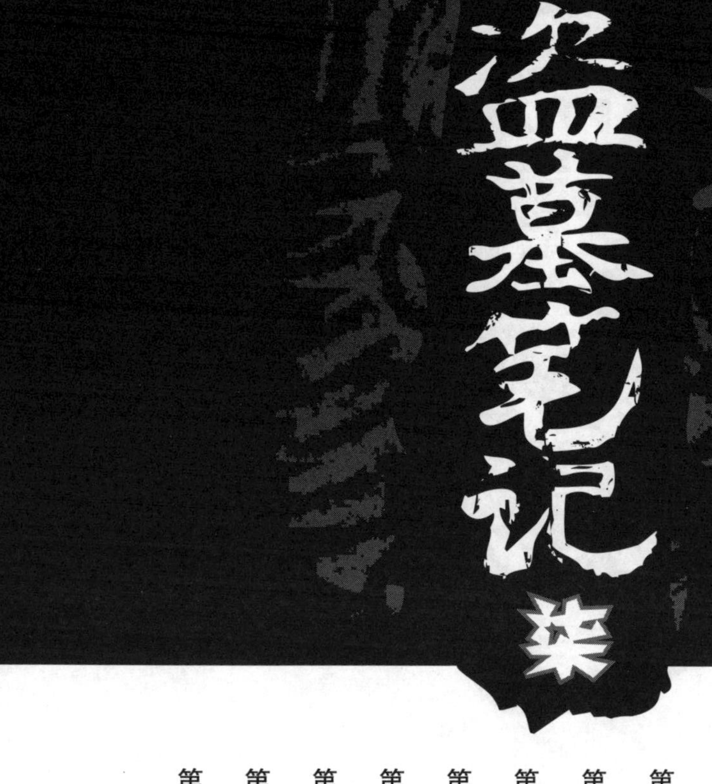
盗墓笔记
柒

盗墓笔记
柒

盗墓笔记
柒
邛笼石影

第一章 · 拍卖

我的地头是江浙，说实话，在北京城碰到熟人的机会真不大。这会儿脑子一卡，愣没想起这人是谁，只是条件反射地露了个微笑。那人显然和我一样，停了下来，带着非常意外和迷惑的表情看着我，也笑了笑。

胖子诧异地两边看，一路过来他都自诩为地头，我们都是跟他混的样子，显然他没想到我会在这里被人认出来。

然而，两厢对望着淫笑了半晌，谁也没认出谁来。说实话，我只是看着他眼熟，觉得好像在哪儿见过，但是仔细一回忆，我单纯觉得他眼熟，仅此而已。

这种事情以前发生过。以前我们圈里有一姐们儿，人称六姐，经常上报纸的鉴宝和古趣专栏，我并不认识她，只在网上看到过她的照片。后来在聚会的时候见到那人，我愣说在哪里和她吃过饭，但就是想不起来，最后搞得她老公一脸愠色。

不过这位仁兄，怎么看也不像是经常上报纸的样子，那种眼熟的感觉，似有似无，我甚至都没法肯定。

两个人在那里嘚瑟了一下，实在想不起来，都有点尴尬。那老伙计就觉得好笑，老北京人猾，什么世面他都见过，给我们打了个圆场："二位小爷都是贵人多忘事，别是在咱这儿打的照面儿？那别着急想，挡着电梯口，到里面温碗奶子，指不定两位见到熟人，一下就全想起来了。"

老伙计说着就把对方往里请。对方摇摇头好像觉得很不可思议，还意犹未尽地看了我一眼，才转身走进内厅，走了几步又看了看我。

接着那老伙计又来请我们，把我们请向另外一个方向。这是老江湖了，目的是让我们和那家伙坐得远点。是他领的座位，什么礼貌啊、忌讳啊，都说得过去。真想不起来也就算了，想起来了，发现原来是债主或是杀父仇人什么的，也不会立即打起来。

四九城皇城脚下，明里的、暗里的，什么规矩都得做足，因为人不可貌相，谁也不知道对方的底细，做得七分奉承、三分原则，才能立于不败之地。当官如此，当服务员亦是如此。

我进了内厅，就发现这果然是个戏园改的饭店。厅有两层，下面一层是散座位，上面一层是雅座，中间镂空两层的层高，戏台在中间，看得出不只是唱京戏，平时多的可能是些曲艺的节目。这儿很多老北京人很喜欢在这种环境下听听这些传统的东西，当年是满街几文钱想听就听，现在变成新"贵族"才能经常享受的乐趣了。

如今这戏台已经被清空了，上面在布置着什么。胖子瞄了一眼，吆喝了一声："赶得早不如赶得巧，看样子今天有拍卖会。"

"拍卖会？拍卖什么？"我好奇道。

"这地方还能拍什么？这里是北京城文玩清供最高端的地方，和这儿一比，香港佳士得就是一地摊！"胖子咧咧嘴，"不过这儿是大宗的东西，而且，一般市面上见不到，咱们只能闻闻味道。我估计这

霍老太太今天也是来参加拍卖会的，见咱们那是顺便，搭上的，免得耽误她其他事情。”

我听着他讲话的腔调都变了，一嘴巴京片子，刚才进门的时候还没有。我自己也是，舌头总觉得不利索。我心说，这房子和这里的伙计气场真强。主要是这里一进来就是老北京的味道，你不知不觉就入了戏，被人一捧就真把自己当成北京城里的纨绔子弟了。这恐怕也是学问，等下拍卖一开始，被主持人京片儿一抬一捧，估计不想举的手都会忍不住举起来。

三个人被带到临窗的位置坐下。我下意识地望了望，那“粉红衬衫”直接往楼上去了，看样子和我们档次不同。胖子就问我：“你跟他怎么回事？一见钟情？”

我摇头，也想不出个所以然来，这人我到底是在哪儿见过的呢？我回去得好好琢磨琢磨。一边的胖子点了最便宜的茶水，也要一千八百元一壶，还带百分之十的服务费，胖子一杯喝个底朝天，说这根本不是茶，简直是杨贵妃的口水。茶叶渣等下都得打包带回去泡在酒里。

闷油瓶不动声色，俨然一个非常称职的保镖，但是不知道为什么，我越看越感觉我们三个像哪一个大老板的马仔。

我们在那边一边聊天一边等，不知不觉就嗑了三盘瓜子，还好瓜子是免费的。门口进来一拨又一拨的人，看着看着，我发现胖子的脸上有点不自在，老是走神，眼睛瞟到其他地方去。我看着奇怪，问他怎么了。他道：“我靠，今儿个有意思了。”

“有什么意思，看到美人了？”我问道。心说我只看到几个中年妇女啊，虽然保养得都可以。

他说着用眼神给我扫了一下上面的包厢，和下面散桌的几位：“你知道我刚才看到谁了吗？”

“谁？”

“琉璃孙。”胖子轻声道。

“琉璃孙是谁？”我没印象。

“你没在北京混，不知道。这是个大家，家里在海外开着投资公司呢，以前倒腾琉璃珠的，后来不知道怎么闹大发了，成了爷。这家伙家里全是宝贝，普通的东西他完全看不上，要有真的极品才会出来。在北京城，他就是一风向标，他出现在哪个拍卖会，就说明哪里有好货。我靠，算起来他有两三年没出现了，怎么到这儿来了？”胖子都坐不住了。

我被胖子说得也有点心痒痒，转头看去，但见那琉璃孙足有六十岁了，花白的板寸头，手里玩着两颗核桃，健步如飞地上了二楼。我不由得就对二楼有了点向往。

胖子继续道：“你别说，刚才我一路看过来，都是这行里的大家。咱们来对了，今天估计有好戏看，说不定还是百年难遇的。不成了，你胖爷我顶不住了，我得找本拍卖手册，看看今天到底拍卖什么宝贝。”说着他就要起身。

我刚想提醒他我们的正事不是看热闹，一边的伙计就走了过来，轻声道：“三位，霍老太来了，你们楼上请。”

第二章 · 霍霍霍霍

伙计说着就做了一个请的手势，弓着身子，姿势非常恭敬，但是表情非常正，看不出一丝献媚。做完手势他就不动了，站在那里，这是逼着我们没有商量思考的时间，必须立即起身过去。

我和胖子对视了一眼，心说我靠，刚才一路看着门口，没有看到什么老太太进来。看样子这老太太早就在二楼了，掐着时间等我们上来，说不定我们在这里的一举一动她都看在眼里了。

我不知道在哪儿听过，好像这是一种江湖伎俩，目的是挫我们的锐气，不由得心里不太舒服。虽说我只是一个二世祖的小老板，但是怎么说，在家族中我是长孙，在三叔的铺子里我是小三爷，从来人家对我都是毕恭毕敬的，没人敢这么对我。想着，不由得我腰板就直了直，心中有点不服气的成分。

胖子自然也是心中不爽，脸色立即拉了下来，把小一号的西服抖了抖，给闷油瓶使了个眼色："小哥，整好队形，咱俩好好给天真同志嘚瑟一下。”三个人站起来就昂着头跟着那伙计往楼梯口去了。

比起一楼，二楼有一些西洋的装饰，这也是老北京的特色，中西结合。上面全是隔间包房，一边对着中央的戏台，是吃饭和看戏的台子；另一边对着街的，全是自动麻将机。

我们顺着环形的走廊走了半圈，来到一个巨大的包厢门口。那包厢的门是雕花的大屏风门，比这酒店的大门还大，两个穿着休闲服的年轻人立在门口，站得笔直，看着很像当兵的，门楣上是榆木的雕牌，叫作“采荷堂”。

“菱茎时绕钏，棹水或沾妆。不辞红袖湿，唯怜绿叶香。此屋名取自刘孝绰的《遥见美人采荷》。”

服务员好像说绕口令一样把诗念了出来，说完几乎没停，跟着说了句“三位，就是这里，请进”，就立即离开了。

我心说这服务员心思极其缜密，刚才请我们过去，毕恭毕敬让人不好拒绝，那是因为必须逼我们立即起身赴约，延误了或者请不来我们，他不好交代。他把我们送到了立即走，因为不知道接下来会发生什么事情，以最快的速度离开，什么都不会看见、听见，少了很多是非。

这都是复杂场子混出来的人的特征，已经成了他们的习惯，看样子这个场子里的人成分非常复杂。

思索间，门口的两个人已经把门打开，里面有三四层珊瑚珠帘子，我们撩开进去，立即闻到了一股藏香的味道。藏香是佛教用品，也有养生的功效，看样子主人的品位很高。

里面是一个很大的空间，吊高的天花板，上面是水晶的吊灯，铜色的老吊扇，四周的廊柱都是雕花的铜绿色荷花。下面一张大圆桌，坐了七八个人在吃饭，能看到戏台的地方现在摆了一张屏风，暂时挡了起来。

我们一进来，那吃饭的七八个人都停了下来，看着我们。我们看到有两个中年女人、三个小孩子，还有几个中年男人。我的注意力自然放在那两个女人身上，但是一眼看过去，我就发现她们不是霍老太，因为虽说是中年，但她们也太年轻了。

我和胖子与闷油瓶互望了望，都不知道这唱的是哪一出。难道霍老太上厕所去了，还是故意再压我们一下，那这架子摆得也太大了，又或是这老太婆和麦当娜一样，拉了皮？

想着对方是老太太，我也就忍了，看着他们就道：“请问，霍婆婆在吗？”

刚问完，就听到屏风后有人说话：“这边。”

声音听起来很纤细的感觉，我愣了愣，又想去看胖子，胖子就推了我一把，轻声道：“兜着点儿，别老看我，我现在是你跟班。”

我一想觉得也是，看来胖子是准备入戏了，我也心中默念了几下：“我是黑社会，我是黑社会，老子走路带风，老子走路带风。”这是心理化装，还真管用，脚底一热，我真的感觉自己的底气足了足，就昂首迈向屏风之后。

说实话，我还是有点紧张的，但是这种紧张和在古墓中的又不同。很难说那是“紧张”还是“没底”，因为，我到底不是混这种场面的人，我根本不知道自己应该如何表现，只能以自己心里的那种“嚣张”去应付。

几步之后，我就看到了屏风后的人。后面的空间其实也很大，我看到一张小根雕桌子，上面是茶具，就座的有三个人，我立即看到了一个满头银发的老年女人正在喝茶。她穿着紫色的唐装，脸色雪白。

这种白并不病态，如果是在少女身上，是非常惊艳的，我想起的词语就是“赛雪”，但是，在一个老太太身上，而且上面没有一点老人色斑，完全的白色，白色的皱纹，银色的头发，第一感觉就是出了一身冷汗，感觉这老太太是玉石雕出来的。

只有那眼珠是黑色的，所以非常突兀，她一眼看向我们，我也不由自主地看向她的眼睛。那一瞬间，我几乎以为自己看到了一只禁婆。

旁边两个一个是年轻女孩子，另一个是中年妇女，看都没看我们，自己在轻声聊天，看不清楚样貌。两个人也非常白，但是这种白在她们身上就非常舒服，特别是那个年轻的女孩子，侧脸看来，脸色和五官非常精致和清纯，气质如玉，但是又隐约感觉有一股媚意，很是舒服。

我一时间被这情形弄得反应不过来，胖子在后面又捅了我一下，我才回神，立即笑道："霍婆婆，我是吴邪。您好，没打扰您休息吧？"说着我伸手想去和她握手。

这是我谈生意的习惯，一伸出去才意识到不对——这样招呼太市侩了，立即把手缩了回来，顺势弄了下自己的头发。

那动作一定非常傻，我心中暗骂，却故作镇定。老太太上下打量了一下我，喝了口茶，漠然道："果然和吴老狗有点相似，别人和我说，我还不信，原来这条臭狗真没绝后。"

我苦笑，心说这话一听就冒着酸气。难道她真的跟我爷爷有过一腿？这话也不知道怎么接，我只好傻笑。

老太太继续看着我，看我不回答只知道笑，就叹气道："笑起来就更像了，看样子也不是好东西。"说着，她喝了口茶，也没叫我坐下，问道，"你那份东西到底卖，还是不卖，想好没有？这么简单的事儿，干吗非得见我？难不成，是你奶奶让你来会会我，看看我这个老朋友老成什么样了？"

哎哟喂，我心说这口酸气吃得，都酸得冒泡了。爷爷，没承想你看上去土不拉叽的，年轻的时候还真有点"往事"。

同时我感觉有点不妙。这好像不是茶话的语气，怎么也不让我坐下，难道想让我说完就离开？这显然没把我当客人。而且这么一问，我怎么回答啊？这完全是跨越时空的争风吃醋，而且起码是半个世纪的陈醋了，也不知道我爷爷奶奶和她之间到底发生过些什么事情。不过这霍仙姑也真是太长情了，怎么这时候还惦记着。

我挠了挠头，用力想了想，才道："您别误会，我就是冲着咱们的买卖来的。我奶奶，您还真别说，我都好久没见她老人家了，爷爷去世之后，她一直在老家足不出户。”

“那是她眼光差，嫁了个短命鬼。”老太太冷哼了一声，“你说谈买卖，那你是准备交货了，还是想再讲价？”

我思索了一下，应该怎么说呢，是开门见山，还是再套会儿话？我转念一想，这老太太如果真有心刁难我，话多了恐怕夜长梦多，等话说臭了再想转回来就难了，不如直接切入正题，显得我干净利落。

我立即道：“其实那东西对我意义不大，我只是想知道，为什么您会出这么高的价钱买它，因为，我正在查一事情，可能和这层情况有关系，您要是告诉我，我这东西就白——”

我还没说完，胖子就在背后推了我一下，以非常轻的声音含糊道：“有钱不赚猪头三。”

我愣一下，一想觉得也是，那不是笔小数目，我这几次下地净赚生产率了，啥也没捞着。这算是意外之财，拿了能解决不少事情，至少我铺子的水电费能平了，于是立即改口道：“——白白净净地给您送过来。”

老太太看了看胖子，不知道有没有听到，不过她没说什么，只道：“你想知道这样式雷里画的房子，是什么东西？”

我点头：“就是，挺简单一事儿。”

老太太往椅子里缩了缩，想了想：“行，我能告诉你，不过，不能由你来问，你让你奶奶来问我。”

我愣了一下，我靠，这叫什么事？我立即道：“婆婆，咱不开玩笑，这事就不用惊动我奶奶她老人家了吧。”

“开玩笑？你打听打听，我霍仙姑做买卖，从来不开玩笑。我和你奶奶是发小儿，几十年了，她也没来看过我一眼，窝在杭州那鬼地方。我让她来看看我，这叫什么玩笑？”她正色道，“这事就这么着了，你回去，和你奶奶商量商量，你奶奶要是不肯出面，我估计你这事也不会是什么正经事，你趁早歇了吧。走吧，你奶奶不来，你也不用来见我，你那东西，我是喜欢，但是我老太婆也不缺这么一件。”

我一听就不知道怎么办了，心中有点郁闷，但是又上不去火，只能怨我爷爷是劈腿了还是怎么的，给我留这么一祸根子。我心里非常清楚，这老太太不是省油的灯，她这是早就想好了要呛我一下，甚至她答应见我，可能也是出于这么个原因。

这老太太的戏谑脾气就是倚老卖老，以长辈来压我，以前肯定是个辣妹，确实是我爷爷喜欢的路数。

我想了想，完全拿这种场面没辙。一老太太在你面前耍赖皮，你能有什么办法？我急得直冒汗，眼睛不由自主地看胖子，胖子却给我使了个眼色，像是不吃她这一套，轻声道："她赖皮，你也赖皮，先坐下再说。"

我一听觉得也是，心一横，啥脸皮都不要了，在老太太面前的凳子上坐了下来。

老太太的眉头皱了起来，我心中紧张起来，但是嘴上也不服输，道："婆婆，这事情对我很重要，您不能这么耍我。您要这么耍我，那我也赖了，我们三个待会儿就跟着您了，您要回家，我们就跟去您家，反正您去哪儿我们跟到哪儿。"

说着我抬头看她的反应，一看却觉得不对，老太太的脸色忽然有点难看，根本没理会我的说辞，立即质问我道："谁让你坐下来的？站起来！"

我一愣，为之语塞，没想到她会翻脸。但是既然决定要赖了，我也不是半途而废的人，我立即摇头："您要不答应我，我就不站！"

"阿雪，叫小张、小黎过来，把这几个臭流氓给我拉出去。"老太太一下就发火了。

我感觉她火得莫名其妙的，但是此话一出，那中年妇女和小女孩都看向了我们。小女孩看了看老太太，就站了起来，显然是想找人过来。胖子立即想起自己的职责，上前一步道："怎么着？我家少爷坐你们个破凳子你们还有话说？这凳子有啥蹊跷，坐着放屁能是香的？老太太，

咱们这是21世纪了，法律不惩罚赖皮鬼。您要是找人撵我们，这做派就差了，我少爷敬老，我可真是臭流氓，等下拉扯起来，把这地方砸了，恐怕对您的声誉也不好。要是伤到您，那就更不好了，您说是吧？”

那小女孩冷笑了一声，道：“你们懂个屁，这可不是你们想坐就能坐的位置，坐了有什么后果，你——”

老太太忽然一摆手，阻止了小女孩说下去。我看着她脸色逐渐缓和下来，取而代之的是一种很难形容的表情。她冷冷道：“让他们坐，他们想坐，就让他们坐。”

我看她的表情，心中忽然有股不祥的预感，心说难道这凳子下有个弹簧，等下会把我弹出去？我心里又一想，不对，不能这样，这话还没说就走偏了，我来这儿是有正事的，能忍还是忍一会儿。我想着如何把气氛缓和下来，道：“婆婆，我可真是说到做到，您行行好，就别耍我了。您和我奶奶的恩恩怨怨，我哪知道啊？要是我爷爷做了啥对不起您的事情，要不您抽我几巴掌？”

老太太没看我，只是看了看表，对我道：“行啊，我也怕了你，吴家少爷。不过你先别问，你现在问，我什么都不会说，你坐在这儿，一直坐到四点半，如果你坐得住，我就不难为你了。”

“坐这儿？”

“对，就是单坐这儿，别急，我肯定你不会无聊的。”老太太道。她看了看楼下，忽然我们听到一阵摇铃声从楼下传了上来。

我忽然有了一股更加不祥的感觉。老太太看也不看我，而是把脸朝向楼下的台子。接着，整个楼的窗帘一扇一扇被拉上了，一下四周全暗了，中央巨型吊灯一下打开，瑰丽的光影攒动，那些老旧的器具、地毯、窗帘在这种光线下，一下子变得非常昏黄华丽。

接着下面的人就开始躁动，边上的小女孩发出一声欣喜的叫声，问老太太道：“开始了吗？”

老太太点点头：“开始了，你看着，今天咱们有好戏看。”

第三章 • 收藏界的盛宴

看着下面的戏台上开始被摆上桌子和展示台，我立即知道刚才在下面的告示上看到的拍卖会应该是要开始了。忽然暗下的环境和嘈杂的人声让我有点心虚，看了那老太婆不阴不阳的表情，我预感到自己可能干了什么蠢事，而且事情肯定和这拍卖会有关系。

脑子里仿佛有电光闪过，但是一时之间我领悟不出其中的蹊跷，只觉得屁股下的凳子好像有点长刺，让我开始难受。

自尊心让我故作镇定，但是我相信以我的定力在这老江湖面前很难完全隐瞒，可是此时不隐瞒还不如站起来认服离开。我心中很是矛盾，想了想，也只能硬着头皮等下去了。

我看了看胖子壮胆。胖子也有点忐忑不安，这儿不是他的地头，看样子他也心虚。不过我转念一想，刀山火海我们都闯过来了，这儿能发生什么事情？最不济被人赶出去，总不会掉脑袋。

想到这一点我立即放松了下来，朝老太婆一笑，心说你太小看我了，我怎么也算在生死线上来回过好儿遍了，这点场面不算什么。于是我端坐着，专心看下面的情况。

戏台上很快被搭了拍卖台和展示底座，一个工作人员模样的人上台拿着话筒调试，还有人在调试灯光。这些人都穿着服务员的制服，看样子不是拍卖公司做的，应该如传闻一般，是属于私人的内部拍卖会，行内的大家玩的场子。

胖子刚才在等的时候和我说过，这儿的拍卖会最特别的地方，就是不认什么专家学者，讲的是眼力和人脉。因为这儿拍的大部分东西，都没法估价，甚至根本没人见过，你出多少价不讲一个基准，你感觉这东西能卖个五百来万，但对方的渠道能找到肯出一千万的主儿，你就一点办法也没有。

换种说法，你要在这儿玩儿，首先你得知道拍的是什么东西，然后知道能值多少，才能开口。那需要在极短的时间内做出决策，所以，可以说这儿是北京玩古玩的玩得最令人心跳的地方。

而且，最可怕的是，这地方也能买到赝品。你得自己是个拿得起眼力活儿的大家，因为能混到这地方的赝品，也许已经超出赝品的范畴了。用流行词汇来说，就是一种叫作“原单货”的东西，这还是新近网络上的概念，就是这批货是正品工厂生产的正品，但是没有出货，而是工厂绕过了品牌商自己出售。于是出现了质量、细节和正品一模一样，但不是正品的尴尬东西。

当然，收藏界里的原单货并不是古代工厂的尾单，而是现代仿冒者用极端高超的技术复制出的和真品完全一样的东西，这东西绝对是赝品，但是你通过任何鉴定方法都找不出它的破绽。在现今的古董界已经出现了这样的东西。这种东西，其成本也是十分惊人的，可能做一千个也只能成一个，所以必然会想办法让这一个极品实现利润最大化。所以，它必然会出现在最高端的市场上。

要分辨这种赝品几乎是不可能的，唯一的办法就是靠直觉：一个是对卖家的直觉，这人的神态和心理细节是否有鬼；另一个是对这类古玩的第六感。另外，也有少数大家能通过一些艺术性上的细节来判断，比如说青花瓷，整个瓷器完美无缺，但是一些艺术家能从青花的笔法上看出问题，毕竟古时候的瓷器名家上青花釉的功夫，那种神韵是现在的工笔师傅模仿不出来的。但是，这方面的问题往往很难成为佐证，因为艺术品的好坏是见仁见智的。

总之，这里的拍卖会可以说是长见识的顶级盛宴，啥情况都有可能发生，啥东西都有可能出现。而这一次胖子看到了几个收藏界的帝王人物，加上霍老太太也在这儿，显然都是苍蝇闻到腥味了，这儿肯定有啥了不得的东西。想着我不由得也有点兴奋。

很快，下面的嘈杂声越来越大。设备调试好了，一个穿着旗袍的女司仪试了试音，就对着四周说道："拍卖会马上要开始了，闲杂人等请退场，我们马上要关门了，场内保持安静，服务员可以开始分发拍卖名册和打手印了。"

女司仪长发披肩，看得出腰非常细，腿非常长，穿着旗袍很有贵妇的感觉，这种质量的美女在这里当司仪，更让我感慨。我记得我爷爷以前老家门上的两个门环，是宋代的鎏金狮头门环，这两个门环和其他门环不同，它们是雕刻成蟠螭的环状古玉，而且是双层的，也就是透雕，玉环空心里面还有玉环，里面的玉环是雕刻成虬的。

懂行的一看到这门环，就知道价值连城，恐怕比整个宅子都要贵上好几倍。这是爷爷特别设计的，告诉别人自家的势力：你看，这么贵的东西，我直接做门环，不怕别人偷，也不怕被人敲坏，那说明，这家的货肯定比这门环贵得多，想来淘便宜货的朋友，看到这门环就不敢进了。在中国做生意，还是得讲究门脸。

我想着难怪自己的铺子那么萧条，都几年没装修了，下次要不让王盟也穿旗袍试试？

楼下的嘈杂声越来越大，我看到有人陆续离场，二楼是一个环形的构造，无数和我们房间类似的房间围成一个环面，对着中央下方的戏台，我看到在我们边上、对面很多屏风被移开，很多人从吃饭的桌上转坐到看戏的位置上。

我仔细地看着，就看到“粉红衬衫”在我们对面左边一点的一个包厢内，似乎就他一个人，正在玩着手机。另一边，胖子暗指着让我看对面和我们这个一样大的包厢里，他轻声说了一句：“琉璃孙。”

那个位置就离我们有点距离了，看不清楚。这时候我发现，所有其他的包厢内，摆设都差不多，一张根雕桌子，几把椅子。但是无论人多人少，所有人都是坐在靠左边的椅子上，唯独右边的凳子，也就是我坐的这个位置，是没人坐的。我不由得开始冒冷汗。

就在我心神不定的时候，有人帮我们挪开了我们身后的屏风，一个服务员端着一只托盘上来，上面衬着红布，托盘之中，放着一本硬皮的小册子。我一看就发现他是来请我们的那位。他来到老太太面前，忽然看到了我，接着我看他脸色一绿，整个人怔住了。

好久他才反应过来，立即问：“太太，您这个朋友坐错位置了吧？”

老太婆看了看他：“怎么？好久没见过这种场面，你也不相信还有人敢坐这儿？也是，十几年了，自从老昌盛坐过这儿之后，已经很久没人敢坐这个位置了。不过今儿拍的这些东西，也算是百年一遇，出现几个不要命的也算应景。你给这位吴家少爷再上一份花名册，伺候好了，让你长长眼。”

“得了！”那服务员满是惊惧地看了我一眼，立即转身。不久，一份花名册到了我手里，同时送上来的还有一壶极品碧螺春和四盘非常精致的小吃。

我记得这壶茶要七千多元。我觉得奇怪，用目光问他。他道：“老板，这是我们领班送的。您慢用，有什么吩咐立即叫我们。”说完他立即离开了。

我看了看胖子，觉得莫名其妙，而且非常不妙。胖子给我使了个眼色，让我别怕，说着他已经翻开了花名册，迫不及待地看起来。才翻了两页，我发现他的嘴角已抽了起来。

第四章 • 回忆（上）

我立即抢过来，端正了一看，发现那漂亮的封皮里竟然只有两页纸。第一页是欢迎词，第二页贴着一张大照片，照片很大，上面是一枚印玺，有一个四方形的底座，底座上通体雕刻着复杂的造型，是非常深的青色，没有什么光泽，看着竟然有点眼熟。

下面是手写的寥寥数行的字，都是数字，是照片上东西的尺寸，最下面还有一行小字：鬼钮龙鱼玉玺，出自湖南古丈县百岩坪。

玺上的雕刻非常复杂，光主要造型就有好几个，我看到有几个恶鬼最突兀，其他的部分，有鳞片和不知道是鱼还是龙的造型，在照片上一时看不出什么蹊跷来。

我吸了一口冷气，看尺寸这东西有点大，不像是寻常人家用的玺。看“钮”的造型风格，应该是战国时期的，只有那个时候才有私玺。我之前在市面上见过三次，都是兽钮，鬼钮的玺还从来没见过。

战国时代的私玺虽然非常稀有，但不算是极品，十万元以内，一到两厘米的小玺都能拿下，但是这方玺的大小有四厘米，而且造型奇特，很可能是官玺。特别是我很在意它的名字，叫作龙鱼玉玺。

这个名字肯定是卖主起的，他提到的这个龙字非常关键，因为任何玺上面一旦有龙，那就完全是两种概念。不管它是王公玺，还是正规的帝玺，都是历史上数得出来有几枚的东西，就算小国玉玺在现在这种世道也是无价之宝。

在我国，所有出土文物都自动属于国家，表面上似乎清代以前的文物不准买卖，但是可以收藏。而且，如果收藏家破坏藏品，还要被判刑。也就是说，在中国，清代以前的古董好比一颗颗定时炸弹，要么别人不知道，要是别人知道了就没好。

这东西肯定是盗墓盗出来的，不要说拍卖，首先这是赃物，现在在这里半公开拍卖，我们全都已经犯法。如果这东西的价值非常大，那这法犯得可能会非常离谱。我举个有点夸张的例子，如果时光再倒退二十年，在这种场面上，你拿把AK–47对着二楼扫射都可能被称为为民除害。

我之前干的事情也有挺出格的，但是这一次是在北京城里，天子脚下。一般人做点什么小坏事也藏着掖着，这么大的坏事还搞这么大场面，这饭店的老板是吃熊胆长大的？转念一想，我忽然想到了霍老太的背景，心说：我靠，那个啥，她该不是已经报了警吧？等下雷子一来，我非得跑路不可，那她就名正言顺地不用告诉我了。

又转念一想，也不对，她当时不让我坐这个位置，好像是因为坐这个位置的人会有比较特殊的待遇。

总之，看样子，这东西是今天唯一的拍卖品，那么所有人都是有备而来，志在必得的。想着我又看了看不远处的“粉红衬衫”。他的座位是西式的沙发，他现在已经不玩手机了，而是很嚣张地窝在沙发里，抱胸百无聊赖地看着天花板。

我把册子合上递给闷油瓶，他一直非常忠实地扮演着冷面马仔的

角色，可能胖子在来之前给他补过课了，不过在我和胖子的衬托下显得不伦不类。他看也不看册子，只是放到了一边。

胖子脸色煞白，和我耳语道："认出来了吧？看来咱们来对地方了。"

这玉玺虽然非常厉害，但是我不是特别喜欢这种东西，所以没胖子那么兴奋，只轻声耳语回去："你别给老子分散注意力。我总觉得事情要糟，你得给我兜着点，万一不行我们得想法撤。"

胖子一愣："你怎么还有心思琢磨这个？你没看出这是什么东西？"说着，他立即把那册子又拿回我面前展开，"你仔细看看，这东西，咱们在哪儿见过？"

"见过？"虽然我也感觉有点熟悉，但是因为老太太的奇怪态度，一时之间没有深究下去，胖子这么一说，我就再次去看。

只是回忆了一下，那种感觉就又出现了。与这枚玉玺类似的东西，我确实好像看到过，而且，细想一下还不止一次。

想了想以前的货物和以前看到的那些文物图献，却都不是。但是越回忆，我越有一股恐慌的感觉，似乎这种回忆触及了我内心深处一些我不愿面对的记忆。

随着记忆的回归，我的冷汗不由自主地冒了出来。我想起了那个瞬间，那是在长白山底，云顶天宫的深处，拿着它的人，此时就站在我的背后，在浓雾之中走入那扇巨大的青铜大门。

"不会吧。"我心说，这是怎么回事？

这东西怎么出现在这儿？

我不知道那东西的用处，但是闷油瓶当时拿着那东西，我的印象非常深刻。说实话，当时烟雾弥漫，而且时间离现在已经有些久远，我也不确定照片上的玉玺是否和他当时拿的一模一样。但是，即使不同，这两个"玺"之间，也一定有渊源。

第五章 • 回忆（下）

虽然我不能完全确定那是一样的东西，但是颜色、上面的雕刻至少是非常相似的。我相信即使不一样，也一定是同一类。

我一度怀疑过，那东西就是鲁殇王地书中说的鬼玺，在青铜门前，闷油瓶拿着那东西应该不是在摆造型，这东西应该有特殊的作用，想不到会在这里看到相似的。

我靠，我心说，真是赶早不如赶巧，想着我就给胖子使了个眼色。他头低下，我对他耳语道："快去问问，这卖主是谁？"

胖子点头。边上的霍老太阴不阴阳不阳地喝了一口茶，幽幽道："别问了，这儿的卖主如果不想让人知道，那谁也问不出来。"

"哎，老太太您看不起人是吧？"胖子道，"你家胖爷我虽然不混这新月饭店，但是怎么说也算是在北京城有三分脸面的人。我告诉您，不是你胖爷我吹牛，就凭胖爷我的人脉，要在北京城打听一个人，还真没打听不到的。"

老太太头也不回："这儿的老板在北京城清朝有皇上的时候就显贵，几百年了，传了几代，从来没出过事。你要真能打听到，估计你们家少爷明天得去永定河捞你。这年头，捞尸的价码贵了，我看你还是省点钱应付待会儿的事儿吧。"

胖子愠怒，就想立即出去证明给老太婆看。我立即拉住他，知道老太太所言不假，应该不是夸张，而且胖子这人说了狠话，这就算是跟人呛上了，他出去要是真问不到，肯定不肯回来，说不定还会抓个伙计严刑逼供，非把面子挣回来不可，弄不好要出事情。快开始了，我不想横生枝节，就对他道："给她点面子。"

胖子其实是给我面子，他嘀咕了一声，不再言语。我看着四周逐渐安静下来的场面，心里又起了个念头，心说，见到卖主最简单的办法，可能就是把这东西买下来。可是，这有可行性吗？

这里只有一个拍卖品，所有人目的明确，而且都是大佬，斗价格我估计是斗不过的。如果拍下来违约，违约金至少能让我倾家荡产，而且这是黑市，如果违约，说不定还要砍根手指、挖只眼睛之类的，那就倒了血霉了。

就是真拍下来也悬。这种黑市，卖主可能全程保密。就算买了他的东西，他也不一定露面，最多派个代理人和你签签合同。而且，我估计这里拍卖的流程规矩和正规的是不同的。

为今之计，只有看一步是一步了，先确定是谁买去的，然后从长计议。我心中的不安已经变成了混乱，预感这儿肯定得出点什么花样。

下面有条不紊，不久就安排妥当了。我看着台中间放上来一只玻璃柜，里面就是画册上的玉玺，看不太清楚。旗袍女开始说话："各位老板，现在开始走货，各位瞧好了，拍不着可就没下回了。"

说着，从一边出来一伙计，穿一件无袖的坎肩，两只胳膊粗得和牛腿似的，手里拿着一根很长的竹竿。竹竿的头上有个钩子，那玻璃柜的上面有个环儿，伙计用竹竿头上的钩子一钩，一提，就像钓鱼一样把玻璃柜提了起来，然后执着竹竿将玻璃柜钓起来，好像用衣叉晾衣服一样，叉到半空往包厢里送。

那伙计手极稳，在楼下举着竹竿，手丝毫不抖，顺着二楼的包厢廊台外沿一间一间地送。

没人去接，而且也接不着，正好保持着一臂的距离，就是这么当空看几眼，不到半分钟又到下一家，很快就到了我面前。胖子立即凑过去，我也伸长脖子看，距离非常近，看得很清楚。我一下就发现了，这东西的材料，肯定是和做玉俑的那种陨玉一样的石头。

一瞬间，我真想一把抢下来，然后叫他们撒腿就跑，但还是硬生生忍住了这个冲动。

很快那东西就被收了下去，放回台中央。接着，还是那个伙计，用竹竿开始叉上来一只只铃铛。老太婆边上那小女孩接了过来，放在老太婆边上，另外包厢里那些人都拿了，我却没有。

我想应该是参加拍卖的人才有铃铛，也没在意，以为分完铃铛就要开始了。没想到，最后，那伙计单独叉上来一个东西给我。

那是一只小灯笼，只有小西瓜大小，里面是小蜡烛，蒙布是青色的，很暗，一看就不是照明用的。

那东西一出现，整个场面上先是一阵小小的骚动，忽然骚动慢慢变成一片哗然声。我看到所有的目光都集中到了我这里。

我愣了。胖子莫名其妙地把小灯笼接过来，放到我的边上。刚放下，忽然整个会场上爆发出一阵热烈的掌声。

我看了看胖子，更加蒙了。一边有伙计从后面上来，拿起那灯，帮我们挂到一边柱子上的一个吊扣上。老太太在边上幽幽道：“还不给你的崇拜者致意？这饭店，很久没人敢点这盏天灯了，你也算是给你们老吴家长脸，以后江湖上可能无人不知、无人不晓你吴家小太爷的威名了。”

我看向她，还没明白是什么意思，但是，“点天灯”这三个字，我好像在哪里听过。

她看着我冷笑，继续道：“不过，这威风一时，恐怕你们老吴家这一次要被你这盏败家灯给烧光了。”

第六章 · 点天灯

她说完这话，我终于一个激灵，立即明白了接下来会发生什么事情。我忽然想起当年我听到的一些奇闻趣事里，爷爷提过这个概念。

所谓点天灯，是古时候赌场里的一种说法，其实应该叫“点灯”，是一种赌博的技巧，意思是如果发现赌台上有人手气非常不好，就反着他押。他押大，你就押小；他押闲，你就押庄。赌的不是自己的运气，而是他人的霉气，这个手气不好的人，就是你的“灯”。有些人天生运气差，逢赌必输，还会专门被人请去“点灯”，小输博大利。

从概率论上说，其实这是不成立的。概率论不承认什么运气之说，但是，点灯是绝对管用的。任何赌徒都知道，自己输了第一把后，很可能会一直输下去，世界就是这么奇妙。

清朝的时候，在江南豪客玩的圈子里，因为玩的数目巨大而且没有节制，手气背的，往往一个晚上就输个倾家荡产，所以那种场合“点灯”这个词就不够气派了。而且，那种纨绔子弟往往喜欢和人怄气，你看我不顺眼，我看你不利索，还没开赌，嘴巴上都要占点便宜。一上来："王家老二，你别嘚瑟，老子今天就拿你点灯。"对方总得加点料骂回去："你拿老子点灯，老子拿你点天灯！"

一来二去，这就直接叫作点天灯了。其实这还算贴切了，点天灯就是一把火把自己都烧个精光，一如他们豪赌一晚倾家荡产。

这后来引申开来，行外都用上了这词儿，到了这拍卖唱卖一行，意思也发生了变化。我记得我爷爷说过一个故事，讲的是他们老九门里的老大，在北京城扬名立万，追他老婆，靠的就是在唱卖的时候点了回天灯。这故事我都忘得差不多了，老太婆这么一提示，我才想起来。

在拍卖唱卖的时候点天灯，好像是包场子的意思。一个包厢内，左右两个主位，右边的就是掌灯位，有人坐到任何一个包厢的右座上，就表示，无论这一轮卖的是什么东西，无论最后拍到多少钱，我都自动加一票，相当于你们不管怎么玩，这东西我要定了。

这一般是王公贵族泡妞的手法，清朝的时候很常见。政治联姻都是不惜金钱的，反正掌握了政权，钱就是小事情，所以王公公子追郡主都喜欢到这儿来。有时候碰巧两个郡主不对眼，两边的凯子还得斗灯，这就不是看谁出的价高，而是看谁的男朋友顶得住了。斗灯的时候没有时间限制，但是可以撤灯。但如果一方撤灯，那真的是脸面扫地，在当时那个年代对于那些二世祖来说，比死了还难受。

而挂独灯的时候，非常残酷，一点上你就得扛着，一直扛到拍卖结束，谁也不知道这东西会叫到什么价；而其他的拍卖者，得到藏品的唯一机会，就是把这只灯点爆，拼命出价，把价格抬到一个很高的高度，使得点天灯的人无法承担此价格。一旦出现这种情况，就顺延由上一位出价的那位得到拍卖品，而点天灯的人必须为自己的行为付出某种代价，有时候是钱，有时候可能是手指之类的部位，总之这种代价极端惨痛，因为后台老板必须让所有人知道这不是用来游戏的东西。所以点天灯的人，必须掂量掂量自己的分量，那不是一般有钱就能玩的东西。

好在点灯的规矩，也怕你漫天叫价。做生意的都知道，价格叫在合理的区间内事情才会成立，如果一双拖鞋一亿元，那事情就扯了，别人也不会跟你玩儿。而且，你拍得过高，即使你成功把灯点爆了，货顺延到你手里，你同样可能付不起当时报的价，那等于你把自己也点爆了，你也不会有好果子吃。所以，他们的出价还是在理性范围内的，不太会出现完全儿戏的价格。同时，有个叫价的幅度，每次加价都有个顶，拍卖会也有时间限制，所以，大部分拍卖都是在凯子极端肉痛但是还负担得起的时候结束的。这也是安全措施，你要敢把哪个王爷的公子干完了，王爷就直接发兵把店抄了。

这一轮一件货的拍卖就是点一盏灯，当年老九门的老大点了三盏就烧了自己半年的收成，最后，估计被追那位一琢磨，连点三盏已经算是名震四九城了，再点下去，要是把他们家的钱全点光了，我还怎么嫁？于是不让再点，结果不出我所料，第二天就提亲成功。我爷爷说，聪明的女人最大的特点就是知道事情做到什么份儿上正好。

而我这次，整个拍卖会只拍一件极品，霍老太志在必得，不拍到最后恐怕不会善罢甘休，我这盏灯烧起来恐怕真的倾家荡产都不够。

霎时间我蒙了头，进入了一种恍惚的状态，冷汗就好比下雨一样冒了出来，胃里有东西在翻腾，一直辣到我的肺里。我赶紧喝了一口茶把冷汗压下去，心说这次玩大了。怎么办？怎么办？要不要撤？待会儿赖皮会有多少风险？会不会被切掉小手指寄回我家要钱？胖子、我、闷油瓶三个人打出去的成功概率是多少？应该暂时能逃出去吧？我靠，难道在被通缉之后又要被黑道追杀？

脑子里无数的念头在混战，没等我理出哪怕一丝线头，一个伙计拿着锣绕场敲了一圈，瞬间整个场子鸦雀无声。显然，拍卖会正式开始了。

那旗袍女说什么我完全没听，恍恍惚惚只听到每次叫价最低是十万元，最高是一百万元，我脑子“嗡”了一声，后面的就更听不清楚了。

整个过程我完全没有知觉，脑子里一片混乱，足足有一小时我都不知道是怎么过的。让我忽然清醒过来的是闷油瓶。他忽然将手按到我的肩膀上，一下把我惊了个哆嗦。

我回头看他，他没有看我，而是没有任何表情地看着楼下，似乎这里的一切和他都没有关系，像极了一个冷血保镖。我忽然感觉胖子是不是教得太过了，但是他的手很用力地捏着我的肩膀，显然有什么意图。

我不知道什么意思，难道是看我蒙了，告诉我有他在让我安心？不过被他这么一捏，可能是条件反射，我忽然真的镇定了下来。

现场一片安静，好像叫价停止了。我转头看胖子，胖子不知道点天灯的意思，精神气儿完全嵌到气氛中去了。他拿着毛巾擦汗，看来是看兴奋了。

我定了定神，端起茶问他什么情况。他道：“他奶奶的，快一亿了！”我顿时一口茶全喷了出去，喷了他一脸。

他竟然丝毫不以为意，用手一擦，继续道：“现在是休息时间，等下有下半场，加码提到两百万一次，你胖爷爷我算长见识了。”他指了指那主持的旗袍女，她正在台中间清点刚才的记录，“这闺女神了，这儿叫价就摇铃铛，刚开始所有铃铛都响，所有人都追价，场面乱得一塌糊涂。可这闺女没一次听错的，半秒钟不到，哪个铃铛响，哪个铃铛先响，她立即就知道了。这耳朵是神仙耳朵，她要嫁人，她老公绝对不敢给二奶打电话。”胖子又指了指“粉红衬衫”，“这小子也厉害，一直玩手机，连头也没抬过，就在休息前最后一下铃是他摇的，看样子志在必得，连竞价的力气都不想出。”胖子再指了指霍老太，“老太婆一次都没出呢，看样子准备加码后玩大的。”

我心里暗骂，真是没江湖道义，也不会悠着点儿，看我点天灯也不可怜可怜我，一个一个花钱都不心疼。不过也没有意义了，反正就算十分之一我也拿不出来，十亿和一亿对于我来说是没区别的。最后丢脸不说，就算他们手下留情不切手切脚，随便让我赔个一百万我也拿不出来。

那就不用想了，反正我也拿不出来，赖皮是赖定了。最安全的办法，看来就是等下跑路。

我给胖子把点天灯的意思耳语了一遍。胖子觉得不可思议，也紧张起来道：“那怎么办？我靠，我说老太婆怎么那么沉得住气呢，敢情是咱们买单。”

我轻声道：“还能怎么办？这一次这老太婆存心要我们好看，这祸闯得大了，我看什么线索不线索咱算了，保命要紧。你寻思一下，咱们找机会开溜吧。”

“开溜？”胖子愣了一下，还有点不舍，“没那么严重吧？天子脚下，我们赖皮又能怎么着？我们也是被这老太婆忽悠了，况且咱们只看了上半场，说不定待会儿还有好戏，花了这么大的代价，不看完不亏死了。”

“好戏你个鬼，我们不走才真有好戏。”我怒道，“如果不严重，咱们逃了也就逃了，以后还有的是机会，但是如果严重，我靠！”

“得，那我去转圈儿，看看有没有办法溜出去。”他点头，看了看那旗袍女，“要实在不行，我们跳到台下去，把那个女人和货当人质。这闺女耳朵那么好使，应该挺值钱的。”

刚说完，台下的旗袍女忽然愣了一下，抬起头来，看着我们的方向，眉头皱了起来。

我和她对视，心里咯噔一下，心说：“不会吧？这也听得见？”

我忙对胖子做了个小声的手势，同时暗暗指了指下面的旗袍女。

胖子哑然失笑："你丫还真当真，耳朵再灵也不会灵成这样。她一定是非常仰慕你，偷偷看你一眼。"

说着他就掐着嗓子轻声道："大妹子，我们等下要跑路了，你听得到不？你听得到就来逮我们，待会儿可就晚了。"

刚说完，就见那旗袍女看着我们，脸色更加奇怪。我就觉得不妙，她好像真的听得见。我忙让胖子闭嘴，可惜已经晚了，她忽然喝了起来，指着我们。边上的伙计立即朝我们看过来，然后往楼梯上冲来。

糟糕！我暗骂不好，她真听见了！胖子也蒙了，看着冲上来的人，一下手足无措。心念急转之间，一边的闷油瓶闪电一般从我身边掠过，从二楼的廊台直跳而下。

我看得呆了，四处惊呼一片，看他刚落地翻起来，又一阵惊呼。我转头一看，"粉红衬衫"单手撑着廊台的栏杆，另一只手插在口袋里，也翻了下去，拦到闷油瓶面前。另一边，胖子大吼一声，抄起了一只凳子，一脚踹倒屏风就朝冲进来的酒店伙计扑了过去。

场面直接乱了。

第七章 ● 大闹天宫

楼下的情况一时之间还不明朗，但是胖子那边已经大打出手了，桌子全翻了，碗碟碎了一地。先冲进来的饭店的四个伙计，瞬间被胖子撂倒了三个，胖子自己也挂了彩，另一个看胖子如此生猛，不敢再靠前，疾退出门口，大叫："保安！保安！叫保安上来！"

一边的老太婆被我们的举动惊得够呛，小女孩也吓得花容失色，躲在中年妇女后头。我左顾右盼，想，应该去帮哪边？我看了看楼下，高度颇高，我这么跳下去恐怕够呛，还是跟着胖子打保安比较稳妥。

就在我四处摸着东西想找个家伙的时候，忽然看到老太婆的两个保镖冲进来，挡在了我和她们之间。老太婆才道："你们疯了？得罪了这儿的老板，你知道会有什么后果吗？"

我也管不了那么多了。此时既然已经闹开了，我也是闹起来就什么都不顾忌的人。之前心中憋着股怨气，现在一气儿发了出来，我道："如您所说，这饭店开得太久，老板当得太安稳，得有人给他点刺激了。咱们好人做到底，送佛送到西，今天就给这儿的大佬刺激刺激。"说着我喝了口茶，把茶杯一摔，就想起身加入混战。

可我刚想离开凳子，就想起和老太婆的约定了，立即去看表，发现已经四点二十五分了。忽然我心中一动，问胖子："还能不能坚持五分钟？"

胖子堵在门口，一个头槌把最后那个伙计直接放倒，莫名道："啊？我靠，你还想上个厕所还是干吗？"

我学着胖子那种语调回道："咱们都坐了这么久了，祸也闯了，气也受了，不能前功尽弃，就五分钟，叫老太太看看啥叫风骨。"

胖子乐了："天真，在斗里蔫不拉叽的，遇上人颇有点气派，有你胖爷我年轻时候的风采。行，胖爷我就发发威，让你风骨一回。"说着他把包厢大门一关，把那些桌子椅子全抵过去撑住。

外面很快就有人撞门，胖子往门后一靠，就开始看表。

我心跳加快，心说这次真的扬名立万了，估计接下来的事把我爷爷从祖坟里刨出来都摆不平了。我看向楼下，只见下面也乱作一团。冲上来的伙计被闷油瓶撂倒了一片，那"粉红衬衫"护在玻璃柜前，两个人互相对峙着，暂时还未交上手。

在这种地方打架，好就好在没法报警，本身就是犯法的事情，解决争端只能靠比谁更流氓了。不过，闷油瓶在这种地方也没法施展他的身手，如果对方是粽子，下多重的手都没关系，但是对于这些活人，上去一个一个把脖子拧断总不可能，我相信他已经手下留情。我们逃出去应该问题不大，等下时间一到，我和胖子就从这里跳下去，大不了受点伤。

想着也心安了下来，我刚想舒一口气，忽然那老太太就对两个保镖道："把他从凳子上给我拽起来。"

我一愣，就见两个小青年立即朝我扑过来。我大叫："婆婆，你不能耍赖啊！”

“你能砸场子，我就不能砸你？到底谁在耍赖？”老太太手一指我：“动手！”

我心里大骂，立即叫胖子：“护驾！护驾！”我一边用屁股挤着凳子后退。

胖子一看我这里情况有变，只得放开一边，抡起凳子冲过来，这一来就和霍家人起冲突了。外面吃饭的几个中年人一下就把胖子抱住，扭打在了一起。这一边两个保镖已经拽住了我的袖子。

我拼命挣开他们，立即抱住一边的围栏。他们扯我的胳臂，我就咬他们，竟然保住我的凳子不失。闹了半晌，老太婆不耐烦了，叫道：“别管他，把他的凳子抢出来。”他们立即来掏我的裆部，我立即夹紧双腿把凳子死死护住，他们又来掰我的大腿。

就在我的大腿几乎被他们掰开之时，胖子赶到了。他撕掉了自己的衣服才从人堆里冲出来，一上来直接一个泰山压顶把我们所有人全部压在下面。

这两个保镖身手应该相当好，但是被如此巨大的重量忽然压下来，很难在短时间内挣脱。我更是被挤在两个人下面，几乎窒息。

同时，被堵住的门口终于被撞开了，几个保安操着警棍冲进来，已经是暴怒的状态，场面乱得犹如小孩子打群架。

我实在没想到，短短的五分钟，事情竟然会发生这种变化，肠子都悔青了。几个保安直接冲到胖子面前，几棍打在胖子头上。胖子哀号了一声，回头用手护住，挡住雨点一般下来的棍子。他大叫：“到点了没有？”他刚说完，声音就被棍子打了回去，打得他惨叫连连。

我伸手去看表，但是怎么也看不到，看胖子的样子，也不管到底有没有到，大叫：“到了！”

胖子大骂一声，冲出去将几个保安推翻在地。我身上的重量一松，立即膝盖一顶把压在我身上的人翻出去，站起来拉住胖子：“快走！我们下楼！”

胖子却一把拍开我的手，眼睛血红，骂道：“走个屁！”他一把抄起一边的根雕桌，对那几个保安大骂：“老虎不发威你当我是太鼓达人，还敲上瘾了，老子和你们顶上了，今天我就从你们正门杀出去，看谁嫌命长！”

第八章 • 霍秀秀

说完胖子抡起根雕的桌子，直接左右开摆，两个人没反应过来立即被胖子拍了出去。那拍到人身上的动静太可怕了，两个人滚倒在地，一下就没声了。

我想起胖子在海底墓里拍飞海猴子的情形，海猴子皮糙肉厚拍不死，人可不行，顿时担心等下闹出人命，对胖子大叫："下手轻点！"但是胖子完全听不进去，对着那些保安冲了过去。那几个保安也算心理素质过硬，硬是抡起警棍迎上来，胖子根本不躲，咬牙任凭脑袋被敲了六七下，把他们一个一个拍到地上，很快全都被放倒了，根雕桌都拍得开裂了。

喧闹过后，场面一下安静了下来，胖子喘着粗气看着刚才包住他的霍家人，所有人都后退了几步缩在墙边。他看了看地上碎成一片的碗筷，从里面拿出半瓶他们刚才喝的茅台，瓶子碎了，还有个底儿没洒出去。他喝了一口，吐掉里面的玻璃碴儿，然后对我摆手："咱们走！”

我抡起一张凳子，胖子把根雕桌扛上肩，我对一边的老太太点头致意：“婆婆，我走了，改天登门拜访。”说着我跟着胖子踢开那些在地上呻吟的人，走出包厢，往楼下走去。

说实话，我以前一直不知道打架有什么快感，但是一路把人全撂倒，在众人惊恐的目送中扬长而去确实很刺激，顿时我就理解了为什么有那么多人喜欢做恶人。

来到楼下，那放着玉玺的玻璃柜子被打破，东西已经被拿了出来。闷油瓶正仔细端详着那枚玉玺，一点要走的意思也没有。“粉红衬衫”正从地上爬起来，捂着自己的脖子咳嗽，看样子也被秒杀了一回。

不过，我们从他身边走过的时候，看见他一边咳嗽，一边在笑。他看了我们一眼，好像很开心的样子。我上到台上招呼闷油瓶拿了东西快走，刚转身，就看到“粉红衬衫”跟了上来，对我道：“哥们儿。”

我和胖子看向他，胖子把桌子举了起来，他立即摆手：“等等，等等！”说着他从口袋里掏出一张名片，递给我们，指了指玉玺，“我不拦你们，给你们个联系方式，什么时候要销赃，打我电话。”

我靠，我心说，果然不是正经人，胖子还真上去把名片拿了，“粉红衬衫”就做了一个请的动作。我急得要命，推着他们冲了出去。

出了饭店，外面站满了人，都是伙计和保安，连停车场的保安都来了，我们拿玉玺佯装要砸，他们就让开了一条路，于是我们夺路而逃。

本身体力就有点透支，连跑了几条街，我们累得气喘吁吁，脚都软了，但是远远能看到有人跟着。这帮人混社会出身，都鬼精得很，胖子说肯定不止这么点，琉璃孙那批人也不好惹，刚才一直没出手，肯定是等着黑吃黑呢。

我们在一个报亭前喘气，胖子说要么分开跑吧，我说不行，我对北京又不熟悉，小哥就不用说了，等下分开，恐怕隔几天要到流浪人口救助中心去找他。而且现在他们不敢对我们下手就是因为这货在我们手上，要是分开，没货在手上的人肯定遭殃。

“那怎么办？”胖子皱眉，他现在冷静了下来，有点犯嘀咕，“你胖爷我在北京城目标很大，多少他们都知道点我，老子的铺子算是回不去了。完了，看来这下不得不南下了。”

“得先找个地方落脚休整一下，看看情况到底严重到什么程度。”我道，“我们可以先找个酒店。”

“酒店！那不是等着别人来逮我们？有破庙就不错了，逃难最理想就是住桥洞，没差的。”胖子道。

我看向闷油瓶，想问问他的想法。一想，问他肯定没用，这家伙就在斗里机灵，在地面上属于生活能力九级伤残者。

正犹豫着，忽然听到一边的喇叭响，转头一看，一辆红旗车停在路边，窗户摇了下来，里面竟然是霍老太边上的那个小女孩。她朝我们做了个鬼脸，让我们快上车。

我和胖子对视一眼，立即就知道有戏了。我把心一横，道：“上了车再说。”

三个人翻过护栏，上了红旗车。门刚关上，车就发动了，那小女孩对司机道：“回公主坟去大院。”

胖子挤在女孩子边上道：“妹子，咱可在风口浪尖上，能去远点的地方不？”

女孩子道：“放心，那地方，他们有十个胆子也不敢进来。”说着她看向我，笑道，“吴邪哥哥，初次介绍，我叫霍秀秀，好久不见啦，你还是一样呆哦。”

“你见过我？”我奇怪地问。

“当然，哎呀，难道你现在还想不起来我是谁？”

我再次打量她，但是脑海里一点记忆也没有，又想了想，霍秀秀，这名字一听就知道是老霍家的后代。不过为什么她姓霍？难道老霍家都是上门女婿？看这背景，不太可能啊。想来想去真的没有一点印象，我只得老实摇头。

“唉，算了。”小丫头嘟起嘴，“真是让人伤心。”

我看了看胖子，觉得有点莫名其妙。胖子刚想逗几句，忽然一声巨响，车子剧震，几乎是骤停，接着胖子那边的玻璃瞬间全碎了。

我的脑袋一下撞到车窗舷上，差点晕过去。没等我反应过来，忽然后面又是一下，车子被撞得屁股离地，在地上弹了几下才落稳，后窗玻璃碎了我一头。

“我去，怎么开的车？”胖子的脸上被不知道什么东西从下巴到嘴角划了一道小口子，只破了皮但是也够他疼的了。

我揉着脑袋看后面，只见后面撞我们的是辆面包车，撞在车侧面的是辆皇冠。现在车上的人陆续下了车。皇冠的司机怒不可遏，在那儿用河北话大骂我们。

我脑袋嗡嗡直叫，想推开车门下车，看看撞的程度如何，却发现车门是锁上的。接着我就看到，从车上下来的人，从身后抽出了钢管。

“啊哦，看来他们很喜欢他们的车。”我瞠目结舌道。

“不是，是琉璃孙的人。我靠，动作真快。”胖子指了指后面，我看到琉璃孙就在那群人后面的地方看着，“看来拍卖会还没结束呢，还有人想出价。”说着他拍着驾驶员的座位大吼，“车还能开吗？”

话音未落车就发动了，显然驾驶员也不是傻子，后面围上来的人一看这动静立即冲了过来，有一个人跳上被撞扁的后备厢，从后面一下抓住了我的后脖子，想把我拖出去，简直和电影里的暴徒一样。

但是这倒霉蛋被胖子拖进半截身子到车后座，车子撞翻几个人冲出人群，他已经被打得连他妈妈也认不出他，然后被甩到了大街上。可惜几乎是同时，这车子又撞上了一边的隔离带，这一次引擎盖都被撞了起来。

“你爷爷的，你这司机是不是没证啊，还是以前是开坦克的？”胖子大怒。

“车轮轴刚才被撞弯了。”司机也非常郁闷，“没法控制方向。”说着他想把车从隔离带倒出来，但是没用。

后面的人冲了过来，胖子看着没戏了，大骂一声，和闷油瓶踢开两边的门出去。我和霍秀秀也下来了，胖子就问霍秀秀：“车里有武器吗？马刀之类的？”

“你当我们家是什么人？”

胖子拍脑袋：“你胖爷我怎么会上你这破车？”说着，后面冲上来的人就到了，也没时间抱怨了，胖子双手挡住一记钢管，直接一脑袋把冲在最前面那人撞翻，然后抓住钢管，踩住那人的手夺了下来，接着人就拥了上来。

那面包车上是七八个人，皇冠车上有五个，一共有十多个人，我们这儿的战斗力只有三个，司机还在拼命地发动车子。霍秀秀缩在我们后头，倒也不慌乱地拨电话，但是看她也帮不了什么忙。

我在初中的时候参与过打群架，但是那时候的打架太小儿科了，基本靠气势吓人。刚才面对保安我还能保持镇定，现在看到呼呼作声的钢管一下就身体僵硬，不由得往后退了一步。

一边看到两个人朝闷油瓶去了，其中一个铆足了劲儿抡起钢管朝闷油瓶的脑袋砸去，那一下要是砸到肯定颅骨爆裂，但几乎是一瞬间，那钢管就被闷油瓶握住了，而且没有任何的缓冲，钢管高速落下直接被握住后就完全静止，那家伙一定感觉自己砸在一根钢筋上。接着闷油瓶顺势把钢管往下一拉，那人被他拉了一个趔趄，同时闷油瓶的肘部往前一翻，那人的脑袋就撞在闷油瓶肘上，摔翻了出去。

另一人的钢管从边上砸闷油瓶的腰，他抽出前一个人的钢管，直接挡了过去，钢管交击，火星都打出来了，那人直接被震了出去，钢管落地。

场面混乱，要是平时，看到这阵仗肯定没人再敢上前了，但是一切发生得太快，后面的人根本不知道发生了什么，又有三个人冲了上来。其中一个直接冲到了我的面前，二话没说，钢管就砸了过来。

我几乎是条件反射地做出反应，竟然躲了过去，那钢管几乎贴着我的鼻子刮过去，但我脚下一下踩到了隔离带里的灌木，整个人翻进了灌木丛里。我立即翻起来，就见那人竟然冲向了霍秀秀。我心中一惊，要是这丫头被我们连累了，在霍老太面前我实在说不过去。我大吼一声就冲了过去，刚吼完，背后就中了一棍，也不知道是谁打的，胸腔一荡，几乎痛晕过去。

一边听到霍秀秀的惊叫，我立即抱头，知道下一棍肯定是我的后脑。这批亡命徒。没想到听到一声惨叫从我后面传来，回头一看，胖子两手两根钢管，脸上已经挂彩，对着刚才打我那家伙的脑袋打鼓一样地乱敲，一边敲一边对着闷油瓶大叫："小哥，擒贼先擒王，我顶着，你杀过去。乱军之中取上将人头！"

闷油瓶身边至少围了六个人，被胖子一说他直接看向远处观战的琉璃孙。

我以为我会看到闷油瓶杀开一条血路冲过去制止琉璃孙，没想到，他做了一件让我们瞠目结舌的事情。

第九章 • 样式雷（上）

琉璃孙也许永远想不明白，那根钢管是如何从四十米外飞出，准确地打到他的脑袋上的。

我以为我能看到闷油瓶一路快杀过去，冲倒拦截者，然后犹如幽灵一样出现在那老头面前，但是他没有，他选择了最经济和省时的办法。

距离很远，我不知道打得怎么样，但是这种钢管，这种打击程度，我看是好不了的，还好是在脑门，如果是在后脑可能直接打爆了。

最开始那些人还不知道，一直到后面琉璃孙身边的人大叫，所有人才慢慢停下来，一看自己的老板趴在地上，立即不知道怎么办了。后面那人扶着琉璃孙吼了一声，他们才全退了回去，纷纷上车离开。

一分钟内，所有人都跑得精光，只剩下一边围观的群众和我们几个。胖子满头是血，一边的车子撞得前扁后凹，上面全是被钢管砸的凹坑，地上甚至有好几只鞋。

我看着面包车和皇冠车绝尘离去，感觉好像做梦一样，此时背上的剧痛才开始发作，几乎要趴下。

胖子解开自己的衬衫，捂着自己的脑门，拍了拍我，让我往车边靠。“我们也不能待在这儿。丫头，问问你家马夫，车还能开吗？不开我们得拦的士，这儿看的人里，肯定还有不少琉璃张、琉璃赵。”

“开是能开，但是过路口肯定被交警拦下来。”司机道。他也挂了彩，眼角破得很厉害。

“打的，公交，随便什么，你胖爷我不想和雷子打交道。”胖子在这时候显得格外靠谱。

霍秀秀还在那边打电话，此时把电话一挂，对那司机道：“小黎，你在这儿处理车。”她又对我们道，“跟我来。”

胖子把钢管夹到西装里，从车的座位下拿出那只玉玺，也不知道他什么时候藏进去的。我们跟着秀秀冲入围观的人群，那些人纷纷让开，我们跑入辅路，顺着一条小道穿过一个街区，来到另一条路上。

零零散散有几个人跟在我们后面，连掩饰都不做了，我感觉有点像《动物世界》里，一只垂死的斑马看着在它身边徘徊的秃鹫的感觉。好在一到另外一条路上，就有另一辆红旗车停在了路边。这一次，前后都有两辆吉普，漆着让人非常有安全感的颜色。

我们急急地上车，胖子就道：“丫头，怎么早不找开道的？”

“我没想到他们那么猴急，连看看形势的欲望都没有。”小丫头坐在前座，此时才开始有点小小的发抖。不过我看得出她克制着，她抽出很多的餐巾纸递给胖子：“我和我奶奶也不可能随时带一队人马出来。”

“琉璃孙认识你奶奶吗？”胖子就问。

小丫头点头。胖子被我擦伤口的动作刺得缩了一下脖子，道：“这老小子敢冒这种风险和老九门作对，看样子他真的很需要这玩意儿。”

“也许他只是想把这东西抢回去送还给饭店的老板。”

“琉璃孙是有钱人，有钱到不知道钱的概念，他要得到一个东西一定是想买。抢劫不是他的强项，他现在来抢应该是迫不得已，一定是怕这东西如果被你们带走，他再有钱也弄不到了。”霍秀秀看着胖子塞在衣服里的玉玺，“这到底是个什么玩意儿？他这种人也会这么想要？”

二十分钟之后，我们进入了一处神秘的小区。小区里停着不少红旗车，最里面竟然有几座四合院。我们下车，先到社区里的一个卫生院做了简单的包扎。

我背上有一大块乌青，钢管头砸到的地方最严重。胖子头破了，不过还好，看上去很吓人，但其实只是擦伤，被钢管的螺纹划了道口子，消毒之后贴了块膏药。

包扎完之后，霍秀秀就带我们走了。我们在小区里穿行，发现这片真是大，走了半天进了一条胡同，一直往里走，里面竟然有曲径通幽的感觉，各种参天古树从边上的四合院里长出来，好像是进了什么寺庙一样。真没想到北京城的某个小区里还藏着这么牛的风景，真是大隐隐于市。

一直走到胡同的尽头，从一个很不起眼的小门进去，里面是一个大院子，我们一眼就看到老太太坐在院子里喝茶。显然她比我们要先回来，已经等了好一会儿了。

院子里有一棵柿子树，树下面有一口井，井边还有一些一看就很名贵的植物，感觉以前是小康之家的宅院。我们三个大大咧咧地进去，老太太问秀秀有没有受伤。秀秀把事情说了一遍，老太太才转向我们，对我们道：“还好我们家秀秀没受伤，否则我非扒了你们的皮不可。”说着她让我们坐下。

我呵呵一笑：“这一次坐了总不会再点我的灯了吧？”

老太太没好气地看了我一眼：“我霍老太同一招不玩两次，而且说什么是什么，反正也用不着我来收拾你们。找你们来，是我愿赌服输，免得你们败了我的名声，趁你们脑袋还在脖子上，我把我们的事了了。”

我和胖子对视一眼，心说这老太婆估计看我们闯了大祸，要和我们快点撇清关系。也罢，反正各取所需，这么乖张的老太婆我也不想多来往，速战速决为好。于是我单刀直入道：“那您愿意告诉我们了？”

“你们不就想知道为啥我要出那么高的价钱买你们那张样式雷吗？”老太婆站起来，做了一个让我随她去的样子，然后道，“这事要搁在别人身上，我必不会说，不过你也是老九门的后人，不算外人。但是，其他两位请留在门外。”

这场面也不是一次两次了，我给胖子和闷油瓶使了个眼色，他们点头，我就跟着老太婆进到了边厢。一进去，我就看到那是收藏间，满屋子的古董，什么摆设都没有，就是一排一排的架子。虽看着是老屋子，但是一进去就感觉脸上发刺，空气里有静电，看样子是恒温恒湿的。

所有的收藏品都包着报纸，老太婆带我走到几排架子的最里面，我就看到靠墙的地方有一条钢丝穿空用来挂字画，但是现在上面挂的都是样式雷的图案。

我数了一下一共是七张，其中两张之间空着一段距离，显然少一张，应该就是我的那张了。

“这是‘雷八层’。”老太太道，“你既然懂样式雷，应该知道这是什么东西。”

我点头，有点惊讶。只扫了一眼，我就知道，这是样式雷中的精品，而且这七张图纸其实是一座建筑的设计图，那是一座多层的楼。

七张纸上是每一层的结构，都非常清楚，而且这楼不是一般意义上的楼，它的底层规模最大，然后往上逐层缩小，乍一看犹如一座塔，但是因为它每一层都是楼宇的结构，所以比塔要庞大很多，更像玛雅的太阳金字塔。一般意义上，除了塔，很少会有古建筑修得那么高，不过也可以看出，最上面的部分，其实已经是塔的结构，能称为楼的，只有底下三层。

“这是道光二十五年的图样，设计师应该是雷思起。”霍老太道，“我这里存有七张，是楼的地下一、二、三、四、五、六、七层，最底下一层应该在你这里。”

“这楼有什么蹊跷吗？”我问道。这些图样乍一看，都是很普通的样式雷，虽然从图上大体可以看出，这些楼都有背光的设计，和我手上的那张一样。

“对其他人可能没什么，不过对我有特别的意义。”老太太摆弄着这些图样，“这座楼的名字叫作张家楼，在20世纪70年代，这座楼的图样在国外陆续现世，被收购回国。你知道样式雷是皇家设计师，不可能为民间设计建筑，但是你看这里的图样，完全是民宅的式样，显然这个张家楼和道光皇帝或者样式雷之间，有什么故事。当时我有一个女儿，在文化局工作，他们有一个项目和这座楼有关，1978年的年尾，他们在广西找到了这座楼。我记得那是1月15日，我女儿出发去广西参与考古挖掘，那是她第一次出远门，一去就是好几个月。”

老太太转头看着我，表情有一丝萧索：“我是想通过这次机会，锻炼一下她的能力，所以她回来的时候，我还很高兴地准备和她谈心。没有想到，她回来之后，性格忽然变了。”

我听到“张家楼”这三个字就一个激灵，立即想到了在妖湖底部的那座古楼，想说话但是不知道说什么。但一听到她最后的那句话，我脑子又抽了一下。

“变了？”我奇怪道。

“是的，她去过广西之后，性格一下变得十分古怪。以前她的性格十分开朗，但是回来之后，她的性格变得很阴沉，基本都待在自己

的屋子里，不知道在做些什么。我偷偷看过她几次，发现她自己在屋子里，一直在画什么东西。”

一般来说，这种情况是因为她失恋了。我心说，她画的肯定是她男朋友的脸。

霍老太继续对我说道：“我一开始认为她恋爱了，但是后来发现不是。因为她有一次出差，我进到了她的屋子，看到那些画，我就意识到不太对。”她顿了顿，“全是钢笔素描，所有的图画的都是一座楼，一座非常古怪的楼。”

第十章 · 奇怪的形容

“我对斗里的很多东西，有着一种非常强的直觉。她画的那座楼，我一眼看去，就觉得不太对劲，造型古古怪怪，看上去十分不舒服，有一股邪气。”老太婆道，“我以为她是项目做得疯魔了，当时我和她好好地谈了一次，谈的时候，就感觉她非常不对劲，整个人的状态，很不正常。这种感觉很难形容。她既紧张，注意力又不是特别集中。她当时的表现，我后来分析给别人听，有一个朋友总结出了一个形容，让我觉得非常像——好像她的房间里，藏着一个人，她不想让我发现。”老太婆喝了一口茶道。

这个形容非常奇怪。我们形容一种古怪的状态，一般会使用“紧张”“焦虑”“注意力不集中”这种词，但是这个形容非常具体。

“难道她把她男朋友藏在房间里了？”我忍不住说出来。当时的霍老太，还是青春期少女的母亲，和所有的母亲一样，对于女儿的各种变化都很关心，我能理解她的这种状态。

“我们家的大院不是一般人可以出入的，她在房间里如果藏了一个人，我们肯定会发现。而且，在她出门的时候，我进去过不止一次，里面有没有人，我太清楚了。我非常担心，于是派人跟踪她，想知道到底是什么引起了这种变化，可就是这个时候，她又一次离家后，再也没有回来，一直到现在。”

“她失踪了？”

老太太长叹了口气，点头继续道：“为了找她，我开始自己派人调查。我是通过当年的那个张家楼考古项目调查，但是我一查，就发现当年这个考古项目非常隐秘，不像是一般的考古活动，因为就是通过我的关系，都无法顺利地拿到资料。而我女儿，她好像在这个世界上从来没有存在过一样，忽然一点痕迹都没有了。我花了无数的精力也没有任何收获，我不知道他们当年去广西之后发生了什么事情。”她顿了顿，“这么多年下来，我一直在收集所有关于这个项目的事情，这些图纸，就是我一张一张从市面上收集而来的，到这第七张，已经二十多年了。我只希望有生之年，能够通过这些图纸找到这座楼，看看他们到底出了什么事情。”

看着她的表情，我立即想起了三叔当年和我说文锦时的表情，心中的预感越来越强，感觉到事情忽然一下就联系起来了。我的脑子开始有点混乱，但是那不是糊涂的混乱，而是忽然间所有的一切都联系起来的那种应接不暇。

“说起伤心难过，其实我也习惯了。我只想在我这把老骨头还没入土之前，给自己一个答案，她是死了也好，她是如何了也好，我只想知道一个结果，否则，老太婆我的眼睛肯定闭不上。”她道，“所以，这不是关乎什么钱不钱的事情，小子，你懂吗？”

我下意识地点头，她就做了一个让我出去的手势：“你可以带你的朋友走了。作为你爷爷的朋友，给你个忠告，这段时间，你最好离开国内，也请你说话算话，托人把你的样式雷送过来。”

我点头，却根本不想走。我忽然发现我有更多的问题需要她解答，当然，现在要先验证一下我的想法。于是我问道："婆婆，他们发现那座楼的地方，是不是在广西的巴乃？"

老太婆看着我，脸色一变："你听说过那个项目？"

"事实上，我刚从广西回来。"我道，"我在那儿，遇到了一些奇怪的事情，牵扯一支考古队，以及一座古怪的楼。"

第十一章 · 考古队、楼和镜子

在老太婆奇怪的眼神中，我把我在广西的经历大概地叙述了一遍，同时告诉了她，我的那张样式雷是怎么弄来的。

听完之后，老太婆叹了口气："这也是机缘巧合，想不到这最后一张，我怎么都淘不到，竟是在那种地方。如果不是你去找出来，恐怕这辈子我都找不到了。"

我点头。这批老的档案再隔几十年不知道还能不能保存，就算还在，也到了定期销毁的时间。如果我没有阴差阳错地看到，真的是绝世了，可见，冥冥中自有天注定。

我想了想就继续说道："如果是这样，那么，我想我在广西查到的那支考古队，应该就是您女儿的那一支。"

她点头："我也亲自去过广西，为什么我没有查到这些事情？"

我心说，我能让盘马开口，全靠闷油瓶的那块烂铁。整件事情，如果不是从楚哥那儿突破，我根本不可能在那边查到任何信息。这也怪不得她手下的人，要知道，秘密可都在那湖下面。

但是我心中在意的不是这些，因为我清楚地记得盘马的那个故事，那支考古队，是被人杀了调包的。这么来说，她的女儿，很可能已经变成了我们捞上来的那些骸骨。

我不知道是否应该提这件事情，倒不是怕刺激她，我相信这老太婆不会太脆弱，但是我怕影响到她的情绪。

与此同时，我心中很多的碎片，已经连在了一起。我似乎摸到了一些匪夷所思的线索，这些线索又非常诡异。我必须立即求证一些事情。如果我想的是对的，那么，整件事情的入口，也许已经打开了。所以我立即问她："如果可以，您能不能给我一些您当时查到的考古队的资料。因为这些在资料室里找不到。我在查的事情也许和您的女儿也有关系，那张样式雷我会立即派人送过来。"

"那些资料我有一个大的档案袋，不过，大部分都没有什么用处，你想知道什么，可以现在问我。"老太太的眼神忽然柔和了很多，"你到底在查什么东西？怎么会查到那一块去？"

"说来话长。您先回答我的几个疑问，如果那些如我所想，那我想咱们可能查的是同一件事情。"

老太婆看了看我，似乎还是有点摸不透我："好，你问。"

"婆婆您应该查过您女儿的行踪，您女儿失踪，是不是和一次西沙的考古活动有关系？"

我话刚说完，老太婆脸色一变："你知道？"

我不等她发问，立即又问道："婆婆，如果我猜得没错，你们家的规矩，女孩子都要随霍姓？"

她有点讶异，点头："怎么？"

"那么，您失踪的那个女儿，该不是叫霍玲吧？"我镇定道，"王——令——玲。"

第十二章 • 似是故人来

看到她的表情，我立即知道自己肯定猜对了。我心中一叹：峰回路转。

其实我早前就意识到了这一点。霍玲这个霍姓并不普遍，但是，当时我以为霍老太的女儿应该是跟父亲的姓的，也就是说，霍老太成为女当家，只是因为正好这一辈里没有男性，霍家的下一辈当家，应该是男人。没有想到，霍家是个母系氏族。

刚才，她一说到她女儿参加考古活动忽然失踪了，我立即想到了三叔的西沙考古。同时，我一下就想到了一个情况，霍老太姓霍，而西沙失踪的人中，有一个人叫霍玲，是个高干的女儿。加上当年广西考古的领队是陈文锦，各种信息都指向了一个点。

其他场合我也许只会认为很巧，但是在这千丝万缕的各种关系交杂中，我忽然意识到其中的不对了，一问果然是我想的那样。

霍家的老太太忽然牵涉这件事情，看似意外，其实是必然。只不过，霍老太可能还没有牵扯到像我如此深的地步。

如此说来，霍玲竟然和我三叔一样，也是老九门的后人，加上解连环，那就是三个了，西沙的那一支考古队到底是什么成分？

随即一想，思绪就更加发散。我发现，原来不只霍玲，陈文锦好像也和陈皮阿四同姓，陈皮阿四是姓陈，还是因为其他原因被称为陈皮（说实在的，想起他的样子，确实有点像九制老陈皮的感觉）？但是他在几十年前应该不会那么老，陈皮阿四应该是和陈姓有关。

陈文锦，陈皮阿四。

霍玲，霍老太婆。

吴三省，吴老狗。

解连环，解九爷。

这是不是巧合呢？

解连环和三叔两个人有很深的渊源，从事情开始之前他们的联系就很深，他们两个同时出现在考古队应该不算稀奇。但是，霍玲在整个事件中，我一直以为她是局外人，连她都是老九门的后人，难道是巧合吗？

如果她是山西的南爬子或者岭南的走山客的后代，或许还可以解释，因为搞考古嘛，多少祖上有点背景才能在那个年代接触到这一行。但是，同样是老九门，而且是一门的直系后代——

有问题，绝对有问题。

我忽然想起，闷油瓶也不是省油的灯。一支队伍十个人，五个人的背景都成谜，看来剩下的李四那几个，也都不是省油的灯。三叔当年和我说，这支队伍是偶然组建的，看来也不是什么实话。

我脑海里立即闪过了几种可能性：当年的考古研究所，也许是老九门股份制的，本来就是他们自家的买卖。要么，是这批人的后代都选择了考古这一行当，然后，在长沙因为地域的关系碰到了一起，又或者，最有可能的，因为“某个项目”，这批神通广大的地下家族，在利用考古的名义做着官方外衣下的犯罪活动？

心如闪电，一大块拼图忽然拼上之后，下一步就感觉无所适从。我挠了挠脑袋，不想让那种恍然大悟的喜悦这么快消失，却听老太太问我道："你怎么知道这些事情的？"

我摇头："我爷爷不太提你们往年的事情，说起我是怎么知道的，我还真是头大。婆婆，我觉得今天咱们两个碰上真是缘分，要不借一步说话，我得和您讲一件事情，和您女儿有关系。"

老太婆眼睛忽然一闪，难以置信地看向我："你说什么？"

我诚恳道："我想，咱们可以坐下来好好聊聊，恐怕得聊上一些时间。"

老太太脸色一寒道："小子，你可别信口开河，老太婆其他玩笑开得，这个玩笑你要是敢开，我让你走不出这个大门。"

我没心思给她倒口了，心说又不是演古装片，道："咱不说废话，我说完了，我估计我要走您都得拴住我。"

她看着我，一下子也摸不清我到底是什么路数，想了想立即示意我跟她去。于是我跟她出了屋子，一路来到后院，不知道往哪里走。老太婆瞪了我一眼："这边！"

胖子和闷油瓶还在院子里待着，胖子正在无所事事地观察着那些好像是兰花的东西。我总觉得不太妥当，就对老太婆说："我两个朋友都知道那些事情，可以让他们一起进来，有些地方他们可以做补充。"

老太婆显然也没有心思太计较那些细节了，就点了头。我给胖子打了个呼哨，就跟着老太婆进入了客厅。

客厅非常大，典型的四合院的客厅，没怎么翻修过，东西都很旧，看上去有点朴素。但是懂行的人知道，这四合院现在在北京是天价了，特别是一些有讲究的，这房子肯定是翻修过的，不然没那么皮实。但是翻修的手法是作古翻修，那代价就大了，也说明这房子是有来历背景的。我甚至看到在门楣上有一些类似雕梁画栋的东西，看上去和故宫的有点像。胖子看得直赞叹。

我只是略微惊讶了一下，也没工夫献媚，落座之后，立即将我之前经历过的事情和盘托出。

因为刚开始的事情有些细节和霍家没关系，所以老太婆有点不耐烦，但是一直忍着。我足足说了一个小时，除了霍玲变成禁婆的那一段，其他的我全说了，而且算非常简略了。听完之后，老太婆却没有任何反应，只是脸色有些阴沉。我以为她会非常激动，没想到她的反应很平静。

也许是吓呆了，我想，于是自顾自道："婆婆，我本来打算尽量不将这些事情传播出去，因为我不知道后面到底是怎么回事，但是看到您这个样子，我一下就想起了我的三叔。虽然我不知道他到底是谁，但是，我知道他的痛苦是真的，所以我不忍心瞒着您，您的女儿，很可能不在人世了。她在广西，就被人杀死了。"

老太婆不说话，皱眉看着我。

"我相信，从广西回来的那个，不是您的女儿，您之所以感觉她变了，是因为她是别人伪装的，而您在和她谈话的时候，她给您的感觉是，她房间里有另外一个人，是因为，她就是那个隐藏在房间里的人。"我一口气说出了我的结论，"这个从广西回来的人，她把自己藏在房间里，她已经成年了，只要她避开一切和您亲昵或者大量交谈的事情，您就没有机会认出她来。"我道。

"等等！"胖子在一边说话了，"我靠，你是说，西沙考古的那个霍玲是假的，她不是霍玲？"

我点头，心说肯定不止她一个。我不知道西沙考古的班子里，有多少是当年广西张家楼项目的人，甚至连文锦都有可能是假的。我靠，这是个计中计。

"为什么要这么干？"胖子奇怪道，"目的是什么？"

“显然其中有两股势力在博弈，有一股势力把自己的人通过这种方式置换到了另一股势力当中。”我道。

当年的三叔真是走运，他和解连环上的那真叫贼船了。

霍老太却没理会我，脸上的表情非常奇怪，喝了一口茶，顿了顿，才问我：“你刚才说的所有的过程中，一直有一个身上文着麒麟的人在你身边，这个人，现在在哪里？”

我愣了一下，心说你不是在担心你女儿吗？怎么突然间问起了这个？我一下就没反应过来。

胖子犯贱，这时候就抢了先，立即拍了拍闷油瓶道：“这么好的东西，当然随身带啦，这不就是他吗？怎么？美女，想点他出台啊？”

我立即对胖子龇牙，让他注意场合。

没想到老太婆一听这话，好像震了一下。她立即抬头，看向闷油瓶，并站了起来，径直走到了闷油瓶面前。

“就是他？”

我们点头。看着老太婆的表情，我忽然感觉不妙，生怕她喊出“儿子，我想死你了”这样的话。

老太太浑身都有点颤抖，对着闷油瓶道：“让我看看你的手。”说着她抓起闷油瓶的手，只看了一眼，她就后退了几步，脸色铁青。

我心说不好，难道他们之间还有什么其他恩怨？没承想老太婆一下跪了下来，连着边上一直伺候着的霍秀秀也不明白怎么回事地跪了下来。

第十三章 • 背负着一切的麒麟（一）

老太太脸上的那种肃穆，以及那跪下的沉重和坚决，真得不能再真了。

她是一个在北京城里可以呼风唤雨的老太太，她是江湖上叱咤风云的老九门，她是年近暮年的长辈，这里家财万贯的一家之主，随便哪个身份，都能轻易地把我们压死。然而，她跪了下来，跪得如此理所应当，如此决绝。好像只有这种举动，才能体现她的虔诚。

我的吃惊丝毫不少于其他人。在老太太跪下的几秒钟里，好像有一只手忽然压住我的肩膀，让我的膝盖发抖。好不容易，我才忍住了跟着跪下的冲动。我不知道这是我的奴性使然，还是因为气氛实在太诡异了。

那一瞬间，我忽然有一种感觉：我和闷油瓶可能是不同的，他的世界我也许永远无法理解。

好在这种感觉在胖子的搅和下稍纵即逝。他也被吓了一跳，愣

了几秒钟，嘴巴里蹦出了这么一句话："不好，这个老太太是只粽子！"

说完他才明白不可能，看着我抬了抬眉毛。我才从震惊中缓过来，立即道："婆婆，您这是干什么？"我冲过去想把老太太扶起来，却见老太太神情肃穆，不愿起来。边上的霍秀秀完全傻了，可能从来没见过她奶奶这样，一时间不知道如何是好，只好继续陪跪。

奇怪的是，闷油瓶没有任何举动，看着她，犹如一尊雕像。

这样不成体统，我也没处理这种场面的经验，一下不知道如何是好，就给胖子使了个眼色。胖子也蒙着呢，不过反应比我快，立即和我上去，强行把老太婆扶了起来。

老太太的眼睛始终没有离开闷油瓶。扶她坐下后，胖子就道："老太太您是没见过这么雄壮的手指吓得腿软还是干吗？21世纪了，咱不行旧礼了行不？您这么玩，您不怕膝盖疼我们还怕折寿呢。"

老太太就没理会他，只看着闷油瓶，问道："你还记得我吗？"

闷油瓶摇摇头。胖子就道："别说你，前段时间连他胖爷他都忘了。"

老太婆就咬了咬下唇："也对，你肯定什么都不记得了，如果你还记得，你可能不会来见我。"

我就问道："婆婆，难道你们认识？"

她静了静，才道："何止是认识，我一听你说到他，我就明白我女儿到底出什么事情了。"

我和胖子对视一眼，就见老太婆似乎无比疲惫，瘫软了下来，一下就垂下泪来："看来，是阿妈害了你。报应，吴老狗和解老九子侄相残，我们的儿女陆续失踪，都是报应，做我们这一行，果然逃不过天理循环。"

我无比好奇，感觉到事情越来越顺，有点想追问，又一下子不知道问什么。秀秀就在边上安慰道："奶奶，老九门这么多年传下来了，很多都子孙兴旺，要说报应我觉得不太像，有些巧合应该是意外，您不用太过信宿命。”

老太太摇头：“其实哪里还有什么老九门，事情一波接着一波，一开始我们还想抱在一起，后来，能保住自己就不错了。那几年，跟着我们混的，吃着我们这口饭的，我们打着保票算是自家人的，有多少被我们害了，又有多少反过头来害我们。早些时候还有道义，还有江湖，黑背老六一把刀就能保着一条街，那几年什么都没了，我们从来没想过人能坏到那种程度。”她道，“等到连我们这种人也开始害人，我就知道，老九门的气数尽了。”

我并不十分明白她是什么意思，但是大概能知道，她说的是哪段时间的事情，就问道：“这到底是怎么回事？”

她看向闷油瓶，忽然沉默了下来。

这种沉默让我非常尴尬。我知道她可能是在思考，不敢打断她，怕她烦起来起逆反情绪，就忍住没有催促。

沉默了相当长的时间，她才缓缓开口：“小子，你对我很实诚，但你是吴老狗的后代，当年我们发过誓，这件事情我们都会烂在肚子里。当然，现在这个誓言也不那么重要了，但是我也不想说这件事情，除非他想知道，我才会说。”她道。

我一个咯噔，心中暗骂，怎么又是这样。每到这种时候，三叔是这样，爷爷当年也是这样，现在这老太婆也是这样。似乎他们心中有个巨大的卡子，卡在心口，就是不愿提及卡子里面的秘密。他们这烂摊子，到底是个什么情况？

我看向闷油瓶，看他如何反应，老太太也看向闷油瓶，眼神中的感情非常复杂：“你想知道吗？”

闷油瓶和她对视，并不回答。我对闷油瓶使了一个眼色，让他快问啊，千万别错过这个好机会。但是他看了看我，摇了摇头。

所有人都有点吃惊。“你不想知道？”老太婆问。

闷油瓶的眼神中，淡然如水："我并不相信你。"

老太太和他对视，脸色一下就开始变化。她"哦"了一声："为什么？"

闷油瓶没有回答她，反而转身对我道："带我回家。"说着，他头也不回地向外走去。

我一下觉得猝不及防，只得跟了出去，一路走到院子的中央，胖子也跟了出来。我都能想象老太婆目瞪口呆的神情。胖子也觉得莫名其妙，大概觉得怎么小哥忽然这么有性格了。

没走几步，就听到有人叫："留步！"我回头看到霍秀秀追了上来，拦在我们面前道，"等等，等等。"

我回头看了看老太太，她已经回内屋去了。霍秀秀用一种很奇异的眼神看着闷油瓶道："现在外面全是新月饭店和琉璃孙的人，你们要是出了这里，肯定不得安宁。我奶奶说，故人一场，她会帮你们找个安全的地方，你们可以暂时去那里避一避风头，我们也保持联系。她还有好多事情要问你们。"

"你奶奶该不会也对我这赃物感兴趣吧？"胖子扬了扬那只玉玺，"我家小哥说了，我们不相信你们。"

霍秀秀道："我奶奶从来说一不二，你们就从了吧，对大家都好，而且你们现在又能去哪儿呢——"说着她顿了顿，向我们眨了眨眼睛，指了指闷油瓶，"其实，关于他的事情，我想我可能知道一点。"

第十四章 • 同居生活

霍秀秀说得是有道理的，如果没有霍老太这一把保护伞，我们接下来一段时间的日子会很难过。

如何处理我们留下的烂摊子我还没有时间细想，我们三个人只有我算是有头有脸的江湖背景，想要平息肯定最后是我出力。在我的世界观里，我相信法治社会，我们实在没钱，也总有妥当的办法解决。但是略微一想，我非常心虚，因为我从来没有经历过这种事情，也许其严重的程度超乎我的想象。

我有时候感觉我们三个好像以前赌片里那些无知滥赌的小孩一样，仗着自己有几分手艺就去大人的世界闯祸，最后自己的父辈为我们顶包，切掉自己的手指赔罪，我们才明白自己闯的祸是超出自己世界观的，到那时候发出“怎么会这样，我不想的”这种感慨是于事无补的。我心中隐隐有一种担忧，就是这祸闯得根本是超过我可以想象的。

所以如今霍秀秀一提，我立即动心了。

另外，我觉得霍老太的态度非常微妙。事情现在进入了很混乱、没法处理的局面。本来我只是想问问那样式雷到底是怎么回事情，却问到了一些老太婆的往事，而且后面的事情似乎还有千丝万缕、欲拒还迎的感觉。我感觉到，有可能老太太有些事情一时间想不明白，想明白了，还有后续。

保着我们，对她来说是一种迂回，对我们来说是一种缓兵之计，双方都有好处。她可以想清楚自己的想法，我们也有时间反应一下，弄清楚我们到底闯下了多大的祸。

胖子和我想法几乎一致。他最现实，反正也回不去铺子了，先答应下来，至少有个地方商量下一步怎么办。于是我们都答应了。

我以为会在大院内给我们找间房子，可霍秀秀招来司机，换了一辆不起眼的帕萨特，我们矮下头开出了大院，在大街上也没敢抬头。我记着霍秀秀有点暗示意味的话，就问她，关于闷油瓶她有啥消息。她却不答，说这可是大情报，我得拿东西和她换才行，要我别急，晚上她要和我好好叙叙旧。

从公主坟一直开到了东四，转来转去，到了一条胡同里很不起眼的地方，面前就出现了一座非常气派的老宅。

“我靠，这是前清哪个王爷住的地方？”我们一下车，胖子看着老宅外面的汉白玉石墙就惊叹道，“这墙外头还有柱墩子，这墙还不是外墙，这是哪个大宅的一部分啊？”

“这我也不清楚，我奶奶买下这儿的时候我还在长沙没过来呢。”霍秀秀把我引进屋子。我发现里面全荒废着，院子非常大，主结构是很典型的四合院，但是比四合院大很多，有非常多的房间。满园的杂草让我实在不相信自己是在北京城里。

“以前好像是一家机关单位的楼房，”霍秀秀指着一处二楼的房间，“你们住那儿，干净一些。”

好在房门的地板都经过了整修，整修的时间也有点长了，但是坚固不算问题。墙壁上满是爬山虎，长久没人住，已经爬满了门窗，胖子用随身带的匕首切开，我们才进去，里面灰尘很厚，没有任何家具。

“大妹子，这地方好像是用来练胆的，不像是用来住人的。”胖子道。

“我奶奶说，得罪了新月饭店的人还能有个地方睡个囫囵觉就不错了，好过你们睡大马路。”霍秀秀从自己的包里掏出一袋东西，“这是牙膏、牙杯、毛巾，我从家里找出来以前奶奶劳保发的，你们先用着，铺盖等下找人给你们送来。我是千金大小姐，十指不沾阳春水，这儿就劳烦你们自己打扫了。”

胖子做了个吃饭的动作：“吃饭怎么办？在这儿总不好意思叫肯德基，外送的人肯定得吓死。”

“送铺盖的时候会送热得快、热水壶和泡面过来。厕所在一楼，是个旱厕，院子里有自来水，刚开始可能有锈水，多放点时间就没了。你们在这儿不能出去，窝个几天，我奶奶会帮你们想办法。”说着她看了看那枚玉玺。胖子立即缩起来：“丫头，这东西可是你三位哥哥最后的底线，等于咱们的内裤，你要剥等你奶奶拿出个结果来，现在咱们还得穿着。”

霍秀秀啧了一声：“恶心，谁要你们的内裤。”她看了看四周，很大人样地叹了口气道，“那我就去给你们准备铺盖了。晚上见，我给你们带点酒过来。”

“哎哟，好妹妹。”胖子眼泪都要下来了，“那你早点来，哥哥我可等着你。”

霍秀秀雀跃着离去，我和胖子看着她的背影离开。关上院门，我们都松了口气，瘫倒在地。刚才一直绷着什么，完全是条件反射的紧张，现在只有自己人了，才真正放松下来。

胖子看了看四周，就道："你说那老婆子是不是要我们？"

我摇头："不至于。说起来，这地方确实比较安全，今天晚上我们在这里应该是明智的，有什么不对，我们晚上商量商量，最多明天就开溜。"说着，我看向闷油瓶，"你刚才说你不信任那老太婆，为什么？我觉得她不像在骗人。"

闷油瓶站在外面爬满爬山虎的窗前，看着外面荒凉的院子，我问他好久，他才回答道："感觉。"

胖子道："其实你胖爷我也有这种感觉。老太婆看到小哥的第一反应应该是真的，但是之后有点语无伦次，好像是在故意绕话题，想拖延时间思考什么。我一直以为小哥失忆了，糊里糊涂的，没想到还是和我一样精明，果然是人以群分。"

我心道失忆又不等于白痴，我被当时的情形震撼，没有什么特别的感觉，但是被他们一说，我也有点在意了。

"老太婆是老江湖了，最后小哥要走，她一下子没有想出她的对策来，所以只好先冒险保我们一下，小哥这一招叫作激将法。小哥心眼儿还是挺毒的。"胖子对闷油瓶竖了竖大拇指。

闷油瓶没有反应。

胖子轻声对我道："这家伙最近越来越不爱说话了。"

我也有这种感觉，叹了口气，转场道："不管怎么说，我相信老太婆最后一定会拿出一个说法来。咱们也别耽误这个好机会，好好想想，说不定明天老太婆想通就赶我们出去了。"

"也对，不过在这之前，咱们也得稍微打扫一下，否则这地方真没法住人，没被人砍死，得个尘肺，老太婆也不太可能赔我们。怎么？天真，你是独子，该不会啥也不会弄吧？"

我确实家务干得不多，但是打扫，我相信智商正常的人都会，就道："我来帮忙。"

于是我们将毛巾撕开，一人一半当抹布，去院子放水，开始擦地打扫，闷油瓶也没权利发呆，被胖子揪过来擦窗。

我们探索了其他房间，发现还有一些剩余的废弃家具，就都搬到了二楼，写字台、凳子、脸盆架等很多废料，也都一一擦干净。干完后，老房子的凌乱感没有了，一股很中性的怀旧感扑面而来。

我们满身是汗，但是看到房间变成这样，一股自豪感扑面而来，心说原来做家庭主妇也蛮有快感的。

一边做家务的胖子很麻利，真的看不出他是这么一个男人。胖子说原先他处过一相好，为了讨好老丈人啥都学精了，最后被人家蹬了，从此他就成了一浪子，但这些家务活没落下。

胖子的生活有各种各样的版本，总觉得他什么都会一点，但是他每次的理由都不一样，我也不是特别相信。我对他说，如果是这样，他以后退休了可以开个家政公司，我可以给他介绍生意。

他哈哈一笑，说可以，他专为老宅子服务，去那些古镇做家政，今天顺块瓦，明天偷只桌脚，日子肯定比现在好过。说着，他拿出我们抢来的那只玉玺，道：“得，趁现在有时间，我们来看看我们的战利品，说不定明天就摸不着了。”

拿出来放到透过窗子照进来映到地板上的一片阳光斑里，我们都一愣，只见那玉玺上，竟然渗出了液体。

第十五章 • 背负着一切的麒麟（二）

胖子埋怨道："小哥，我让你擦窗，没让你擦这个。早知道你那么勤劳，刚才地板我就让给你了。"

闷油瓶摇了摇头，摸了一把，闻了闻，我发现他摸下来的水是绿色的。

"褪色了？不会吧。"胖子吸了口冷气，"我靠，你奶奶的，该不是刷漆的假货？"

我心中咯噔一下，那就倒血霉了。从刚才那些服务员对于我们谨慎的态度看来，这东西肯定是真的，但是也有意外。如果这玩意儿是假的，那就是本身拍卖方有诈骗行为，他如果一口咬定拍卖会上的东西是真的，到了我们手里变成假的了，那我们跳进黄河也洗不清了。

正想仔细去看，闷油瓶却道不是，并让我们不要碰："有毒。"说着他让我们看他的手。他触碰过液体的地方起了一大片两层的红斑，并且还在向手掌蔓延。

我吓了一跳，胖子击掌道："啊，我知道了，听说过，美国人为了防盗，有时候用一种化学物质抹在古董上，人碰到之后会过敏，然后人事不省。咦，那我刚才怎么没事？"

"你用衣服包着，可能隔住了，这东西吸收水分就溶解了。"

闷油瓶手上的红疹子没有继续蔓延，他也没有要晕倒的迹象。他好像不是很在意，胖子用毛巾包起玉玺来就和他一起去下面冲洗。

洗完之后，这玉玺变得玲珑剔透，我们在院子里充足的阳光下看，很多刚才看不清楚的细节顿时显现了出来。我发现玉玺的雕工之精细，已经到了出神入化的地步。这玩意儿就算不是古董，在艺术史上也肯定是杰作。

我放下心来，心说还好还好。

整个玉玺的玉玺钮，现在终于可以仔细地观察。我发现是一只麒麟踏鬼的造型，一只麒麟昂首挺胸，踏着一只三头的小鬼，小鬼的爪子抓在麒麟的爪子上。但是，再仔细一看，你会发现，麒麟也是由很多的小鬼聚成的，雕刻巧妙至极。整个造型，倒不像是麒麟踏鬼，而是鬼在组合成麒麟。而这些鬼，身上都有鳞片，看似蛇缠绕起来的。

鬼钮龙鱼玉玺，鬼钮是名副其实的，可是龙鱼在哪儿呢？我只看到蛇一样的纹路。再将玉玺换一个角度看，我们立即发现，麒麟的造型变成了无数条龙鱼的形状，那些小鬼横着看，纠结的形状中都能看出龙鱼的意思。

牛！

作为对中国传统工艺有一定研究的人，我立即知道了这东西的价格极其霸道。在古董市场上，品相、创意、做工、背景都很重要，往往四个要素里有一个很好，价格就不菲，然而这件东西各个方面几乎都达到了极限。刚才拍出的价格，说实话真不算高，要是我们不捣乱，最后的成交价估计会是天文数字。

想着我就出冷汗了，我要是卖主，这东西被人抢了，我也绝对饶

不了那人。同时感觉，这么厉害的东西，我们就这么轻易地拿出来了，好像他们的保护措施过于儿戏了。

麒麟的整个形态，感觉和闷油瓶身上的文身很相似，不过，我知道并不相同。话说回来，麒麟其实都差不多是那个样子。

胖子看得流口水，道："得数数几条鱼、几只鬼，要是鱼和鬼的数目很特别，那更了不得。"说着他就开始数，才数了几下，他就"哎"了一声，说道，"不好，这玩意儿品相有问题。"

"怎么了？"我问。

"这只鬼少了个脑袋。"他指给我看。我一看，非常精细的雕刻纹路上，果然很突兀地断掉了。因为整个雕刻太复杂了，所以不一只一只去数，根本看不出这个细节。

整个看了一遍，不止一处，有三个地方的纹路都有问题。但是奇怪的是，断掉的地方非常平滑，像是故意这样的。胖子比画了一下，发现那三个地方，就是使用玉玺时候三个手指指腹所在的地方。

"听说过老北京的对花衫吗？"胖子忽然问。

我摇头，胖子道："马褂和坎肩上的花都是连一起的。穿着坎肩的时候，马褂的两个袖子是云彩，坎肩上是一轮弯月；坎肩一脱，马褂袖子上还是云彩，但是马褂胸前是一轮圆月。这叫阴晴圆缺。"

我喝道："什么什么？你直说不就得了？"

胖子道："你胖爷我的意思是，这三只鬼脑袋，其实是三只戒指，戴着三只戒指的人抓这玉玺，这戒指的位置正好在断口上，再抓上，这玉玺才成形。巧妙，真巧妙。"

我抓了一下，心说巧妙虽然巧妙，和我心目中的鬼玺很相似，但是怎么证明是不是有联系呢？我问闷油瓶："你——"我一想，他肯定全忘了，问了也白问。

闷油瓶似乎对此没什么特别大的兴趣，没有什么特别的表示。胖子一下子就对这东西爱不释手，简直想把它吞到肚子里去："我靠，这次真发达了。天真，你估计这种东西咱们要出手，谁能接盘？”

我想了想，忽然有种不祥的预感：“这，还真不好说。”

外面忽然响了几声喇叭，吓了我们一跳，胖子立即把东西又包起来，道：“得，小丫头回来了，别琢磨了，咱们保着这东西，迟早有人告诉我们，还是先收起来吧。”

说着将玉玺带回楼内，胖子很机灵，爬到梁上塞到砖缝里。我们一看，果然是霍秀秀回来了。她后面跟着几个人，拎着大包小包的，放到楼上，都是睡袋和她说的那些东西。胖子反应很快，立即装出好像刚才根本没看那玉玺一样，就问酒呢酒呢。

霍秀秀拿出两瓶没标签的酒：“最好的二锅头，保管你没喝过。”

“吹牛吧，二锅头还有最好的？”胖子道。那些跟来的人和小丫头打了招呼就走了，小丫头却没走。她从自己的包里拿出一个大速食盒：“油炸花生米。”

我看着那些人离开，奇怪道：“你不回去？”

“我回去了你们多惨啊，古宅，三个老男人，二锅头，就差条麻绳了，你们喝完了，三人一起上吊。”她道。

“加你一个女鬼，我们不上吊也不行啊。”胖子道。

我问道：“你奶奶知道你在这儿吗？别等下找你。”

“吴邪哥哥，你是真忘了，还是装糊涂，我的脾气你难道不记得了？”小丫头眨眨眼睛，“我奶奶是不知道，但她也不会找我。我八岁就敢自己坐飞机了，长沙、北京两头熟，她可放心我去野了，而且我这次来这里，可是和你来交换秘密的，肯定做好保险了。”

对她我真的是毫无印象，听着又觉得奇怪，这丫头古灵精怪得离奇。我也不肯示弱，不然显得自己很呆，就问道：“你真想换？我还以为你开玩笑。怎么个换法？我怎么相信你说的是真的？”

“你可以试我。”她笑道。

“试你？怎么试？”我心说我又不知道你有哪些情报。

胖子就轻声打趣道：“天真，这丫头该不是在勾引你？”

我捅了他一下让他别废话，她就道：“这样吧，我和你说一件事情，你听完后，立即会知道，我是有资格来和你交换情报的。”

我觉得越来越有意思，就点头，看她玩什么花样。

她看向我，故作神秘地说道：“我小时候，得到一个很偶然的机会，看了一盘录像带，看完之后我非常疑惑，问我奶奶，她什么也不说，还骂了我一顿，然后我就开始自己查这件事情。听了你对我奶奶说的事情之后，我发现我们调查的事情好像有关系，我这么说，你应该相信我了吧。”

我和胖子对视了一眼，都没表态，因为我叙述给老太婆听时，提过这事情，这是可以被捏造出来的。

她看我们没反应，就叹了口气，又悠悠地念了一句：“鱼在我这里。”

第十六章 · 鱼在我这里

“鱼在我这里。”

这是我在永兴岛上上网搜索考古队的名字时，在一个寻人网站上发现的文字。

刚才我和老太婆讲述我经历的事情的时候，没有提这一句，因为这些是细节，我全都略掉了。霍秀秀悠悠地念出来，有一丝戏谑，又有一丝得意。我听她这话，已经有点惊讶，心中意识到她真的可能知道些什么，否则她说不出那么关键的词。

看样子，她也上网查过那几个人的名字，也看到过那个网站，如此来说，她至少是真的调查过这些事情。

对着这小丫头，我心中倒出奇镇定，很奇怪，没有什么好奇或者疑惑。大概是因为她年纪比较小，我感觉自己的江湖经验胜过她。看着她得意的眼神，我还失笑，心说这有什么好得意的。

“好吧，我承认你也调查过这件事情。不过，那个网站太容易被找到了，这不代表你会知道一些我不知道的东西，我在几年前就看到这张照片了。”

小丫头面不改色，还是用那样的表情看着我，悠悠道：“你说得不对，我可没说那照片上的字是我在网上搜到的。”

我愣了一下，觉得她的话里有点什么意思。一开始我被她的眉眼电得有点发昏，但是很快我就反应了过来，意识到她的笑并不仅仅是小孩子的得意。

我想着，她为什么那么自信地看着我？我并没有表现得很被动，气场上我觉得我并不弱，但是她的眼神一点也不动摇，似乎她有百分之一百的把握说服我，偏偏她用来说服我的东西，又不像那么有力的。

我判断了一下，感觉她“偷鸡”的可能不大，因为那很低级。如果不是“偷鸡”，也就是说，她认为她提出的东西很有力，而我可能没有理解那东西中有力的部分。想着，忽然一个念头瞬间强烈了起来，我心说，不会吧？

“大姐，”我脱口而出，“那个寻人启事和那张照片，难道是你发的？这句话是你写的？”

“嗯，真乖。”霍秀秀得意道，“你刚才说你搜索那几个人名，我就知道你一定会找到那张照片。”

“你——”我顿时不知道怎么反应。我靠，我一直以为那东西的发布者至少应该是个年长得和三叔一样的，当年考古队的某个兄弟长辈之类，没想到竟然是这个小丫头。

小丫头从口袋里拿出一本卡通风格的笔记本，从里面拿出一张黑白照片递给我。就是那张合照，上面还写着“鱼在我这里”几个字，和我在网络上看到的一模一样，她应该就是用这张照片扫描传到网络上去的。

这是我第一次看到他们合照的原版，拿在手里有一种恍如隔世的感觉。

“你再看这个。”秀秀拿出另外一张照片递给我。

我一眼就认出，那是霍玲年轻时候的照片，是一张全身像，应该还是少女刚过一点的年纪，穿着那个年代特有的衣服，梳着马尾，边上有“青年节留念”的印刷字。我看得心中一个荡漾，她媚得简直像只妖精，和眼前的秀秀感觉十分相似。

“这是我姑姑十八岁的时候，于‘五四’青年节在王府井拍的。”

“如何？”我奇怪。

“你再看这张。”秀秀又拿出一张照片，那是一张报纸的图片，拍的是一辆解放卡车戴着花球，不知道是北京的什么活动。我能认出解放卡车的背景，就是前一张霍玲拍照时候的那个路口。我看到相同的路标。

“这是我在北京博物馆找到的，好像是1984年的时候，同一个路口的另一张照片。我根据解放卡车的高度，以及当时拍摄的角度，推测出了那座路牌的高度，再通过路牌来推测我姑姑的身高，同时我找出姑姑当时穿的鞋，推算出当时我姑姑的赤脚身高，大概是一米六八。再看这个。”她递给我另一张彩色照片，我一下就看到了，那是西沙他们十人合照的码头，但是码头上没有人，同样是无人的取景，背景是一座沙山，在一边的缆绳墩上靠着一辆凤凰牌自行车。

“我当年找到过那个码头，使用相同的角度拍摄，以码头上的缆绳墩为标准，靠自行车算出墩子的高度，也找到了当时的鞋，测试了这张照片里，我姑姑的赤脚身高，大概是一米六。”

“差了八厘米。”胖子皱起了眉头。

“我综合了鞋子的因素，因为当时鞋种类很少，这种测算方法被论证过，结果非常准确。如果算上鞋，两张照片里的人身高是基本一样的，但是去掉鞋精确计算，就会发现，一个妙龄少女，在青春期竟然缩短了八厘米。”秀秀道，“这确实是两个人，你的推论是

对的！”

我长出了口气，秀秀就道：“我还没给我奶奶看这些，但看来，我姑姑真的已经死了。”

“小丫头蛮利索的啊。”胖子看着几张照片叹为观止，“这属于高科技啊。”

“我是文化人，和你们不一样。”秀秀得意道，“如何，现在判断我有资格和你们做交易了没？”

第十七章 ● 长驱直入的秘密

我没有立即表态，说明我没有立即相信，但是我知道我几乎已经信了。

“说实话，你刚才说的那些东西，真的让我想上来亲你。你知道，一个人查来查去，越查越发现这东西很混乱，那种感觉真的要疯了，听到你的说法，我才知道原来还有几个傻帽儿和我一样，我那个欣慰啊。”小丫头一副大人样，“你说，我们两个是不是应该喝一杯？”

“你为什么会对这事情感兴趣？”胖子倒是旁观者清，好像还没怎么相信，“就为弄清楚那录像带？”

霍秀秀点头道：“对于一个花季少女来说，看到那种录像带，世界观都颠覆了。”

胖子扬起眉角看了看我：“得，我就说，大人看归看，那种带子一定要放好，否则被小孩子看见了，毒害青少年。”

霍秀秀拍了他一下：“就知道胖子都好色，会乱想，哪有你想得那么龌龊。”

“你这么说，弥勒佛会很不开心的。”胖子道。

我打断他们两个贫嘴，已经意识到这小丫头确实不简单，正色问她：“说真的，你真的查过他们的事情，就为了这一盒录像带？”

她点头：“而且真有一些收获。虽然我查到的东西比你浅得多，也没像你那样经历了那么多生离死别的事情，但是，我有你不存在的优势：第一，我奶奶没死；第二，我能进出很多普通人不能进的地方，我认识很多能拿到老档案的人。所以，我不敢说查到的资料比你多，但是，肯定有很大一部分是你不知道的。”

我来了兴趣：“哦，所以，你就和我交换情报？”

“对于我来说是无所谓的，对于你来说，我听你的说法，应该是很重要的，所以，我觉得你没理由拒绝。”她很狡猾地一笑，露出洁白的牙齿，“要是你告诉我的情报对我来说很关键，我还附送一个香吻给你。”她说着就笑吟吟地撑在地上看着我，两只眼睛水汪汪的，媚得惊人。

我看着她，感觉这丫头虽然疯疯癫癫的，古灵精怪，但是说的话条理思路清晰得不得了，心中暗叹这霍家的小妞儿看来都很厉害，男人一般招架不住，难怪爷爷最后选了奶奶。这么小的丫头，却有一股成熟女人的性感魅力，一股很特别的气质让我顺着她的思路走，长大了我还不被她玩儿死。

我喝了一口二锅头，才冷静了一下，心说还是得小心。我没正面答应她，而是问道：“我还不是特别相信，录像带中的东西能让你一个女孩子这么感兴趣。你得先告诉我，里面拍的是什么。”我想试试她的动机是不是真的。

她丝毫不以为意，直接回答道：“是我的姑姑，就是你说的霍玲。”

“他查他叔叔，你查你姑姑？你们老九门怎么都这样啊？没家庭隐私了吗？”胖子怒道。

我心中一激灵，摆手让胖子别插嘴：“难道，是你姑姑在梳头？”

她摇头：“不是，那盘录像带已经被我奶奶没收了。不过，里面的内容打死我都不会忘，而且，一说出来，你们就会知道那是真的。怎么样？我知道的东西比你少，我可不能免费给太多，吴邪哥哥，你换不换？”

我看了胖子一眼。胖子点头，对小丫头道：“再给个提示，丫头，如果给到点子上了，你胖爷我送个香吻给你。那盘录像带里是什么内容？”

霍秀秀眨了眨媚眼：“我姑姑，还有其他几个人，他们在地上爬。”

第十八章 ● 背负着一切的麒麟（三）

气氛一下变得很诡异，我看着霍秀秀，简直感觉面前的是一只小狐狸。

确实，她一说，我就知道，她说的是一种怎样的情形，也明白了，她不是在虚张声势。甚至，我相信她可能确实掌握了一些我不知道的东西。但是在她的眼神下，我有一种幻觉，觉得此时的主题不是这些。

霍玲和其他几个人在地上爬，应该和我看到的那盘带子里的情况是一样的。看来，霍老太手里，竟然也有来自格尔木的录像带。这是怎么一回事儿呢？

僵持了一下，我忽然觉得有点丢脸。我们三个大男人——老宅、二锅头，一个小丫头跑来和我们交换消息，我们竟然还要想来想去的。人家是什么胆量气魄，相比之下，我们三个倒显得下作、放不开了。此时要不拒绝装酷，要不爽快点答应，想来想去实在丢脸。

于是我叹了口气，点头道：“行，我信你，不过，其实大部分的东西我都和你奶奶说了，剩下的都是些细节，也许你会失望。”

霍秀秀“耶”了一声道：“不怕，其实说白了，这件事情咱们有情报可以交换就不错了，对不？”

我点点头，她就道：“来的时候，我已经想过你刚才说的那些事情了，整件事情非常复杂，本来我们可以从头开始对一下，但是，你我之间的信息是交叉的，所以，也许我们可以从某件事情开始。”她看了看闷油瓶，“不如先从他开始，我告诉你关于他的事情，你告诉我关于你说的那个雪山上古墓的事情。”

我和胖子交换了眼色，胖子咳嗽了一声，道：“我同意，那么，你先说？”

她看着我：“你们是不是男人啊，老是想占我的便宜。”

胖子想扯皮，我就拦住他，心说说了也无所谓，就道：“那我先说。”于是，我从头到尾，一五一十地，把云顶天宫的事情和她说了一遍。

我说得极其仔细，因为之前在老太婆那边已经粗略地说过了，再说得简略就是浪费时间。说了大概半小时才说完。其间，她完全没有插话，听得出神，可能是因为有个美女听众，我说得简直出神入化，胖子都给我竖大拇指，说我有说评书的天赋。

说完很久她还定神不动，好像在沉思什么，胖子叫了两声她才缓过来。她呼了口气，看着闷油瓶：“这位哥哥这么厉害，难怪我奶奶都得下跪，我本来还以为今天跪亏了，现在感觉应该的。”

“怎么？有什么启发？”胖子问她。她摇头：“脑子有点乱，我想到一些东西，一时半会儿还串不起来。等下说不定有结论。”

胖子看着我就笑：“这话说得和你真像，女版的天真无邪。”

“该你了。”我提醒她道。

她定了定神，吸了口气。“好，我想想怎么说。”她想了想，

“那得从一个梦说起。”

“梦？”胖子歪起嘴巴。

她道：“其实，应该说是我奶奶的梦。”

接着，霍秀秀就开始讲述她的故事。

我刚开始因为她的聚精会神而扬扬得意，但是她开始讲她的故事之后，我几乎是一样的反应。我非常惊讶，因为她那边经历的事情，同样非常复杂，简直不在我之下，而且，她以她女性特有的切入点进行的思考，我觉得甚至比我更加接近现实。

确实，一切都是源于一个梦，但是，起源和梦的内容并没有太大的关系，因为到现在她也不知道那是一个什么梦。她之所以感兴趣，是因为她奶奶在做这个噩梦的时候，总是会说一句梦话。

六七年前，霍秀秀还是一个小姑娘，用她自己的话说，穿着超短裙都没人回头看。她是霍老太最宠爱的孩子，在每个夏天，她都会从长沙那个火炉到北京来避暑。那时候，霍老太会带她买很多东西，去后海和颐和园玩，或者出城去宛平古城吃小吃。

无论玩得多么亲密，霍老太却有一个习惯，就是晚上只能一个人睡。无论在什么地方留宿，小丫头都不能和奶奶睡。

当时老太婆住的地方也是四合院，卧房非常大，睡二十个人都有余。小丫头逐渐懂事之后，好奇心很重，她觉得奶奶对她的这种亲密之中的不亲密很奇怪，但是也不敢问。晚上她就和保姆睡在同一间房里。

有一天晚上，她半夜醒来，发现保姆阿姨不在身边。在那种古老的房子里，外面一片漆黑，房间非常大，月色朦胧，一切的影子都让人毛骨悚然，小孩子正是想象力最丰富的时候，立即吓得脸色苍白。

她叫了几声，保姆没有答应，她立即发起抖来，当时想到的是奶奶，于是下了床，立即跑到奶奶的房间里，想躲到奶奶怀里去。

然而，她撩开那种老式床的帷幔的时候，发现床上没人。她愣了一下，忽然起了白毛汗。她通过眼角的余光，竟然看到床上方的架子上，挂着一只什么东西。

抬头一看，她看到了毕生最恐怖的一幕：她奶奶用一个诡异的姿势挂在床上方的床架上，两眼翻白，披头散发，俨然在熟睡之中。

她吓得尿了裤子，坐在地上几乎晕死过去，也不知道过了多长时间，她忽然听到她奶奶说话了。

她一开始以为在叫她，仔细一听，才发现不是，那是她奶奶的梦呓。

她奶奶说的是——没有时间了。

第十九章 • 信的故事

我听得背脊发凉，手都抖了起来，半晌才道：“你奶奶怎么会这样？难道她有什么奇怪的病？”

“后来我被保姆阿姨找到，原来她上厕所去了。之后我一直怕我奶奶，到我懂事后，奶奶才告诉我，这是霍家女人练软功夫的方法，必须挂着睡，骨头才能达到最大的柔韧度。她从十九岁做姑娘的时候开始一直就是这么睡的，现在完全睡不了床，很多地方都是骨刺，只有挂着才不疼。”

“我靠，那你爷爷洞房前肯定练了好一阵子。”胖子道。

霍秀秀不理他，继续道：“因为这让我记忆太深刻了，所以我对于她最后的那句话，非常在意。”

从霍秀秀自己的叙述和我对她的观察来看，她是一个很早就有着自己世界观，并且思维独立、善于思考的女孩子，所以她对于奶奶当时的睡姿以及那几句梦呓，耿耿于怀。当然这种耿耿于怀并不是当时就有，她之所以感觉这句梦呓有一些不寻常的意义，是她在这之后，又听到了很多次相同的梦话。

随着她逐渐长大，她逐渐相信，她看似坚强得犹如磐石的奶奶心中，有一个巨大的心结。

这个心结十分隐秘，她奶奶也许到死也不会说出来，但是，霍秀秀可以确定的是，心结，一定和那句话有关系。

“没有时间了。”

是什么事情没有时间了呢？

很难说是好奇心，还是和我心中那一样的命犯太极，又或者是她自己所说的，希望为自己最爱的奶奶解开那个心结，她开始有意无意地刺探这件事情。很让我吃惊的是，在刺探这件工作上，这个小女孩表现出惊人的行动力，其思维的清晰和对事情的把握与她的年纪不成正比。

“我们霍家的女孩子往往又美又精明，男孩子也都很帅，但是往往比较愚笨。”她解释道，“不知道为什么，也许是因为女孩子都是从小被奶奶带起来的。我哥哥就整天只知道搞对象，太不正经。”

“我觉得没事查自己奶奶、姑姑也不是正经人干的事情。”胖子插了一句。

她想了想，大概感觉也对，叹了口气：“总之，查着查着，我奶奶的心结就变成我的心结了。”

她真正开始查这件事情可能是四年前她十五岁时，所有的事情完全没有线索，只有那一句“没有时间了”。如果是我，可能完全无法入手，但是对于她，竟然有我想象不到的切入点。

最开始她是想寻找她奶奶的日记，但是很遗憾，并不是每个人都会有记日记的习惯。她奶奶以前的文字资料非常少，不像我家这些人，我奶奶是大家闺秀（注意是我奶奶），教育出来的儿子、孙子，都或多或少有些书卷气，就连三叔不说话的时候也能冒充个百分之三十的白面书生。霍家的风格比较功利和江湖，女人又要打，又要下

斗，还要相夫教子，不会有时间去练练书法、写写文章什么的，所以霍老太太当年的气质，绝对不会是林黛玉那种。因此，必然不会有太多的文字留下来。

但是，霍秀秀也并不是全然没有发现，她找到了很多的信件，往来信件都有留档，她怀着或许能找到奶奶情书偷窥的那种小鬼头想法，将几箱子的老书信都看完了。可惜，所有的书信基本都是业务往来，完全没有她想知道的内容。

不过，她也发现了一个奇怪的地方。

她发现从1995年开始，每年都有一封邮件很特别。那是一只包裹，基本是在三月的下半个月寄到。当年寄包裹，是有一张通知单，然后再去邮局拿的。因为霍家的地位不同，所以所有的东西都由几个人先过滤，然后备案。大部分的包裹都会被拆开检查，把里面的东西填在一张表格上，东西寄给谁也会写在后面，秀秀就是在这张表上，发现了蹊跷。

在1995年、1996年、1997年、1998年、1999年的表格上，那份包裹里面的东西，都是录像带。而取东西的人，都是她奶奶。

也就是，在那几年的三月，都有人会寄一盘录像带给她奶奶。

而她奶奶是一个非常老派的人，只会看戏。她没法想象录像带这种东西会和她奶奶产生关系。

毫无疑问，她对这几盘录像带的去向产生了浓厚的兴趣。于是她开始留意，并且通过所有可能的机会，去找那几盘带子。（我想起以前我也有同样的经历，只不过，我那是在找我老爹从香港朋友那儿弄来的三级片，后来我才发现我爱的不是情色画面，而是找到那几盘带子本身的刺激。）

为此，她甚至做了非常详细的计划，比如说她奶奶什么时候出门，看到带子之后她如何处理。为此她存了两个月的钱买了一台录像机，和家里的录像机设置了翻录的连线。

最后她找到那几盘带子，是在她奶奶衣橱的地板下。她挑了一盘，迅速到客厅将其翻录，然后再放回去。整个过程，她紧张得像是在做特工。

之后，她选择了一个时间，到她朋友家里，看了那盘带子。

带子的内容就如她所说的，好像是一幅监视的画面。那是一个非常昏暗的小屋，几个穿着白色衣服的人，在地上爬着，整盘带子有画面的内容有三十多分钟，她在里面认出了她的姑姑——霍玲。

她的姑姑在里面好像没有灵魂一样，在地面上爬着，那实在太恐怖了。

她从小就知道她姑姑失踪的事情，所以，看到这个带子之后，她吓得魂飞魄散。她不知道这是个什么情况，也不知道怎么了，只是本能地知道，这是一件非常不好的事情，她奶奶似乎隐藏了什么秘密。她奶奶果然有一个非常可怕的心结。

她不敢去问她奶奶这是怎么回事，因为她知道肯定不会有好的结果，也不敢告诉其他人。她在后一个月里，惶惶不安。

但是，也许真的是因为她和我有相似的性格，她慢慢地冷静下来之后，那种对于真相的渴求就开始折磨她。所谓命犯太极之人，其好奇心之重，其他人很难相信。

之后，她便继续调查，一开始都没有结果，一直到她采取了十分机巧但是冒险的办法。

她竟然花了几个月，模仿了她奶奶的笔迹，给那些老信上所有的地址都写了一封回信。

那封信大体是这么写的——

各位：

吾近日又梦到了那件事情，多少年来，这个梦挥之不去。不知吾辈是否安好？人到暮年，半只脚踏进棺材，望能

与各位再见，尚有一事我在当年未曾说出，现在想来，也许是关键。希望能当面再叙，只当老友叙旧。

这些信的年代横跨了将近半个世纪，最新的一封也离现在年代久远，这些地址，大体上应该都是寄不到的。但是霍秀秀说，她感觉，那些业务往来的地方都是农村或小县城，农村和小县城是变化最小的地方，特别是农村，即使地址变化，因为地域范围不大，人与人之间互相熟悉，只要信到村里，就会有人把信送到收信人手里。

信寄出之后，她主动负责家里的信箱，让别人都以为她恋爱了，在等男朋友的信。其实她是为了过滤信件而已。前两个月没有任何回音，从第三个月开始，陆续有零星的回信，基本都是表示不解的。

小丫头一直坚持，每天早上五点看信箱，从不间断。

第五个月，那封信终于来了。

只有一行字——

旧事毋重提。

她就知道有门了，这人肯定知道情况。看地址，信来自北京本地琉璃厂的一个小铺子。于是她立即收拾包袱，去了那个铺子。

那是个大雨天，四九城整个城被雨帽罩着，琉璃厂稀稀落落没几个人，好多门脸都提早关门了。她敲门进去，就看到在内房里有一个老头，老头看着她就一笑，露出了嘴巴里的金牙。

霍秀秀就道："那老头，名字叫金万堂。你有没有想起什么？"

第二十章 • 史上最大盗墓活动（一）

金牙老头这个形象，我的记忆非常深刻，因为将我拉进这一切的那个人，也是一个金牙老头。

她一说这个，就让我心里一个激灵。世界上没有那么多的巧合，显然她的意思是，她见到的这个叫金万堂的金牙老头，就是到我铺子里来找拓本的那个。她和我的经历中，出现了第一个交集。

原来那老鬼叫金万堂，好像听隔壁店的老板也提过。我的心中有点异样。

我一直没有关注这个老头，其实最开始的时候我也想过去查，但是这些人都行踪不定，我当时没有任何的经验和人脉，后来发生的事情也和这老头毫无关系。等我有了人脉和能力，我连那老头的样貌都记不起来了，也没有任何细节能刺激我想起他，所以我一直认为他的出现是偶然。

当然，他来这里找我爷爷，只说是老痒介绍，那帛书也说是朋友

挖出来的。光这些说辞，以及给我带来的无数困扰，现在看来不太可能是偶然。但非常奇怪的是，之后发生的事情，和他没有任何的关系，如果这是个阴谋，未免太不正常了。

虽然他的出现，我说不出那是偶然还是必然，是设计好的，还是因为命运轮转，但是，那一天他走进我的铺子已经成为事实，再也无法倒转回去。

我对她点了点头，就问道："难道，他知道什么？"

霍秀秀摇头："他是白的，干干净净，什么也不知道。不过，信确实是他回的，他和奶奶只是有业务上的关系而已，后来有一次，他动了贪念，在一件事情上做了一点手脚，立即被我奶奶发现了，就没和他继续合作下去。"

当时霍秀秀觉得很奇怪，只是这么一个问题，何以看到了那封信后，金万堂会有这种反应？金万堂是只老狐狸，深知霍家的势力，也不知道霍秀秀前来所为何事，是来算账，还是来刺探什么，所以什么都不肯说。

但霍秀秀很有耐心，几乎天天都往他店里跑，几乎把金万堂烦死。

那年的年末，也亏得金万堂倒霉，一票货里夹了一把不起眼的汉八刀，竟然是翡翠做的，被扣在海关了。本来算是小案，但是翡翠汉八刀一估价，价格太高，顿时就变成大案了。眼看他老瓢把子一辈子的积蓄，甚至脑袋都可能一次被抄走。

这时候，霍秀秀抓住了契机，就和他做了一笔交易，以她家里的关系，帮他搭通了一条线，保下了他的铺子，金万堂这时候软肋被人抓住，就不得不说了。

他经过很长时间的犹豫，在一个晚上，在电话里和霍秀秀讲述了一切。

原来，当年他动了歪脑筋的那笔买卖，不是普通的买卖，从现在看，可能是中国盗墓历史上最大的一次盗墓活动。

以当年霍家的手段，要是敢动霍家的脑筋，必然会被报复得体无完肤。金万堂之所以没事，就是因为，这次活动之后，霍家，甚至其他几方人马，全部元气大伤，根本没有力量和心情来追究什么。

那一笔买卖，带给这些人的回忆，实在是太可怕了。

胖子听到这里，两眼放光，不由得坐正了问道："吹牛吧，最大的盗墓活动，那得数咱们的塔里木盆地之行吧。"

霍秀秀摇头："那不是你概念中的倒斗儿淘沙，那笔买卖，已经超出了普通的所谓盗墓的概念。"

胖子"哦"了一声，就不再出声。因为超出了概念，那么这个所谓的大，应该不在规模上。

我问道："超出了概念，难道他们盗的不是地面上的墓，是在天上飞的？"

霍秀秀道："当然不可能是这样。"

第二十一章·史上最大盗墓活动（二）

我让她继续说下去，别浪费时间。她喝了口烧酒，就继续讲了下去。

金万堂参与的这笔“史上最大买卖”，缘于他的眼力。在那个时代，北京城里的杂学界，他算是出了名的眼毒和百事通，从哈德门的烟盒到女人的肚兜，没有他不内行的。据说他爹是六岁进的当铺，十七岁出的大朝奉，1949年后在工厂当裱画工人，一直穷到死，没给老金留下任何东西。但是在日常生活中，通过无数的生活点滴，从小到大，他老爹刻意将鉴赏书、画、玉、石、铜、绣、木、瓷八大品的各种技巧不知不觉地传授给了他。用他自己的话说，他用了前半辈子所有的时间，达到了一种和古玩的天人合一的境界。

所以，20世纪60年代初，他被人拉进琉璃厂游玩的那一刻，他竟然发现，这个萧条得门可罗雀的老胡同，竟然都是宝贝。

于是靠一双火眼硬是从两块钱起家，金万堂从几本旧书开始，两块变三块，三块赚到五块。两年内，没有人想到，他竟然能够在如此萧条的收藏市场，靠一本一本的旧书，翻到万元的身家。他在古籍古书这门类中的技艺，也达到了化境。

当然他赚钱了，“打办”——打击投机倒把办公室也出现了。好在金万堂继承了他老爹极度谨小慎微的性格，适时收手，这万元的身家始终没有被发现。

生意不能做了，但是口碑还留存民间，很快他就名声在外。外国友人也找来了，也开始有大机构、大家族、大学研究所请他去做评估和鉴定，一时间风光无限。那笔大买卖，就是在他人生最得意的时候到来的。

牵头的是霍家。当时霍家和他已经有一段时间的合作关系了，他并未感觉有任何的异样，欣然答应。

根据之后的回忆，他告诉霍秀秀，他估计当时整个“买卖”牵扯的人数，超过两百个，加上那些牵扯进来但是没有实际下地的，比如说收集资料的、买装备的，那估计得上千。那个年代，弄一些好点的苏联装备都得动用无数层关系。

然而这些都不足以突出这笔买卖的特殊性。让金万堂认为这笔买卖肯定非常特殊的原因，是这笔买卖的领头人很不寻常。这不是独门的买卖，参与的人数很多，据说一共是九个人。

我听到这里，心里咯噔一下。而霍秀秀好比一个技术娴熟的说书人，在这里顿了一下，露了一个“你也想到了吧”的表情。

我揉了揉脸，就道：“不可能吧？”

秀秀道：“我一开始也不相信，但是，事实显然。”

九个人，我自然立即想到了老九门，但是老九门不是一个组织，它只是江湖上其他人给他们的代号，它是极度松散的，并没经过什么行销公司策划，所以他们同时做一件事情的可能性，低到几乎没有。

举一个例子，如来佛祖、玉皇大帝、耶稣基督号称三大宗教领袖，但是他们有各自的谱系，如来佛祖纠集观音菩萨、十八罗汉去打架，是合理的，但是如来、玉皇、耶稣一起去打架，就是不太可能的事情。

老九门里各派系的江湖其实都不一样，之间的区别虽然没有耶稣和如来那么明显，但是在江湖上也算是泾渭分明，九门联手事实上是不可能的。

但是，我能想到还有唯一的最极端的可能性，在那个时代，这种可能性虽然很小，却是绝对可能的。那就是：有一个强有力的外人，干预了这件事情。

好比一个港片里某军阀当年听说四大名旦非常厉害，于是说全给我叫来，四大名角本来唱腔各有特色，而且都是唱旦角的，结果四个旦在台上乱唱，唱得满场头疼。也许也有一个人说，听说老九门很厉害，给我全召集过来。

不过，老九门当年散落各地，有些人根本是在流浪。

霍秀秀点头道："我听到这里非常吃惊，江湖上可能没有任何人有机会知道，赫赫有名但纷争不断的长沙老九门，竟然会有这么一次空前绝后的联手。我也同意你的分析，肯定是有势力点名，否则，不可能出现这么古怪的局面。不过，你说的疑问不成立，因为那个势力，在老九门内肯定还有一个代言人，这个代言人进行了夹喇嘛的工作。我只是不知道，那个夹喇嘛的人会是谁，才能够使得这一批当地的霸王能够甘心成为被夹的喇嘛，乖乖地坐到一起合作。"

我心说现在肯定已经无法考证了，但是在20世纪60年代，老九门里确实是有人能够有这种资格的。那就是九门的老大：张大佛爷。

我不知道张大佛爷当时还在不在世，因为他和下面的人差着几个辈分，如果不是他本人，也有可能是张大佛爷的后人。

我觉得有点不妙的是，爷爷没有和我说过这件事情，同样，他的笔记上，也没有任何记录。看来，这件事情，他不想让任何人知道，甚至连他自己都不愿意回忆。难道，这件事才是整件事情的核心？

不过老九门因为辈分的差别，和1949年以前已经有了很大的不同。新生代成名早的，如我爷爷、霍家奶奶都还在壮年，因为当时环境的冲击，所有人的境遇各不相同。这些人聚拢过来，不知道花了多少精力，当时的黑背老六都已经是要饭的了，有些人已经年迈，不适宜长途跋涉，便由下一代代替。所以我能预见，这支队伍的资历、经验、体力参差不齐，在刚开始，已经埋下了灾难的隐患。

那是1962年和1963年之交，一支庞大的马队悄悄地开入了四川山区，金万堂战战兢兢地离开了北京，也在马队之中。马队中有老有少，各色人等鱼龙混杂，老九门分帮结派，界限分明。

第二十二章 • 史上最大盗墓活动（三）

金万堂是文化人，没胆色，也没体力下地干活，进到山里已经只剩下半条命，也不可能逼他再进一步干吗，所以他只能待在地面上的宿营地里。其他人开始四处搜索，隔三岔五地就把东西带回来，大部分都是帛书和竹简，请他辨认和归类。所以那个古墓到底是何背景，他并不知道，也不敢问，只能从让他辨认的东西中，推测出一些事情。

他能确定的是，第一，这里的古墓好像并不止一个，因为让他辨认的一批批的帛书和竹简，保存的情况差别十分大，而且里面的内容包罗万象，有书信，有古籍，还有绢文，书信的很多收信人名称都不同。他感觉这里肯定有一个巨大的古墓群，这批人在挖掘的是一大片古墓。

第二，整支队伍只有他一个人是搞分类和鉴定的，而所有盗窃上来的东西给他看的基本都是文书古籍，看样子，他们最终的目的可能是这片古墓群中的古籍。

第三，队伍的人数经常减少，宿营地里经常有人争斗，从吵架的内容来看，在干活的时候经常有人出意外，他们是在互相指责，推脱责任。

古籍的恢复和辨认非常消耗时间，而让他没有想到的是，他以为一两个月就能完成的买卖，整整持续了三年。三年时间，他一直在不停地分辨那些难懂的古文，推测朝代、用途，尝试翻译出里面的意思。整支队伍的人好像处在一种巨大的压力之下，互相几乎没有交流，所有人都沉默着拼命做事情。他极端地焦虑，牙开始掉落，体重从一百五十斤变成了七十斤，如果那一天不来临，他可能会死在那个地方。

一直到第三年的端午节，这种巨大的压抑和闭塞的生活忽然被打破，忽然没有古籍送到他手里了，他终于不用每天蹲在帐篷里进行那些极端枯燥的工作了。

这种突如其来的解放一开始让他不适应，但是两天后，他的焦虑开始慢慢地舒缓。他有时间走出帐篷，在营地里闲逛，这时候，他才发现，原来自己是在一个这么美的地方。

他们身处的是一处山区少有的平地，如果是在村庄附近，那么这一片平坦的区域可能会被开垦成农田，但是现在这里全是参天大树，说明他们远离人烟，或者这里交通非常不便。眺望远山，能看到天尽头有巨大的四座相连的巍峨雪山，云山雾绕，圣洁无瑕，雪山之前横亘着碧翠繁茂的崇山峻岭。那种绿，不是江南的龙井浅草之绿，也不是北京的华丽琉璃之翠，而是好比绿墨一般的深绿，整个区域所有的色彩无一不显示着植物极度蓬勃的生命力。

山中空气极度地清新，他忽然有一种脱胎换骨的感觉，似乎是一种顿悟，三年来的阴暗一扫而空。

之后他的身体逐渐恢复，开始对周围的东西产生兴趣。他开始恢

复很多正常的感官想法。他发现，四周所有的地方，都没有被开掘的痕迹，他推测中的古墓群，好像并不存在，就算存在，也不是在这片平地上。但是，四周的大山非常陡峭，这种如斧劈刀削般的山势，出现大规模古墓群的概率是很小的。

因为没事情干，又好奇，他有一天就偷偷地远远跟着一队人进到山里，爬上一座山腰后，往上的山势忽然变成了连绵成一大片的裸岩峭壁，山腰以上的部分山体好像都被人用刀垂直劈过一样，把所有的弧度都劈掉了，只剩下了几乎垂直的凹凸不平的岩面，上面的石缝中怪树林立，一道小小的瀑布从峭壁的顶上倾斜下来，打在下方的巨木树冠上，溅得到处都是。

这种峭壁往往出现在河边，长江边那些有名的摩崖石刻就是刻在这种峭壁上的。这里有峭壁，很可能因为以前是某条大河的河道，现在大河改道早掉了。他往前看去，发现果然如此，这里的峭壁最起码连绵了十几公里，完全看不到头。

在这些峭壁上，他看到了无数的绳索和拉索装置，好像传说中那些盛产燕窝的峭壁一样，爬满了人。同时他发现，很多绳索正在被拆卸下来，显然已经完成了历史使命。他立即明白，所谓的古墓和那些古籍，到底是从哪儿来的了。

蜀人多修道，特别是四川一带，各种宗教繁盛，据传这里有很多寻仙之人，感应天召，到了一定的时候，会不带任何食物，只带着水爬上悬崖，寻找一个山洞或者裂隙，爬进去切断绳子，断绝自己的后路，在其中做最后的修炼，不成功就活活饿死在里面。

很多人用这样决绝的手段来表达自己羽化成仙的决心，特别是一些当地有传说的仙山，更是吃香。这些人大多会带一些方士的古籍随身。一代一代下来，这些洞里，往往累积了很多朝代的骸骨，那些古籍，很可能是这些人爬到这些山崖上，一个窟窿一个窟窿找出来的。

如今一些绳索被撤掉，显然他们已经找到想要的东西了。不过，看样子，他们好像不打算走。他们还要干什么呢？

他看着没有被拆卸，反而被加固的一部分绳索，感觉除了古籍，这事情还有后话。

可惜的是，金万堂到了这里就没法继续好奇下去了，以他的身手，他不可能爬上山崖去看看，又没有胆量去问具体的细节。之后的日子，他过得很惬意，就是在这段日子里，他和一些在改革开放时期突然反应过来的人一样，开始打起自己的小九九。他忽然非常后悔，那些残破的古籍，自己为什么不私藏几份，即使品相不好，也是价值连城的，这里唯独他有鉴赏古籍的眼光，藏一两份极品轻而易举。

他知道得罪老九门后果严重，但是，惬意的生活让他的贪欲犹如附骨之疽，他后悔得一塌糊涂。

人往往就是这样，在事后想着当时应该这样，应该那样，其实真让他回到当时，他也许还是没有那个胆量。

不过上帝这一次给了他第二次机会。第三年的六月，先是出了大事，忽然起了喧哗声，一大群人在中午就从山里出来，急急忙忙地抬着十几副担架，上面的人满身是血，一时间营地里乱成一团。

随后傍晚，一大卷几乎被鲜血浸透的帛书，送到了金万堂的手里。三天后，他第一次见到了霍老太和其他一干九门人，都面色凝重，一群人几乎是看着他开始最后的鉴定工作。

那一大卷，他只看一眼就认出来了，那是战国时期的鲁黄帛书。

第二十三章 • 世上最奇怪的事

表层的帛书都被鲜血浸透，如此多的血，要不是有人头颅被砍断，鲜血四溅；要不就是有很多人受伤遭殃。后来证明，这些东西是被六个人抱在怀里送出来的，六个人此时有四个已经死了，还有两个躺在外面的某个帐篷里，不知道结局如何。

鲁黄帛有一种极难解码，世间留存极少，金万堂一看就知道送来的这批就属于这种，连夜解出来根本不可能。他只能复原出大概的文字并写成现代汉字，至于密码中的意义就算再有十年都不一定能解开。

气氛之压抑让他窒息，但是长时间的休息让他已经得到了足够的放松，所以很快他就进入了状态，之后十天他保质保量地复原了所有可以复原的帛书。

因为头脑极度清晰，之前那种没有“顺手牵羊”的后悔，在他工作的时候时不时地在他心里揪一下，特别是在完成前夕，一种焦虑在他心里产生。

鲁黄帛价值连城，就算是拓本，如果拓印清晰也是一笔不小的财富，顺手牵这个绝对没错。但是，看老九门这么紧张，而且是有人用命换来的，拿了也许给自己带来大祸，于心也有很多道义上的谴责。但是如果不拿，自己是上了贼船，这种情况，还不知道自己的酬劳能不能拿到，就算拿得到，三年的时间这点钱也早就不是对等的买卖，不拿恐怕没有下次机会了。

他犹豫来，犹豫去，最后是他的身体给他做的决定。他从里面偷偷将一张鲁黄帛塞入自己的袖子，完全是在他犹豫时自己的手不自觉的动作，等他反应过来，他已经这么做了。幸运的是，没有人发现。

既然做了，就没有理由还回去，他这才下定了决心。晚上，他在被窝里（因为三人一个帐篷）将这份帛书小心翼翼缝到了自己的布鞋底里。他思前想后一番，觉得不可能有问题。这些东西本来就有缺损，少了一份，又没人数过，没有任何被发现的理由，于是慢慢安心下来。

然而轻松之后，和某些寓言故事一样，他忽然又有一个念头产生了：偷了一份是偷，不如再偷一份。

于是第二天他故技重施，可惜这一次出事了。因为他没想到，这第二天就是他在这里的最后一天。这一天他完成了最后的整理工作，袖子里藏着那份帛书正准备回帐篷继续藏好，忽然有人来告诉他，他被安排当晚直接出山，可以回北京了。

这是他始料不及的，他原以为至少还有几个月好待，但是，一听到可以出山，无疑是让人高兴的，一下子反应过来后，他立即应允。

没有人来送他，霍老太在北京对他相当客气，但是在这里他也不强求，想必老太婆现在根本没心情来管这些事情，他于是回帐篷收拾包袱。没想到，在那里等待他的，是一次彻底的全身搜查。

那是解九爷的理念，我不防范你的小偷小摸，但是最后，你偷的

东西，绝对带不走。

金万堂还记得当晚他的窘态，听到要搜身之后，他的冷汗瞬间就湿透了衣衫，一瞬间想了无数办法，但是无奈时间太紧了，根本没有时间去处理。

一开始搜身的伙计相当客气，这给了金万堂一点缓冲时间。他首先把自己的鞋子和隔壁那人的鞋子脱得特别近，然后一点一点打开自己的东西让他们查。同时想着借口，可惜借口来不及找，他打开东西后，一个伙计上去查，另一个伙计请他到另一个帐篷搜身。他一边装出非常无所谓的样子，故意穿上了隔壁那人的鞋，跟他出去，一边想着把袖子里的帛书在路上扔掉，可惜，当场就被发现了。

之后，伙计就不那么友好了，在帐篷里，他的被褥、衣服全部被撕开，帐篷的角落四周全都查了。他身上的衣服全部被剥光，鞋子也被割开，好在他事先换了鞋，鞋子里的那份就没被发现。

之后他被扭送到老九门那边。就在那里，他见到了老九门之外的，第十个人。

需要注意的是，这个人在金万堂的叙述中，是一个非常关键，但是很诡异的存在。

金万堂在之前没有见过他，但是，他听到其他人称呼他为：领头人。

说起来，整个老九门都很少在营地里露面，三年来金万堂看到他们的机会少之又少。在路上的时候只能远看，也分不清楚谁是谁，如今如此近地看到，甚至可以说是第一次。他才得知，除了他们九个，还有一个领头人。

这个领头人年纪不足三十岁，当时正在和另外的人商量什么事情，金万堂印象最深的是，那人的手指很不寻常。不过，他当时没有心思仔细去观察，紧张得要死，谎称自己是初犯，这是鬼使神差的第一次，也不是为了钱，而是因为对帛书有兴趣，想解开云云。

那个领头人看着他的眼睛，就走了过来，用他两个奇怪的手指按住了他的头维穴，忽然用力。他几乎听到自己的头骨发出了即将爆裂的声音，疼得他几乎抓狂，而那个年轻人面无表情，手指还是不断地用力。

接着，领头人开始问他问题，金万堂还想说谎，却发现在这种剧痛之下自己根本没法思考，谎言漏洞百出。在令人无法忍受的剧痛中，他万念俱灰，把鞋子的事情也供了出来。

头维穴的剧痛是神经衰弱和大脑极度疲劳的症状，挤压头维穴可能造成大脑的短暂思维困难和疲劳假象，人在极度疲劳的时候会为了寻求解脱而放弃说谎抵抗，以求得安宁。美国中央情报局的研究也表明对肉体折磨的效果不如对大脑折磨的效果，所以，现在疲劳逼供已经成为很多地方的主要逼供手段，在电视里我经常看到审讯室用灯照脸轮番轰炸。而在中国，使用穴位逼供也是古来有之的行为。

他说完后以为必死，还好霍老太感觉他昔日可靠，而且留着可能以后有用，最后替他求情。也是因为老九门似乎在酝酿什么巨大的事情，对他的事情并不太在意，所以，那个领头人让霍老太处理这件事情。最后，他只是被免了所有酬金，然后裸身被赶了出来。

他回帐篷穿着被撕烂的衣服和鞋，大致修补了一下，就有人过来催促，他灰溜溜地出了山，并被告知什么都不能说出去。

到了北京之后他不安生了好几年，但是之后老九门越混越差，后来没声了，他才逐渐放下心来。之后他陆续听到了一些风声，说他走了之后，悬崖上又出了大事，老九门死伤无数，元气大伤。

所以他收到霍老太的那封信，吓了个半死，以为旧事重提了。

霍秀秀说完，道："那个逼供的领头人，你觉得会是谁？"说着她便很有深意地看向了闷油瓶，"这对你们有提示吗？"

我闷声不语，胖子却也看向闷油瓶，窗外的月光被乌云遮了起来，屋里几乎全黑了。

我明白秀秀的暗示，但是我此时不想多作推测，因为这种推测根本无法证实。

胖子沉吟了一下问道："金万堂本人有没有推测？"

霍秀秀道："他觉得，这人被称为领头人，说明权力很大，说他和九门一点关系也没有不太可能。但是，他明显不是九门之一，而被称为领头人，可能是这么一种情况：九门之中可能有一个统领全局的人，是他们公选出来的。"

我看了眼胖子，胖子摇头："非也，老九门只是江湖排位，不是等级之分，张大佛爷年纪那么大，不可能在现场，就算是张大佛爷本人，要指挥这批人也需要一个很大的由头。这人很年轻就更加不可思议，小辈指挥长辈更是不可能，要选统领，选出来的应该是陈皮阿四之流吧。"

我点头也想到了这一点，但是其实这也不冲突："小辈指挥长辈是不可能，但是张家大佛爷当时的身份非常特殊，他的子女，也不会是平头老百姓，虽然在老九门是晚辈，但是他在社会阶层里，也许地位非常显赫，让他能指挥这些刺头的，可能不是他的能力和辈分，而是他当时的身份和身份所代表的那一方的利益。"

"也对，如果这样说，那甚至有可能这人都不一定是张大佛爷的儿子。他可能是你说的，外来势力的代表？"

"Bingo！"胖子道，"好了，让我们来归纳一下。老太婆和她的朋友们，参加过一次失败的但是规模巨大的倒斗活动。然后，几十年后她女儿和她朋友的孩子们也参加了一个非常神秘的考古活动，接着她女儿失踪了。然后，她从某一时间开始收到录像带，里面有她女儿的图像。你们觉得这算什么？"

"有人想告诉她，她女儿还活着。"我道。

"或者，这是一个警告。"秀秀道。

"但是，按照我们的经验，这些录像带，应该是文锦寄出来的。”我道，“她为什么要这么干？”

“这是我们之后要查的。”秀秀就道。

“我们？”

“你看，我的情报其实对你们非常关键，当然，你们的情报也非常棒。所以，几位哥哥，咱们应该鼎力合作。”

我和胖子对视一眼无言，胖子点起一根烟：“天真我就不说他了，他已经老了。你还小，你这是在浪费自己的生命，老天把你生出来不是让你来做这个的。”

秀秀就没看胖子，而是看着我：“不是我的同类，没法理解我们的心，对吧？”

我不想秀秀和我一样，但是我也不知道用什么去说服她。事实上，我知道我们这种人是没法被说服的，也没心思去考虑那些，我想起了文锦当时和我说的那些话。当时她没告诉我，她还寄过录像带给霍玲的老娘。

当然她不用告诉我这些。事实上，她只告诉了我我需要知道的部分，然后让我能找个借口远离这件事情。

我想起了她寄给我的录像带，想起了阿宁，想起当时的情况，又想起了老太婆的情况。一个想法在我脑海里挥之不去。

“你还记得我们收到的那几盘录像带吗？”我打断在互相做思想工作的胖子和秀秀，“那几盘带子寄过来的目的，不是带子的内容，而在于带子本身。”我在里面发现了钥匙和地址。

“带子里的内容只是在迷惑可能的拦截者。”

“嗯？”他们两个静下来。

我继续道：“老太婆对录像带不熟悉，而且她是一个女儿失踪了几年的母亲，她看到录像带里的内容一定蒙了。她不会有任何其他的想象力来思考录像带的真正意义。

“但是这个录像带里的霍玲，是假的。

“她不知道，这无关紧要。重要的是，文锦连续几年向她寄出了东西。如果和我想的一样，那些录像带里，一定藏着什么东西，得把它们拆开来。”我看向霍秀秀，“丫头，你不是说要合作吗？来，表现出点诚意。”

“你要我把带子偷出来？”

“那不算偷。你是她孙女，可以假装你只是偶然看到，然后以为是黄色录像带，偷偷拿走看看，在你这种年纪，我们经常干这种事情。”我道，“她最多打你一顿，或者扣掉你的零花钱。”

小丫头看着我道：“不用，我可以神不知鬼不觉地把东西拿出来。我想我奶奶不会天天去看它们在不在，但是如果你把它们拆开，那么我奶奶一定会发现。她不是那种可以随便骗过去的人。”

“现在不是担心这个的时候。”我道，“文锦连续几年想给你奶奶传达一种信息，这个信息一定非常关键。如果你奶奶当时解开了信息，那么，事情可能不会发展到现在这样。”

小丫头想了想，点头：“好，那就先看看里面有什么再说，但是如果里面什么都没有，我就掐死你。”

“什么时候能拿到？”我现在总是害怕夜长梦多，知道很多事情越快做越好。

“不能急。我奶奶住的地方，现在我也得有理由才能靠近，因为我很久没有过去住了，突然出现，我奶奶一定会怀疑。我得找个好时候，而且，她很少离开房间。”她道，“这事情要听我的。”

我揉了揉脸，知道她说得对。不过，一下子我就没兴趣谈别的了，所有的注意力都在那几盘录像带上。

连灌了几口烧酒，我躺倒在地板上，深呼吸了几次，才从那种纠结的思考状态下释放出来。

之前我本以为，我能放弃查这些东西，只要能找到小哥的身世就行了。现在看来，所有的一切，都是有联系的，随便从哪个点查，查到后来都会陷入同一团乱麻里去。

胖子拍了拍我，霍秀秀叹气："有时候，我感觉好像是从后往前去看一本书，你从结局开始，一点一点往前看，然后发现任何的细节你都得猜。"

我深吸了一口气，太对了，就是这种感觉，不由得就拿酒瓶和秀秀碰了一下："我真该抱着你痛哭一下。"

胖子不以为意，"嘁"了一声表示对于我们这类人的不屑。霍秀秀刚想反驳，忽然，我们都听到下边院子里的大门"咯吱"一声，开了。接着，手电光从窗口扫了过来。

胖子一个激灵跳了起来，透过爬山虎往外看去，霍秀秀和我也凑了过去。我们还未看出端倪，霍秀秀就吸了口冷气："不好，我奶奶来了！"说着她立即看四周。

我问："你干吗？"她道："不能让我奶奶知道我在查她。你们可千万什么都别说，我得躲起来。"说着她四处看有没有地方躲。

整个老宅家徒四壁，别说躲了，连个掩护都没有。胖子这时候就叫："上面，到房顶上去。"

我才想起来头顶有个天窗，胖子不怀好意地笑着往秀秀靠去道："来，大妹子，胖哥我抱你上去。"

"不用！"秀秀一笑，忽然翻身跳上桌子，再一跳，身形好比耍杂技一样悄然无声地上了梁。我都不知道她是怎么上去的，就看到身子有几个奇怪的扭动法。小女孩身材姣好，腰肢柔软，动作非常好看。

可她一上去，胖子就道不好，急了。我心中奇怪，却见小丫头一边拿过胖子藏在上面的玉玺，一边轻声道："原来在这儿呢，藏在这么明显的地方，看样子是不想要了，我拿走了哦？"

胖子大急："别别，姑奶奶，你黑吃黑啊。"

秀秀嘻嘻一笑，听脚步声逼近，把玉玺甩了下来，胖子一个猛虎

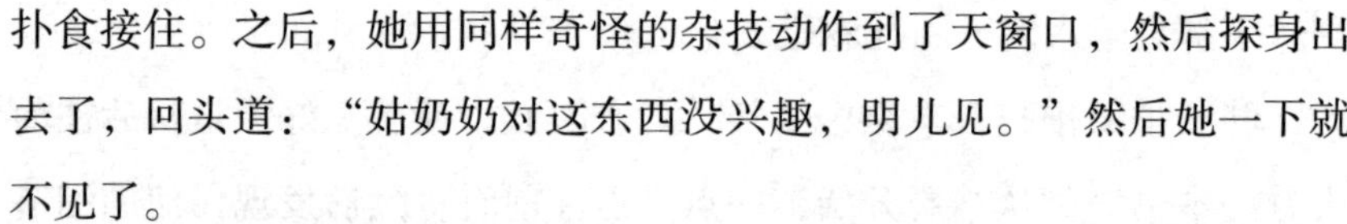

扑食接住。之后，她用同样奇怪的杂技动作到了天窗口，然后探身出去了，回头道：“姑奶奶对这东西没兴趣，明儿见。”然后她一下就不见了。

我和胖子面面相觑，一边已经听到了上楼的脚步声。胖子坐下，爱惜地把玉玺放到一边，道：“霍家这些妖女真难伺候，刚伺候完妖孙女，又得伺候妖老太太，咱们都快赶上情感陪护了。”

我嘘了一声，小丫头那边对我们相当有用，不能把她暴露。于是我们看着门口，不一会儿，门就被推开了，我和胖子看着，忽然一愣，霍秀秀走了进来，后面跟着几个人，拎着几套被褥和酒，看着我们，很惊讶地道：“咦，你们自己去买被褥了？不是让你们别出去吗？”

胖子看我，我看胖子，连闷油瓶都一下坐直了，我们的脸色瞬时白了。

第二十四章 ● 逆反心理

三个人面面相觑，同时去看头顶的天窗，惊讶得说不出话来。我皱起眉头琢磨到底怎么回事，一瞬间好像明白了，又没明白，骂了一声："我去，邪门了！"

看着霍秀秀，真真切切，绝对不是幻觉，我就知道大事不妙。闷油瓶一下站起来，跳上桌子整个人一弹翻上梁，也打开天窗出去了。

我和胖子也站了起来，自知不可能和他一样，只得在下面眼巴巴地看着。霍秀秀就凑过来，看着天窗问："有老鼠？"

不知道为什么，不由自主地我们就退后了一步。她惊讶地看着我们，觉得有点莫名其妙，那几个跟她进来的人也不知道出了什么事情，一边好玩地看着天窗，一边把东西放下。

房顶上传来闷油瓶走动的声音，不久他就从天窗上再度下来，翻到屋内。我问他怎么样，他摇头："人不见了。"

胖子一下就炸了，抓着头发："我靠，不会吧？这算什么事，上

帝倒带了？”

我已经冷静了下来，忽然意识到了一种可能性，看向霍秀秀，道：“小丫头，你玩我们吧？不带那么戏弄人的。”

“说什么呢？”霍秀秀皱起眉头，“好心给你们送被褥来，你们演什么戏给我看？”

“你刚才不是已经来过了吗？然后忽然说什么你奶奶来了，上了天窗，之后立即下到楼下，和你这几个随从外应会合，再装作刚来的样子。这不是耍我们是什么？”我道。

霍秀秀张大嘴巴：“什么玩意儿？我来过？”

我心说肯定是这样，这丫头装得还真像，刚想呵斥，闷油瓶却拉住我，轻声道：“不是她。”

“什么？”我转头，他就道：“从天窗上不可能这么快翻到地面上，还连气都不喘。”说着他把手伸到霍秀秀耳朵后摸了一下，“体温也没有升高。”

闷油瓶的判断一般没错，那这事情怎么解释？我一下子不知道怎么反应。霍秀秀问到底是怎么回事，胖子就把刚才的事情和她说了一遍。

胖子说完，霍秀秀完全不信，胖子再三和她强调，并且让她看之前的“霍秀秀”带来的东西，她才逐渐相信。

屋里的气氛顿时十分诡异，因为怕被人发现，我们没点灯，如今月亮又看不见了，真的十分阴森，我之前从来没感觉到。

跟来的一个年轻人有点嘀咕：“该不会是狐狸精吧？”

“狐狸精？”

“我老家有过一个故事，说是一家人结婚，进山去接新娘，开了很长的山路总算把新娘接了出来。新娘下了车没走几步，忽然别人都惊叫起来，新郎回头一看，从车上又下来一个新娘，两个新娘一模一样，连婚纱都完全相同。所有人都愣了，不知道怎么回事，后来报了警，警察也不知道怎么办。后来有个老人说，其中一个肯定不是人，要区分的办法只有一个，就是用电棍电，电棍电人，人肯定倒，但是如果不是人就没事。那警察就用电棍，刚拿起来，其中一个新娘就飞似的跑了，快得根本不像人类的速度。老人后来说，可能是狐狸精。”

我听着有点起鸡皮疙瘩，心说怎么可能？这家伙说得还真是生动。胖子看着霍秀秀问我们道：“那谁有电棍？”

“你敢！”霍秀秀怒目看向胖子。

我摇头，那肯定是无稽之谈，让他们别扯淡了，定了定才道：“不说刚才的气氛，就是刚才那‘人’的谈吐，肯定不是妖精，我觉得妖精不会这么无聊。这家伙一定是个人，咱们是被算计了。”

看着现在的霍秀秀，我就开始感觉到，刚才那女孩虽然和霍秀秀十分相似，但是在某些神态上还是不同：“那家伙一定是易容的，来套我们的话。”

“我靠，能易容得那么像吗？”胖子不相信。

“如果是熟悉的人肯定不行，那种尽善尽美的易容是小说的虚构。但是，我们和秀秀不熟悉，一路过来一直很紧张，我们的注意力不在秀秀身上，所以，这人只要大概相似就能混过去了。”我道。这是三叔告诉我的易容的缺陷。

闷油瓶点头，表示同意。胖子打量了一下秀秀：“也是，我发现刚才那位的胸部比这位要丰满一些。那丫头是谁呢？她干吗要这么干？”说着他看了秀秀一眼，“我们在这儿只有霍家人知道，你们中有人可能泄密吗？”

胖子一直是怀疑论者，这话一出秀秀就有点不高兴了。不过小姑娘表现出难得的修养，立即打了个电话，好像是请示奶奶，电话才说了几句，她就问我们道：“你们从新月饭店出来的那段时间，有没有拿别人什么东西？”

胖子刚想摇头，头才刚动就僵住了，立即摸口袋，掏出了一张

名片，那是“粉红衬衫”递给他的。他看了看，就被霍秀秀身后的一个年轻人接了过去，放在鼻子下闻了闻，就皱起了眉头：“可能就是这个。”

霍秀秀接过来闻了闻：“你们真是太懈怠了，那种场合下别人的东西也敢随便拿。这上面有种特殊的气味，有训练好的狗的话，你跑到哪儿都逃不掉。我们的车一出来，他肯定就知道你们坐在上面了，一路跟到我们这儿来。”

“是那家伙？”我想起“粉红衬衫”，感觉哪里不太对，走了几圈，心说那女孩难道是他派来的？这人怎么会对我们的过去感兴趣？难道，他也是局内人？不过那女孩子的举动很难解释，她说的事情头头是道，如果她只是套我们的话，那她未免知道得太多了，最高明的小说家也没法在这么短的时间内编出那么完美的故事来，这些举动都显得非常多余。

不对，这事情不对，难道是背后有非常复杂的原因？但是我们刚大闹天宫没多长时间，怎么可能有人这么算计我们？

又或者是霍家和其他北京豪门之间本身就有非常复杂的争斗，我们只是走进了这种争斗，被人摸了底？但是刚才和那小女孩的对话全是关于老九门和我们的内容。如果是他们的内斗，何必提这些？

我百思不得其解，啧了几声。霍秀秀道：“算了，事情已经发生了，我们立即换个地方。你们带上东西跟我们来。”

我叹了一声，心说同居的生活这么不安定，这是何苦呢？刚想跟着走，胖子和闷油瓶却一动不动，我愣了一下，也立即不动了。

秀秀问：“又怎么了？”

胖子道：“别装了，你胖爷我认脸认不出来，女人的身材可是过目不忘！你到底是谁？”

第二十五章 • 进入正题

我花了一秒钟才理解，几乎是同时，就看到那秀秀的脸色一下变了，冷目看着胖子。我以为她会狡辩一下，没想到忽然她大叫了声：“抢！”她的声音竟是男人的。

我没空惊讶，说时迟那时快，此时那三个人已经猛地扑了过来。不是扑向我们，而是冲向一边我们放铺盖的地方。

我顿时明白了他们的目的——那地方放着那枚玉玺。我立即大叫，那边的闷油瓶早就反应了过来，一脚把玉玺从他们几个人中间踢出来，我一下就接住了，那三个人立即反身扑向我。房间太小、距离太近，实在没法躲，我瞬间被他们冲倒了，好在最后关头我把玉玺朝胖子那儿又甩了过去。

胖子早有准备，一下接着。亏得那几个人动作极端敏捷，我还没完全倒地他们已经从我身上跨过去朝胖子冲去。我抱了一下腿竟然一条都没抱住，看胖子背后就是墙壁无路可退，我立即对胖子道：“快

扔给我！”

胖子骂了一声“扔个屁”，抡起那玉玺就是一砸，离他最近的那人直接被砸翻在地。另两人一下扑上去想把他扑翻，胖子顿时和他们滚在一起，三个人撞到墙上，胖子这才把玉玺扔出来，闷油瓶接在手里。

那三人发现这样不行，两个人死命拽住胖子，那个“秀秀”一个人起来再次冲向闷油瓶。我爬起来从后面一下抱住他，就感觉这人软得好像没有骨头一样，手一松他就从我怀里脱了出去，回手一拳打在我的鼻梁上。我立即挂彩了。但是我倒地的一刹那还是用一个铲球的动作将他铲倒了。

他一个踉跄，没有倒地，同时我忽然看到他从袖子里抽出一把奇怪的匕首来，似乎是古董，反手握着迅速朝闷油瓶的方向冲去。我立即大叫“当心”，却看到闷油瓶已经不在原来的位置上了，同时一个闪电一般的影子从半空中压了下来，瞬间用膝盖将那小子整个顶翻了出去。

胖子那边被制得死死的，两边互殴他竟然没吃亏。我知道真正的狠角色是这小子，也不去帮忙，和闷油瓶两个围上去，先制伏这小子再说。

那“秀秀”从地上爬起来，忽然以一个奇怪的姿势舒展了开来，整个人的身形顿时变大，肩膀变宽，身高也高了起来，同时撕掉了脸上的面具。

我一看，立即认了出来，竟然是那个“粉红衬衫”。他边喘气边笑道：“缩着被打会疼好几倍，原来不是骗人的。”

我看着他的奇怪状况，背上直出冷汗。这样的情形我以前见过，这是缩骨。以前闷油瓶假扮秃子的时候也这样来过一回。与此同时，我们听到楼梯上出现了大量的脚步声，立即回头。

“外面还有接应！”我心叫不好。胖子在一边立即大叫：“你们先走！别全被他们窝里憋了。”

我恶狠狠看向粉红仔，一边迅速往后退，一边想着怎么撤退。难道要爬天窗？粉红仔却把匕首插回去，对另外两个人晃了晃手，那两个抓住胖子的人也松开了手，三个人满嘴鼻血、互相推搡地爬起来。门被推开，我们转头警惕地去看，霍老太和霍秀秀一前一后走了进来，脸上一点惊讶也没有，臭丫头还在朝我们吐舌头。

那“粉红衬衫”揉着自己的关节，微笑地走过来拍了拍我的肩膀，转头对霍老太点头：“够格，你眼光不错。”说完他指着闷油瓶，“这家伙归我。”

第二十六章 • 夹喇嘛

房间内挂起了一盏煤油灯，光线调得很暗。霍秀秀帮我和胖子止了鼻血，一行人各自站在原地，闷油瓶回到原来的地方站着，胖子两只手把玉玺严严实实抱在怀里，气氛尴尬。

老太太没理会“粉红衬衫”的话，只是打量我们，看得出她的腰骨很好，这么大的年纪上楼梯，脸不红气不喘的，反倒是“粉红衬衫”完全放松了下来，找了一个地方靠墙倚着。他身边的两个打手比较可怜，默默捂着受伤的地方，一瘸一拐地出了屋子。

我觉得莫名其妙，不过看着这诡异的场面，逐渐明白了是怎么回事。看样子，这粉红死“人妖”应该是和这老太婆一伙的。听他说的那话，感觉这可能是一次测试。他们在试我们?

不由得就有点愠怒，我被人戏弄了那么长时间，最讨厌这种被人套在套里的感觉，就直接问她：“婆婆，你这玩的是哪一出？”

老太太没回答我，只是似笑非笑地看着我。我又问了一遍，她才不紧不慢地开口，却不是回答，只道："你和你爷爷年轻的时候有一点像，无论在什么境地下，你总是先想着好处，再想到坏处。所以，在这种情况下，你还是站在原地，不会选择先做一些事情让自己获得优势。"

我看着老太婆的眼神有点不太舒服，心说这和我有什么关系。她接着又道："如果是我，遇到这种情况，我都会先冲到外面，或者制伏一个人再说，在那种状态下，我才会和对方交谈，看对方是什么目的。可刚才你们看到我进来了，一下站在原地，什么都没做。要是我有什么其他布置，你们现在岂不是一点机会都没有了？"

我心中稍微明白了点她的意思，心说干吗？难道是给我处理危机公关的建议？胖子在我身后道："老太婆，您搞错了，您以为你们人多就是你们的优势了？你们人就是再多一倍，这儿占优势的还是我们仨，你懂不？您要真想试试，爷们儿仨马力全开，这几个萝卜青菜还不够看的。"

老太婆扫了他一眼，叹了口气，好像感觉和我们说这个有点可笑，继续道："好了，我到这里来不是谈这个的，你们放松点，我并不想对你们怎么样。"

"您不想怎么样的时候可就够狠了啊。"胖子指了指自己领子上的鼻血，"要是您想怎么样的时候，还不得把我们弄死？"

老太太走到窗口，看着外面道："这老宅子，本来是我们霍家在北京的一个盘口，专门负责处置犯了规矩的伙计。不过旧社会的人信鬼神，有畏惧，这么多年，这下面院子的草下埋的人并不多，你们要是死了，有的是地方。不过，你们放心，我对弄死你们没有任何兴趣。"她顿了顿，看向一边的"粉红衬衫"，"刚才，我是试试你们，而我试你们，是让他看看，我的眼光不会错。"

一边的"粉红衬衫"就对我们笑了笑。胖子有点恼怒："什么眼光？你想让我们三个也做人妖？"

“粉红衬衫”一下就笑了出来，道：“得了吧，你答应，我也不答应。”

“我去，看不起人啊你。”胖子怒道，刚想反驳，一想又不对，一下不知道自己该怎么接话了。

“粉红衬衫”走到我面前，道：“我自我介绍一下，我叫解语花，是现在九门解家的当家。我们两个互为外家，算得上是远房的亲戚。小时候拜年的时候我记得我们几个小鬼经常在一起玩儿，不过，吴邪你不那么合群，性格内向，又是从外地来的，所以可能并不熟络，记不得我了。”

“是啊，你连我都忘了。”霍秀秀在一边道，“连谁真谁假都分不出来，还不如这胖子，真是令人心寒，亏得人家小时候还想着嫁给你。”

我看着霍秀秀，又看看那个“粉红衬衫”，我心里忽然“啊”了一声。

之前就觉得“粉红衬衫”十分面熟，但是怎么搜索都想不起来在哪里见过，原来是搜索的区域错了。他不是我做过生意的客户，也不是什么日常的朋友或者酒肉之交，而是六七岁时候的小朋友啊。

我靠，这个我就是有心记都记不住啊。多少年了，当时又还没到记事的时候。不过，我竟然能从他的脸上找出一丝熟悉的感觉，说明这家伙的脸竟然有某些区域没变，真是难得。

解语花，这名字真怪，当时的年纪我连脸也记不住，不要说记住一年只见一两次面的小鬼的名字。不过，我确实记得那时候有个家伙，他们都叫她小花。

可是，那个小花在我的记忆里和这个人完全对不上号。不仅是外貌，眼前的人和当时的那个小花，根本是两个人。难道我记错了？

我于是问他：“你，该不会就是那个小花？”

他看了看我，很暧昧地笑了笑。霍秀秀在一边笑道：“就是，没想到吧？”

我又愣了愣，觉得有点崩溃：“可是，那个小花我记得是个女孩子。难道我记错了？”

“你没记错，那个时候，我确实是个‘女孩子’。”“粉红衬衫”道，“我小时候长得嫩，又在跟二爷学戏，唱花旦和青衣，很多人都分不出来，以为我是女的。”

我皱着眉头，实在没法想象脑子里那个清爽可爱得犹如从招贴画里走出来的小女孩竟然是个大老爷们儿，现在喉结都老大了。我忽然觉得发晕，真是世事无常。我又问秀秀：“那你刚才和我们说的事情——”

“都是真的，当然，唯一的不同是，我奶奶知道整个过程。”秀秀道，“我发出信之后，有人给我奶奶打了电话，我奶奶观察了我一段时间，然后把我抓了出来。”

“做这一行生意的人都很谨慎，如果你收到一封莫名其妙的信，你也会打电话去问问是怎么回事的。”老太婆道，“不过，我承认你刚才推测的事情很对，我收到录像带的时候，确实蒙了。但是我没老糊涂到以为那只是一盘录像带。”

“那、那你发现了那些录像带里藏的东西？”

“我之前和你说的，那些样式雷的图样是从国外收购而来的，那是骗你们的。”老太婆道，“那些样式雷，都是在那儿盘录像带中发现的，我一直以为那是我女儿给我的线索，让我去找她，这也是我到现在也没有放弃的原因。现在，虽然我知道了，那不是我的女儿，但是，我知道只有跟随这些信息，才能知道我女儿到底发生了什么。”

文锦寄出了那些样式雷？我有点混乱，我原以为录像带里会有具体点儿的信息，没有想到会是这些。

不过，霍玲是在这座楼的考古项目中失踪的，如果寄来的录像带里有女儿的影像，里面又藏了楼的图纸，那更会让老太婆觉得这是一个强烈的线索提示。

胖子在边上问道："这和你们试我们有什么关系？"

霍老太露出了一个很复杂的微笑。一边的"粉红衬衫"好像接到了什么信号，立即拍拍我，对我们道："好，我也不想浪费时间，我们说正题，以后有的是时间叙旧。"说着他给霍秀秀使了个眼色，霍秀秀就开始从包里拿出一卷卷东西，我一看，全是样式雷的图样，就是我在老太太家里看到的那些。

所有的图纸都用非常高档的牛皮纸包着，外面还裹着保鲜膜，里面浸了一层类似于桐油的物质。看样子，这些样式雷出了那间恒温恒湿的房间，就非常脆弱。只是不知道为什么把这些东西带来，难道是老太婆失去了兴趣，反倒是想把这几张都卖给我？

我有点奇怪，但是没发问，一直到所有的图样在秀秀的小手下，全部小心翼翼地在地板上展开，老太太才说话。

"我和解小子最近会夹一次喇嘛。"老太太拍了拍图样道，"我需要你们帮忙，如果你们答应，我保你们这次大闹新月饭店没事，而且另有很多的好处。"

第二十七章 · 样式雷（下）

我看着那几张图样，明白了他们的意图："你们要去找这座古楼？"

"粉红衬衫"点头。我皱起眉头，老太婆和我说的话还历历在耳，他们应该还没有找到那栋楼的具体位置，怎么突然间就要出发了："你们找到这座楼的位置了？"

"粉红衬衫"看了看老太婆，看上去是在询问她的意思，老太婆点头："告诉他们吧。"

"粉红衬衫"吩咐秀秀点亮灯光："是的，因为你在广西的经历给了我们启发。"

说着，他拿出了一张工程用的图纸，让我们看。

胖子把玉玺塞入自己的衣服里裹住，凑过来。我发现，那是用现代绘图软件根据样式雷重建的"张家楼"的整个结构图。

我一看那图，闻到熟悉的油墨味道，立即想起了大学里熬夜画图的时候。当年生活中的两点一线，现在这玩意儿却出现在这种地方，

让我颇不舒服。

“粉红衬衫”道：“这是我们找人根据样式雷的图样复原的结构图，你们可能看不懂细节，没关系，我来解释。”说着他开始为其他人做上面符号的普及。我对这些太熟悉了，自然不用听，几秒钟内，我已经对这座楼有了一个大体的了解。

整座楼可以说是当时典型的木石结构，建筑敦实，之前草草地看过每一层的样式雷，本身就不熟悉，但是现在使用绘图软件，用我熟悉的方式把七层全部绘制到一张图纸上，楼的形态就几乎一目了然了。

小花指了指其中几张道：“你看一下，这是楼的顶部，是不是你在巴乃水底看到的那栋张家楼？”

我不用他指，早就发现了。心中一惊，我立即点头，心中道，不会吧？

他道：“我听到你说张家楼的时候，就知道会是这种结果，再听到你说铁尸就更加确定。张家楼是在水底，而且它的一部分是埋在水下的山体之内的。你再看这里。”他指了指样式雷上的几个部分，“你可以看到，样式雷的第一层和第二层，和下面的几层很不一样，一、二层更像塔，而不是楼，而在一、二层和下面几层连接的部分，缺少了很多的设计。”

“你是什么意思？”

“张家楼的第一、二层和剩下的几层是分离的，一、二层是在地面以上，然后，借由很深的地道，通往深埋在山体之中的剩下几层。因为工程量的关系，我相信，那几层应该是藏在那湖附近的山体里。我们就是要去找它们。”

“为什么？你们经验十分地丰富，应该驾轻就熟了才对。”

小花道：“这绝对是笔大喇嘛，你们不会空手而回的。我们夹喇嘛，分成一向很公道。”

“到了这份儿上，我还会在乎钱吗？老兄，你这狗屁地方，我一看就知道肯定危险得不能再危险。”我道，“进去有命出来吗？”

“你对自己的身手这么没信心？”小花道，“你之前去的那几个地方，也不是好地方。”

我心说那不一样，那些地方，我知道危险，但是我去之前都发生了很多事情，使得我的前往成为必然。但是，一次一次地冒险，谜底却越来越深，到现在，我真的提不起勇气，再来一遍。

很多时候，一件事情，你即使再渴望，但是拖得太久，也会慢慢失去锐气。即使我知道，这个地方可能很关键，很可能是整个事情一块不可失去的拼图，但是我的第一反应，还是拒绝。

小花有点为难，看了看老太婆。老太婆道：“你别拒绝得那么快，好好考虑一下，只要找到那座楼，我会立即告诉你一切。”

“你可以先告诉我。”我道。

老太婆摇头：“你是吴老狗的孙子，我不相信你的人品，说话不算话是你们家的传统。”

我就摇头：“不好意思，你不信任我，我也不信任你。”

老太婆叹了口气，就道：“你不去，只代表你一个人的想法。你们呢？”

说着他竟然向闷油瓶看去。

胖子立即道：“我们三个是一条心，共同进退，绝对不会被你们挑拨的。不过天真说不去，那是你们的诚意还不够。”

老太婆呵呵一笑：“钱的事情好说，主要是你们想去不想去。”

我心说胖子光给我捣乱。我刚想摇头拒绝，心说这一次，我无论如何也不会轻易答应下来，忽然，听一边的闷油瓶道：“我去。”

我惊了一下，一回头，就看到闷油瓶看着我们。我和胖子对视一眼，都不敢相信自己的耳朵。我刚想说话，老太婆已经道：“好，一个去了。”

我有点反应不过来，有点恼怒，感觉事情一下脱离了我的控制，那一瞬间想说不行，但是我随即意识到，自己根本没资格说不行，这本来就是别人的意愿。

那一瞬的感觉让我很不舒服，老太婆问我和胖子："你们怎么样？"

"我也去！"胖子立即道。我几乎被气死，不可思议地看向他，心说刚才是谁说三个人没二心的。胖子说完立即凑过来，在我耳边道："我靠，小哥答应了，你要不答应，小哥就转手了，到时候你找他就难了。"

我一想，觉得也是。我靠，这个时候说不去，那等于直接退出游戏了。

"你呢？"老太婆看着我，"快点决定，我们就要没有时间了。"

"好吧。"我道，"不过，丑话说在前面，如果太危险，我们会退出。"

老太婆拍了拍手，小花道："那么，欢迎你们和我们成为一伙，我来给你们说说，我们的目的地是个什么地方，听完之后，我们在三天内就会出发。"

第二十八章 · 计划

小花非常快地把整个计划和我们介绍了一遍。我觉得头昏脑涨，感觉受到了身体和心灵的双重打击，前面的勉强听了一点，后面的基本什么也没听进去。

很难说那是种什么感觉，大约可以说是沮丧。比如你在好好地和别人聊天，忽然冲进来一帮人，对你说，你好，我们后天去玩吧。你根本没有时间去考虑后天是不是有时间。他又说，如果你去了我就给你很多钱，但是你必须马上决定，否则机会就给别人了。然后开始倒数。

这时候你的朋友纷纷表示同意，在这种情况下，人根本没法思考。接着他们开始兴高采烈地讨论去哪儿玩，而你这才冷静下来。

你事后想想，觉得这真像一个蹩脚的骗局。

他们走了之后，看着小花留下的图，我问了胖子几个问题，才搞清楚他们到底要去哪里。

我首先明白的是，这一次，不是一支队伍，是两支。

有一支队伍会前往广西巴乃的湖边，另一支队伍前往四川。而两支队伍，似乎是有联系的，不是各管各的。我看到他们设置有联络的体系，通过各种方式，两支队伍似乎会交流某些信息。

我问为什么要这样，胖子说小花说他也不知道，但是老太婆说，这非常必要。这两个地方，一定有某种联系，必须两边配合行动。

去广西那边，显然是为了那座古楼。小花说，他们分析那座古楼应该在山里，很可能被包在整个山体之间，他们要找到我们之前出来的缝隙，再次进去，很可能通过那些缝隙能够找到古楼的位置。

而四川那边，我立即想到了金万堂说的，史上最大盗墓活动发生的那个地方。看来，果然所有的这些有千丝万缕的联系。胖子说，他决定去广西，因为他想云彩了，这一次一定要带很多的礼物回去，顺便看看能不能订婚。

我都不愿想这些，看着闷油瓶坐在那里，盯着那几张纸看。我深吸了口气走过去，就问他："为什么？"

他抬头看我，没有任何表情。

"你答应之前，应该和我们商量一下。"我道，"我觉得，今天我们上了他们的当。"

他低头继续看那些图纸，只道："和你没关系。"

"我……"我为之气结，想继续发火，却见他聚精会神地看着那些图纸，显然并不是在发呆，而是在研究。

我看着他的眼睛，一股距离感扑面而来。我忽然意识到闷油瓶发生了一些变化。这种距离感，其实我并不陌生，那是他失忆之前的气场，他失去记忆之后，我一度失去了这种感觉。但是，它忽然回来了。

难道他恢复记忆了？我心中一个激灵，又感觉不像，如果恢复了记忆，他一定会忽然消失，不会顾及任何东西。

我叹了口气，不敢再去惹他，心里琢磨着怎么办。我忽然见他起身，朝外走去。

“什么情况？”胖子惊了一下，跳起来。

闷油瓶走到门口，忽然停了下来，看着我们：“你们谁有钱？”

我和胖子对视一眼，都走了过去。我问道：“你想干吗？”

“我要出去买样东西。”他淡淡道。

我又和胖子对视一眼。我无法形容我的感觉，但是忽然想笑，不知道是苦笑，还是觉得莫名其妙的笑。胖子一下勾住他的肩膀：“好啊，小可怜，我终于觉得你是个正常人了。来，让胖爷我疼疼你，你准备去哪儿，连卡佛，还是动物园？”

第二十九章 · 四川和分别

最终我们还是没有出去，门口卖驴肉火烧的是霍家的人，把我们劝回了。他们说现在出去太危险，如果要买什么东西，明天开单子就行了。

第二天是采购日，小花过来，要我们把所有需要的东西都列一下，他们去采购。胖子狠狠地敲了他们一笔。等晚上装备送过来之后，我们才发现敲得最狠的是闷油瓶。因为，他的货里，有一只一看就价值不菲的盒子。

小花说："我奶奶说，你会需要这个东西。"

闷油瓶打开之后，从里面拿出一把古刀来，大小和形状，竟然和他之前的那把十分相似。

古刀拔出鞘来，寒光一闪，里面是一种很特殊的颜色，只是刀刃不是黑金的。

"从我们家库里淘来的，你要不要要要？"

闷油瓶掂量了一下，就插入自己的装备包里。胖子吃醋了：“我靠，为什么不给我们搞一把？”

“这种刀不是随便什么人都能用的。”小花道，“太重了。”

其他的装备，大部分以前都用过，胖子的砍刀他不是很满意，说刃口太薄，砍树可能会崩，还是厚背的砍山刀好用。

我都没看我的东西，都是胖子帮我写的。我看着他们收拾装备，就觉得很抗拒，在一边休息。

之后，就是休整期，小花他们要做准备工作，我们就在这宅子里休养。秀秀给我搞了台电视来，平时看看电视。

闷油瓶就在一边琢磨那把刀，看得出，在重量上还是有差别的，他在适应。

这段时间我无所事事，就一直在琢磨着整件事情，尝试把最新得到的信息，加入以前的推断中，看看会有什么变化。

如果我们暂且把当年逼迫他们进行“史上最大规模”盗墓活动的幕后势力称为“它”，这个“它”得到了无数的鲁黄帛之后，可能早于裘德考破解了帛书的秘密，而进行了一系列的活动。这些活动可能都以失败告终了。

我甚至怀疑，当年的裘德考解开帛书的方法，是由某个或某群和“它”有关的人带出，秘密透露给他的。

胖子说，那个年代民进国退，社会风气开始放开，很多以前了不得的东西，比如说工会、居委会的作用越来越退化，胆子大的人开始做小生意，联产承包责任制也是那个时候搞起来的。同时外国人开始进入中国人的视野里，新的事物全面替代老的事物。这个“它”所在的体系，可能在那次更新中瓦解了。

和现在的企业一样，虽然组织瓦解了，但是项目还在，有实力的人会把项目带着，继续去找下一个投资商。

也许，在“它”组织的势力中，有一个人或者一群人，因为某种

关系，和裘德考进行了合作，进行还未完成的“项目”。

“张家楼”考古活动和“西沙”考古活动，应该就是这个时期的产物。这样就可以解释为什么这两次的活动规模比当年老九门的活动规模小得多，甚至需要“三叔”自己来准备装备。同时很难说是有意还是无意，潜伏在文化系统的老九门的后代被集结了起来。

时过境迁，又过了近二十年，经济开始可以抗衡政治，老九门在势力上分崩离析，但是因为旧时的底子，在很多地方都形成了自己坚实的盘子。霍家、解家在北京和官臣联姻，我们吴家靠“三叔”的努力在老长沙站稳了脚跟，其他各家要么完全洗白转业，要么干脆消失在社会中。

这个时候，很难说这个“它”组织是否还真的存在。从文锦的表现来看，这个“它”组织可能还是存在着，但是，和这个社会其他东西一样，变得更为隐秘和低调。

我非常犹豫，是否要把霍玲的事情告诉老太太。霍老太的这种执着，我似曾相识，同时能感同身受。我以前的想法是：我没有权利为任何人决定什么，我应该把一切告诉别人，让他自己去抉择。但是经历了这么多，我现在感觉到，有些真相真的是不知道为好，知道和不知道，只是几秒钟的事情，但是你的生活可能就此改变，而且不知道，也未必是件倒霉的事情。

可惜，有些路走上去就不能回头，决绝的人可以砍掉自己的脚，但是心还是会继续往前。

答应之后，我们又交流了一些细节，要和闷油瓶、胖子分开下地，我觉得有点不安，又觉得有点刺激。但是老太太说得很有道理，又是闷油瓶自己答应的，立场上我有什么异议根本没用，要么退出，而这是不可能的。而胖子急着回去见云彩，根本没理会我的感受。

另外，我实在是身心俱疲，走闷油瓶那条线说起来万分凶险，我想起来就觉得焦虑。对于他们两个，我有些担心，但是想起在那个石洞里的情形，当时如果没有我，说不定他们可以全身而退。回想以往的所有，几乎在所有的环境中，我都是一种累赘，所以也没什么脾气。好在，老太婆估计，他们那边最多一周就能回来。

老太婆、胖子和闷油瓶确定是在三天后出发去巴乃，我和解语花比他们晚两天出发去四川。因为我们这边虽然安全，但是设备十分特殊，需要从国外订，这让我有种不祥的预感。

之后的几天很惬意，因为不能出去，只能吃吃老酒、晒晒太阳。我时不时会焦虑，仔细一想又会释然，但是如果不去用理性考虑，只是想到这件事情，总会感觉哪里有我没有察觉的问题，不知道是直觉还是心理作用。

胖子让秀秀给我们买了扑克牌，后几天就整天“锄大D”。小丫头对我们特别感兴趣，天天来我们这儿陪我们玩，胖子只要她一来就把那玉玺揣到兜里，两个人互相贫来贫去，弄得我都烦了。

三天后他们整装出发，一下整个宅子就剩下我一个了。老宅空空荡荡，就算在白天都阴森了起来，这时候我才感觉到秀秀的可贵。我们聊了很多小时候的事情，很多我完全记不起的场景都开始历历在目。当年的见面其实只有一两次，几个小孩从陌生到熟悉不过就是一小时的时间。我忽然很感慨，在我们什么都不懂只知道“老鹰捉小鸡”的时候，在房间里的那些大人，竟然陷在如此复杂的旋涡中。

有时候觉得，人的成长，是一个失去幸福的过程，而非相反。

晚上的宅子更恐怖，我熬了两夜几乎没睡，总感觉有人在我耳边喘气，自己把自己吓得够呛。好不容易装备到了，我几乎是逃也似的离开了那个老宅。

在机场耽搁了四小时，小花才办完货运手续。我发现他身份证上的名字叫解雨臣，就奇怪他怎么有两个名字。他道，解语花是艺名。古时候的规矩，出来混，不能用真名，因为戏子是个很低贱的职业，免得连累父母名声。另外，别人不会接受唱花旦的人真名其实叫狗蛋

之类的，解语花是他学唱戏的时候师傅给他的名字。可惜，这名字很霸道，现在他的本名就快被人忘了。

我觉得非常有道理，忽然想到，闷油瓶算不算艺名？他要是也唱戏，估计能演个夜叉之类的。

在飞机上我睡死了过去。到了哪儿都有地接，我少有地没操心。其间胖子给我发了条彩信，我发现是云彩和他的合照，看样子他们已经到了阿贵家里，胖子的嘴巴都快咧到耳根了。之后，我们去机场提货，第一次看到了那些所谓的特殊装备。

那都是一些钢筋结构的类似于“肋骨”的东西，好像是铁做的动物骨骼的胸腔部分，有半人多高，可以拆卸。“这是什么玩意儿？”我问小花。他道：“这是我们的巢。”

第三十章 • 流水

我不知道“巢”是什么意思，也许是我听错了，也许是“槽”或者其他字。不过这时候下起了雨，提货处人来人往，我们也不想久待，所以我没细问，把东西搬上小货车，在毛毛细雨中驶入成都市区。

小货车比我的金杯车还小，轮子只有脸盆大，开起来直发飘。小花让我忍着点，在城里就走这小车了，到后段山里的泥路换黄沙车，因为那边的路不太好走。我心说果然是干这行的，别管在盘口多光鲜，到了地头上还得和贼似的。这一行好像是在嚣杂和卑微中玩一种跷跷板，难得所有人都这么想得开。

成都是个特别棒的城市，我大学时候有同学来自这里，讲起四川的美女和小吃，让我们直流口水。最能形容这儿的一个词，就是“安逸”，不过这一次我恐怕是无暇去享受了。

货车带我们进了城里的一条小巷子，过一条大街就能看到四川大

学的正门，里面全是发黄的水泥老房子，外表似乎经历过旧城改造，在几个地方点缀了一下，使得这种古老像是可以使用，但是先天不足。仔细看，老房还是老房，在巷子的尽头那里，开了一间小小的招待所。招待所都没招牌，只有一块木板上写了“住宿”两个红字，挂在门口随风荡漾。

我们把车停下走进去，绕过简陋的前台（如果那玩意儿一定要叫前台），忽然豁然开朗。走廊里面出现了非常考究的欧式装修，地板全部是实木的，走廊两边挂满了油画。小花告诉我，这就是他们在成都的盘口。这家招待所不对外经营，你要来问，所有时候都没房间，招牌只是个幌子，里面都是南来北往的伙计。

我们各自进了房间，洗了澡，放松了一下。当地的一个四川堂口的伙计带我们去吃“韩包子”，又逛了几条老街。晚上夜宵吃的是一家牛油火锅。我靠，我第一次知道夜宵也能吃火锅，为了去麻辣的感觉，我边吃边喝了六七瓶啤酒漱口，还是吃得后脑勺发麻，几乎晕过去。

最有意思的是，去店里的厕所找不着，我问一个姑娘，也许是喝多了嘴巴不利索，把“请问厕所在哪儿”说成了“厕所在儿”。那姑娘立即怒了，用四川话大骂：“老娘又不是厕所！”把小花乐得哈哈大笑。

这算是典型的走马观花式的体验，以最快的时间领略当地的特色。说起来我是客人，小花是主人，所以他习惯性地带我草草走了一圈。第二天一大早，我们就离开成都，上了高速公路，一路无话。这段时间，我早就喜欢上了这种长途跋涉，小花也没有故意找我聊天什么的。但是不知道为什么，我没有觉得什么陌生和尴尬，也许是因为我们的背景实在太相似了，我似乎在他身上看到了我的另一面。

就这样，我们各自凝望着窗外，或者闭目而眠，看着那些山，那些云，那些天。景色慢慢变化，山越来越高，路越来越窄，每次醒来，都会发现四周的景色越来越山野。当天晚上，我们下来换上越野性能更好的黄沙车，正式进入山道之中，在黑夜中又开了一夜。

终于，第二天的清晨，等我从颠簸中醒来下车透气，第一眼就看到了传说中的那四座连绵的雪山。

“四姑娘山。”开车的司机用四川话道，“东方的阿尔卑斯。”

我站在环山公路的边缘，再迈一步就是万丈深渊。前面的视野极好，我看着前方一片翠绿的山峰，以及之后那纯白巍峨的巨大雪山，深绿和雪白从来没有如此融洽，也许只有大自然能调出如此不同又匹配的景色。云雾缭绕，美得让人颤抖。

然而这种美没有一种霸气之感，反而让人觉得十分柔美神秘。四姑娘山，你们孤独地矗立在那里，在想什么呢？

我不禁为自己忽然而来的抒情感觉到奇怪。以前和胖子去过不少美好的地方，但是在我刚有感触的时候，总会被胖子的妙语干倒，难得这次和他分开，感觉竟然是这么不同。也许我适合去写点矫情的东西，而不是做那么实在的盗墓贼。

“这是大姐，这是二姐、三姐，那是幺妹，幺妹最高最漂亮，六千多米高。”司机继续道，“我们叫它们四姑娘。这儿一带全是羌族和藏族群众，我们去的地方羌民很多，记得不要坐在他们门槛上，也不要去碰他们的三脚架。”

“三脚架是什么？”我问。

“每个羌民家里，都有一个锅庄，看起来就是一个三脚架，他们叫它希米。希米上挂了一口铁锅，下面是篝火，那是万年火，永世不熄，几万年前他们的火神给火种所蔓延开来的火，所以，那火是很神圣的。我以前有位朋友，往火堆里吐了口痰，然后……”小花一边刷牙一边道，“我买了一百多只羊才把他带出来。”

“你以前来过这里？”我觉得有点奇怪。

他朝我笑笑：“说来话长，那是我自己的一些事情，你不会想知

道的。”

我看着他的表情，就觉得更加矫情，不过吸了口清新的空气，感觉在大清早，矫情一下也不错。

最后一段路要靠摩托才行。我们叫了几个当地人开摩托，谈了价钱把那些东西全都搬下车，来到了离公路最近的一个村里。在村子里找寻没有出去打工的剩余劳力，雇了三四个人，冒充摄影记者，让他们帮忙做一些搬搬抬抬的事情，又包了几辆摩托，把所有人都往山里的另一个村子运去。

当年霍仙姑来这里的时候，这里真正是深山老林，现在比当时要好得多了。虽然也经历了很多麻烦，但是总算在到达四川的第三天，来到了他们之前说的那块悬崖附近。这里离最近的乡只有半天的路程。此时胖子和闷油瓶应该还在广西巴乃往山里的路上。

除了气候和风土人情，这种感觉和在巴乃非常相似，这也让我稍微心定了一些。我们用骡子把所有的装备全部驮上，沿着悬崖的根走，很快就发现了悬崖上的山洞，一个接一个，有些地方密集得要命。“有些洞被那些树遮住了，其实上面的洞更多。”当地人告诉我们，这种满是洞的山壁，四周的山上到处都是。当地人把这种洞叫作神仙蛀，也不知道是不是这么写，听着有点诡异。

我问小花：“怎么样？知道哪个是当年他们找到帛书的洞穴吗？”小花摇头，道：“老太太当年也不是自己上来的，而且这么多年了，就算当年留有记号恐怕也全都没了，只知道应该是在中段，而且位置非常高，我们得找找。”说着小花就让其他人解开装备，然后开始描绘整个崖壁，为所有能看到的洞穴编号。

“找找？”我抬头看悬崖觉得有点晕，心说，这怎么找？这整天爬上爬下的怎么吃得消？而且，我忽然觉得，这些洞好熟悉啊，那么多，怎么看上去那么像西王母国的那块满是孔洞的陨石？

第三十一章 • 巢（上）

西王母国最后的经历我很抗拒再去想起，有一种生理上的排斥，所以我一把眼前的场景和之前的相联系，就陡然觉得这座岩壁变得丑恶起来。青黑色的石头加上上面的孔洞使得整座山看去像是一具腐烂穿孔的巨兽尸体，绿色的青苔好比尸体上的脓液和真菌。之前根本没有这种感觉。

好在那只是一刹那，小花的四川伙计打断了我的歪念。几个当地人把骡子上的绳子全都卸了下来，在四川伙计的指导下把绳子系上攀岩固定器，那是一种可以插入岩石的缝隙，瞬间卡死的小装备。

我们有整套攀岩器械，安全带、下降器、安全铁锁、绳套、安全头盔、攀岩鞋、镁粉和粉袋，世界上最早的攀岩协会来自苏联，但是这些东西都是瑞士产的，看着非常让人放心。

不过小花并没有完全按照规矩来，他脱掉了外衣，拖着绳子挂在腰上，只穿着背心开始徒手攀爬。他非常瘦也没有非常明显的肌肉，

但是不知道为什么，他爬起悬崖来好比杂技表演，很多我想都不敢想的动作，比如说单手挂在突出的峭壁岩石上，用腰部的力量把脚送到极远的一棵树上，用脚背挂住树，然后松手，整个人倒挂着荡过去。够不到往上的岩石突起，他会极快地在悬崖上翻身，头下脚上地用脚背挂住，然后瞬间用力翻上去。他做起来除去利落，甚至有一种特殊的美感。

最让人惊叹的是他的速度，我真的是意识到了什么叫飞檐走壁。除了遇到难以攀登的地方，他所有的攀爬都是在极其快速，甚至比走路还快的情况下进行的。但是即使这样，他爬到了悬崖的顶部也用了近四小时，最后他到高处的时候，我几乎看不清楚他的位置，一直到他甩下了绳子，我们才确定他到了顶部。

下面的人都由衷地鼓掌，我也没法不表示佩服，心说这家伙学戏的时候肯定也学《西游记》了。

利用那根他带上去的绳子，我们把所有的装备通过一只滑轮全部吊了上去，有七条绳子从上面被甩了下来，做成了七条辅助攀岩的“梯子”。我并不知道这些绳子到底是怎么用的，但是想到小花的身手，我忽然意识到这些绳子可能是给我准备的。

我并不感觉到什么惭愧，只是感觉到恐惧。如果只是让我爬上去待着，也许我可以接受，但是如果是要在这些绳子之间不停地穿梭，我靠，我实在不敢保证我可以坚持那么久不摔死。

之后，四川的几个伙计搭起了那只所谓的“巢”。那是用钢筋做成的，像是爪子一样的东西，爪子里可以容纳一只睡袋，睡袋和爪子上的很多固定环使用六个金属环连在一起，爪子手心朝内，被吊在悬崖上。

我明白了巢的定义，这东西是给我们在悬崖上睡觉的。果然，只能称呼为巢。

小花的伙计告诉我，这是芬兰人发明的，是鸟类摄影师用来拍摄一种悬崖上的鹰的器械。这种鹰生活在悬崖上，十分难以观察。他们做了这种爪子，用这个睡袋可以在悬崖上不落地地生活几个月。峭壁上的洞太多了，我们要全部找一遍，最起码需要一个星期，而这个悬崖实在太高了，普通人上去可能需要一整天，所以只能待在上面。

巢会安置在悬崖顶部，那里光照多，青苔少，不潮湿。最后一个步骤，就是把我吊上去。

我有攀岩的经验，这一次倒也没有太过丢脸，只是到了峭壁中部的时候，往下只看到一片绿色的树冠，就感觉有点恍惚，想起了蛇沼边缘的断层，脑子里闪过了好多东西，不禁开始惊讶自己的改变。如果是以前，到了这么个地方肯定腿软，现在竟然可以这么镇定。

到了峭壁的顶部已经是夕阳西下，那是真正的绝顶，几乎没有立足的地方，上面长着一些低矮的树和灌木。夕阳昏黄的光下，四周巍峨但是柔美的雪山变得神秘莫测，而四周的绝壁山谷绕起了一股缥缈的白雾。昏黄之下，山中背光的阴影处已经是一片黑暗，远处山村的炊烟和这一切，形成了一种光怪陆离的意境。

小花坐在一块石头上，双脚悬空荡着，下面就是万丈深渊。他看着雪山，眼中是万分肃穆的神采。

第三十二章 ● 巢（下）

我和小花之间有一种特别的默契，也许是因为背景实在太相似了，或者是，解家和吴家之间本身就有一种无法解释的纽带，所以，这种感觉让我没有任何尴尬或者冷场。反而我很能理解他现在的感觉，所以也静静地坐了下来。

夕阳下的风已经带有一丝凉意。这里完全是另一个世界，你只有坐在这里才能理解，没有任何路下去，也没有任何路可以通到其他地方。你所有的只有四周的几块岩石，而两边都是万丈深渊，雾霭在你脚下缓慢凝聚。我坐着，在这百米高的孤峰之上眺望四周，远处相似的孤峰一座接着一座。忽然我起了奇妙的错觉，好像我是一个仙人，只要垫脚一起，就能从这悬崖的顶端飞起来，脚踏云海，踩过千峰上的孤石，往雪山之上飞去。

顿时我很理解那些修仙之人，在那个年代，他们爬到这个山岩之上，看到眼前的景色，在这种极端仙境一般的魅惑下，确实有可能砍掉那条唯一的绳子，把自己困死在这峭壁之上。

当夜无话。时间紧急，只订购到两套装备，同时也不想我们干的事情太过张扬，小花说暂时靠我们两个就够了。我们有两天时间做初期的寻找，等到另一边老太婆他们到达巴乃的湖边，准备好一切，我们才能进行下一步的动作。

霍老婆子坚信张家楼的另一半深埋在湖底，楼底埋着张家历代先祖的遗骸。为了掩饰身份，这些人入殓之前都会被砍去右手，然后以铁水封棺。张家如此神秘，百年来传承不息又几乎没有流传，他们到底是从哪儿来的，又在这尘世间做着什么呢？为何他们死后必须以铁水封棺？难道真的和霍老婆子说的一样，他们是妖怪，死后尸体会有极端异常和危险的变化？

谁也不知道，几百年前，样式雷为他们修建这座完全避光的张家古楼存放遗骨的起因是什么，他们是怎么和当时的皇帝达成某种共识的。

我想起那张样式雷图样中，古楼最后一层的中心，那具孤零零的巨大棺架，那一层应该就是张家最早先祖的位置。20世纪70年代末期，考古队第一次任务的目的地就是那里，闷油瓶他们会在那里看到什么呢？

如果是之前，我一定会被强烈的好奇心湮灭，但是我现在感觉，那里的东西，一定是我不愿意看到的，不会是什么好东西。

当夜我挂在峭壁的爪子“巢”里，用保险绳紧紧地扣在我的腰中躺入睡袋。小型的汽灯挂在我的上方，照出一片扇子形状的光明区域。小花早早就睡了，身下几百米处能看到下方几个人的火光，声音传到上空被风吹得犹如鬼叫，听又听不清楚。这种睡眠让我感觉到梦

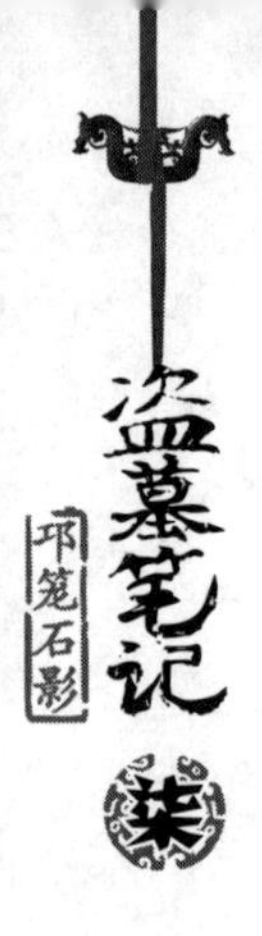

幻，之前怎么也想不到我会遇到这种局面，然而，我没有挣扎多久就睡着了，坦然得让我自己都感觉到可怕。我在临睡前忽然意识到，自己真的变了。

第三十三章 • 双线

接下来的两天，我活得好像一只壁虎，或者当年在这里生活的羌族采药人，因为和事情并没有太大关系，所以长话短说。

我从一个只有一些野蛮经验的攀岩菜鸟，慢慢开始能够靠着那些绳索独立地在悬崖上爬行。我们从上往下，一个洞一个洞地往下寻找。具体的过程其实十分有趣，不过没法形容。这些洞大体都不深，很多都是正宗的山体裂缝，看着是个洞，其实最后只有一臂深，能容身的并不多。即使是这样，我们还是在不少洞内发现了残缺的骸骨，有些发髻还清晰可见，但是大部分的骸骨都散落着，显然被什么啄食过。

想起他们砍掉绳子的决绝，当时觉得这种信念让人佩服，如今看到那些骸骨，空洞的骷髅却让我觉得十分可笑。不知道他们在最后的关头会是何种心情，也许会有少数人因为饥饿产生幻觉，那应该就是他们努力所能得到的最好结果了。

事情出乎我意料地顺利，在第二天的上午，我们就找到了那个他们发现帛书的洞穴。之所以肯定是这一个，是因为洞穴的四周有明显的人工加固的痕迹，洞只有半人高，比所有的洞都深，但还是能一眼看到底部，里面有一具盘坐着的骸骨。

说是骸骨也许并不合适，因为那尸体有完整的人形，但也不是干尸，尸骨能维持人形，主要是因为他身上穿着一件铁衣。

这东西是一种民间修道之人的加持，据说古蜀一带有这种习俗，用来克制自己的各种欲望。我不是民俗专家，也不十分了解，只感觉真难为他背着这身破铁爬那么高。

铁衣很像链子架，但是用的是老铁，整个铁衣锈成了一个整体，里面的骸骨早就散架了，只有外壳保持着死前的姿态。骸骨四周的黑色洞壁有很多砸出来的凹陷，看来以前的帛书都放在这里，现在已经被洗劫一空。

此人不知道是谁，看骷髅上干枯的发髻几乎没有白发，应该不是个老人。他来自哪里？有过哪些故事？临死前又在想些什么？每当看到一具尸体，我总会想知道这些事情。

因为我们两个的身形几乎堵住了洞口所有的光线，所以小花打起了手电。秀秀对我们透露过，在当年的发掘过程后期，发生过巨大的事故，但是这里一切都不像发生过巨大事故的样子。而且，当年的工程浩大，那么多人，难道就为了这么一个洞？

虽然当时他们需要找遍这里所有的峭壁，但是也不至于要老九门全部出动。这种前所未有的阵仗，肯定是由一个人牵头，那这个人一定是判断出形势需要这样。需要纠集所有老九门的人的判断，应该是正确的。

我们眼前看到的肯定只是一种假象。

果然，在这具古尸的身后，我们发现石壁上有很多诡异的干裂泥痕，刮掉泥痕，赫然见到了水泥。

后面的石壁是用这里的山石拌着水泥砌起来的。竟然会在这种地方看到水泥，让我感觉无法接受，显然他们当年撤走之前，封死了这里。

“婆婆有没有和你说过这情况？”我看着那些水泥，有些担心。这种封法会不会意味着里面有着某种必须被关住的巨大危险？但是老太婆没和我们说，甚至没有提到这里被封住了。

“当年他们是第一批撤走的，封住这里应该是在霍家离开之后，剩下的人做的。”小花道，“如果她想做成一件事情，应该不至于玩这种花招。”

说着他拿着一边的石头砸了两下水泥石壁，石壁纹丝不动，但是表面很多的水泥都被砸掉了，我们发现里面水泥的颜色发生了变化，呈现一种暗红色。

说是红色，其实是一种偏向深棕的黄，很像是铁锈水。我捡起一块碎片闻了闻，没有任何异味。

虽然不能肯定，但是我立即意识到，这可能是血。老太婆和我们说过，当年探索这里的时候，发生过巨大的变故，这里有血迹，证明我们来对了。但是，血迹以这种方式出现，让我觉得有点问题。

我曾经见过类似的血迹，在屠宰场的屠案上，那年我和三叔去置办年货。这种陈旧的血迹，其实比鲜血更让人压抑。

但是，随着小花继续砸下去，碎裂的水泥越来越多，我发现有点不对。里面整块整块的水泥都是这种颜色的，越往里颜色越深，越接近真正的红色，甚至不知道是不是心理作用，我闻到了血腥味。

小花也露出了惊讶的神色，又砸了几下，翻出几块石头就停了手，骂了声：“啧。”

我看着被砸出的凹坑，里面所有的水泥全是红色，好像这水泥是用血浆搅拌出来的一样。

如果是有人受伤或者死亡，不可能会流这么多的血。而且，这些血浸透了水泥，哪有渗透得那么深的道理。

“会不会是当年他们为了辟邪之类的原因，在水泥里混了狗血？”我问小花。

小花翻动地上的水泥块，道：“越挖血迹越深，水泥浸血浸得越厉害，表面却不多，说明，血是从里面向外渗出来的。”他摸了摸那些发黑的水泥，“里面接触不到氧气，血里的铁元素没被氧化，所以颜色没有褪去。”

“从里面渗出来？”我心说那是什么原因。一种不好的感觉传遍全身，我忽然想到了血尸墓。

小花用石头继续砸了几下，浸了血的水泥虽然并不是很坚硬，但是表面蓬松的部分砸光之后，里面的碎石头越来越多，没法再砸进去。于是我们从下面吊上来石工锤等装备，开始一点一点把石头砸开。

这种水泥和石头混合的物质相当于现在的路基混凝土，抗压性能极佳，我们只能从石头和石头的缝隙处砸掉水泥，把石头敲下来，进度缓慢。在局促的空间内两个人很快就汗流浃背，因为协作失误，都被对方的锤子敲到了手指和脑袋，苦不堪言。

也不知道挖了多久，外面一片漆黑了。忽然我砸开了一块石头，一下就发现，从水泥中露出了一段骨头。

我和小花对视了一眼，立即加快凿速。我们拨开附近的石头，一具奇怪的骸骨，就从石头中露了出来。

那是一具完全腐烂，却没有分解的尸体，我们只挖出了一点点，刚能看到头盖骨和一根臂骨，其他的还在混凝土里，骨骼发黄，几乎碎成渣子。能确定这是人的尸体，但是，有点不一样，因为这些骨头上，覆盖着一层奇怪的“毛”。仔细去看，就会发现上面沾满了霉菌一样的“头发”，让人背脊发毛。

我凑近仔细地看，立即把小花推远让他不要碰，自己也退后了几步。我不知道什么时候起，看到头发，所有的戒备就会打开来。

这些看上去确实非常像“头发”，但是扯一下就能发现，这些头发和骨头是连在一起的，几乎所有的骨头上都有。头发好像是从骨头上长出来的，因为腐朽的头发非常脆，一碰就碎成小段，被当时腐烂的尸液粘在了骨头上，数量非常多。

小花戴上了手套，拿起锤子，开始敲那个嵌在混凝土里的头盖骨，两下就敲碎了天灵盖，用锤子起钉子的那头挖出头盖骨的碎片，用手电往里一照，就看到颅腔里也挤满了头发一样的东西。

“不妙。”小花啧了一声。

我立即意识到，当年他们在这里损失惨重肯定不是因为什么事故，看来，他们是遇到了什么——诡异的东西。

我之前也一直觉得有点奇怪，如此强大的队伍，就算是遇到非常机巧的机关陷阱，也不会造成“巨大的变故”。老九门不是散盗，就算死一两个人，以那批人的身手和经验，也会立即找出逃脱的方法。但是，有些时候，你手艺再好也没用的。

我有点发怵。如果是这样，那打开这个洞口，就是一件非常危险的事情。洞里不知道是什么情况，但是后面肯定还有尸体。要是敲着敲着爬出一只禁婆，就够我们受的。另外我们也不知道这些头发到底是怎么长到脑子里去的。

我和小花说了我的顾虑，我们想来想去，只好披上衣服，戴上两三层的手套，然后戴上护目镜，用绷带把裸露的脸全部包起来，搞得好像深度烧伤一样。确保自己没有任何一块肉露在外面了，我们才继续挖掘。

这下连汗流浃背都没了，所有的汗都捂在里面，不到十分钟我所有的私密部位都开始向我抗议。我只好一边挠一边小心翼翼地在尸体边上开挖，好像考古一样小心。

不出我们所料，第二具骸骨被发现，几乎和第一具骸骨是抱在

一起的。接着，就是第三具骸骨，和第二具在同一个位置，同样抱着第一具骸骨。和第一具骸骨一样，这些骨头上全部沾满了那种“头发”。

继续挖下去，到了后面就全是石头垒起来的，水泥完全没有灌入这里。悬崖上没有灌注水泥的大型设备，用手工浇灌，水泥没法压到洞的深处。这使得挖掘非常方便，更多的骸骨接着第二具和第三具被挖了出来。让人纳闷的是，所有的骸骨都是抱在一起的。一开始我以为他们在打斗，但是挖着挖着我意识到，他们是在把前面的人往前推，好像是想把前面的人推出去。

我忽然感觉能再现当年的场面：外面的人在往里浇灌水泥，里面的人被乱石压住，他们大叫着不要，想把前面的人推出去，但是无数头发顺着石头的缝隙蔓延，将他们吞没。他们哀号着，挤压的乱石让他们根本无法前进，痛苦的他们绝望地扭动着，水泥被那种攻城战锥一样的锥子从外面打入，压力挤压碎石，将他们挤碎，他们的血汇集在一起，流向涌动过来的泥浆。

这已经不是死亡可以形容的场面了，那些昔日的老伙计最后竟然这么死去，难怪老九门他们会产生那么大的恐惧，连谈也不愿谈起。小花皱起眉头看着我，抓开套住头的塑料袋，用手指把汗湿的头发往后梳去，就道：“你是对的。这个洞穴的封闭，不是在霍婆婆离开之后，他们是在事情发生之后，就封闭了洞口，才会有这么惊心动魄的场面。婆婆应该知道这件事情，为什么她没说？”

“也不一定。”我道，“也许是她走了之后，剩下的那些人，还不死心，还在尝试，才会出现这样的问题。”

小花摇头：“你知道在这种悬崖上，装置一个水泥罐装系统要多少时间和力气？他们一出事，还没有逃出这个洞，水泥罐装就开始了，这说明——”

他欲言又止。我立即明白了他的意思：“这是一个预谋好的状况。水泥罐装是一个保险，他们预计到会有这样的危险，所以，在进去之前，已经准备好了一切。如果他们在里面出事，那么就把他们堵在里面。”

“他们是自愿的。”小花看着那些骸骨，“这让我好受了点儿。”

“但是，看他们这个样子，如果他们是自愿的，他们为什么会是这么一个状态，好像糖葫芦一样，一个推着一个？”我道。

“那你觉得应该怎么样？”小花用手电筒照了照我。

“比如，有六个人在一个狭窄的洞穴里，忽然发现了变故。他们面临死亡的威胁，本能地往洞口跑，但是洞口已经喷进来一坨一坨的水泥。他们这个时候，应该是分散的，一个一个地被凝固在水泥里，每个人的动作都不一样，之间的距离也不一样，而不应该像现在这样，一个连着一个。”我道，“而且，他们都是老江湖了，我觉得在那种时候，他们也知道自己必死无疑，放弃得很早，不会有那么激烈的求生动作。”

小花把手电光照在那些骸骨上，安静了一会儿，才缓缓道：“有道理。那么你的意思是，他们不是自愿的？但是那么大的机器，那么多的水泥横在外面，他们会不知道是干什么的？”

我心说未必，单从这件事情上来说，说得通的解释太多了。比如说，这批人是被人胁迫的，又或者是，他们这么做，是想把某样东西送出去。但是，这没法解释另一件事情。

我想来想去，就觉得只有一种可能性，能够同时解释两件事情。我对小花道：“你觉得，老太婆为什么不告诉我们这里被水泥封住了。”

“我不知道，也许她觉得这不太光彩或者……”小花想了想摇头，“好吧，我承认这很难解释，不过，我知道她的目的性很强，她不会是在耍我们或者欺骗我们。如果她知道这里被水泥封住了，又不

告诉我们，那么我们这边的喇嘛就停止了，她的计划也就没法实施下去了，她不可能这么做。”

“对。”我点头道，“她不告诉我们，很明显，唯一合理的解释就是，她真的不知道。但是，她当年参与了这里的事情，她不可能不知道。那只有一个解释了。”

“你想说什么？”

“这些骨头，不是老九门的人，哥们儿。”我道，“老九门离开之后，有另外的人到了这里，进去，触动了机关，然后被封死在里面。而且，时间不会太久，所以，这些血还是红的。”

“哦，你是说，咱们不是老九门之后，到这里的第一批人？”

“大概是这样。而且看这批人的阵仗，”我捡起一块水泥，“水泥罐装，那不是一般人能干得出来的，也是支非常庞大的、背景雄厚的队伍。”

小花往一边的洞壁上一靠，叹了口气：“而且，他们知道里面有危险，事先安置水泥罐装，那么，这些人肯定和当年是有关系的。”他看向我，“有人不死心。”

“对，有人不死心。”我点头。我们相对无言。这些人骨骼扭曲碎裂，都分不清形状地烂在这里，我们没法从他们身上得到更多的信息。但是，我感到一阵恶心，到底是什么东西，使得这么多人，一次又一次地做着这种没有意义的牺牲？

沉默了一会儿，小花才道：“不管怎么样，看这情况，他们还是失败了，咱们还得继续进行未竟的事业。而且他们触动了机关，老九门触动过一次机关，他们也触动了，这说明里面的机关不是临时性的，他们遇到的我们一定也逃不掉。这洞的里面，一定有什么和这些‘头发’有关的东西，我们要加倍小心。”

我的脑子闪过想象，如果我的颅腔长出头发，头发尖在我的脑子里穿来穿去，我的脑子会变成从下水道里绞出来的沾满肥皂和不知名油脂的头发团，那我宁愿去死，还好我把这个想法快速地略了过去。

说完小花递给我锤子，让我继续开挖。他本来还会和我闲聊，但是这一次，我和他再也没兴趣说话。

很快，我们又挖出了几具骸骨，后面就全是石头，再没有发现骸骨。我们进行了三小时，挖出来的除了石头还是石头。

我忽然有点怀疑，会不会封闭洞穴的那批人把整个洞都堵上了？那我们现在就是傻瓜的行为。但是想想肯定不会，而且，现在我也没有其他选择，不管还要挖多久，我都得挖下去。

事实上，到最后我都不知道自己挖了多少个小时，我其实已经体力透支了，困得要命，但是小花没提出来休息，我也不好意思提。正在浑浑噩噩地挖，“哗啦”一声，前面的石头忽然垮了，面前石头墙的上半部分一下坍塌，露出一个黑漆漆的洞口。

我手里还拿着那块最后的“关键石头”，发蒙了好一会儿才意识到自己挖通了。小花和我对视一眼，举起手电，往洞里照去。我们见这石墙之后，是这个山洞的延伸，但是竟然完全看不到底，而二十米外，在管道的地上，出现了一只又一只陶罐，一直延伸到管道的尽头。

让人毛骨悚然的是，在每一只陶罐上，竟然都长着一个香瓜大小的球形的东西，用手电照，就发现，上面竟然长着头发——这些球形的东西，好像一个个小小的人头，从陶罐里长了出来，密密麻麻的，整个山洞都是，看得我鸡皮疙瘩无法抑制地全部立了起来。

第三十四章 • 小头发

小花点起一把火折子，甩了进去，一下把我们面前整片地域照亮。我们看到满地的头发，黑色的“毛”几乎铺满了整个地面，甚至墙壁上。整个洞凉气逼人，我们静了一下，身上的汗水变凉让我们的毛孔立即收缩，都起了鸡皮疙瘩。

同时我们看到，所有的墙壁上都被砸出了一个一个的凹坑，凹坑里放满了东西，能辨认出其中大部分是竹简。有些空了，显然被人拿走了。我想金万堂翻译的最关键的那几份帛书肯定来自这里。

竹简的数量非常多，也是顺着山洞的“管道”一路往内，两边的墙壁上都有。看上去，这里像是个秘密的藏书走廊。

最深处手电光照不到，估计了一下距离，起码有三百米，幽深得吓人。

这种场面让我想起了在龙泉的时候见过的一种龙窑，但是没有那么长。我们两个人在洞口一时之间不知道该怎么办。

里面和外面一样局促，得爬着才能进入。小花尝试着往前爬进去，但是我把他拉住了。我认得那种罐子，我在塔木陀里看到过。这些陶罐看上去非常像那种装着人头的罐子。如果是这样，那很可能，里面会有那种虫子。

我和小花说了，小花看了看身后那具铁衣古尸道："这么来说，那件铁衣服可能不是用来修道的铁衣道袍，而是一件防护服，用来防这些虫子的，可能是当时设置这里的工匠摆放这些陶罐的时候穿的。"

我点头，用手电照了照面前，果然发现面前的空地上，全是红色的尸鳖的碎壳，一地都是，看到就让人感觉浑身不舒服。

小花把手电照向一只罐子，长满了头发的东西实在是让人发怵，我很难说服自己那不是头发而是其他什么东西。

"你说当年他们是怎么进去的？"我问道，"总不会踩着那些罐子吧？那不恶心死了！"而且那些罐子摆放得十分整齐，不像很多人踩踏过。

小花用手电照墙壁和天花板，朝我笑笑，道："对他们来说，要进去太容易了。"

我看他笑得有点儿贼，不知道他是什么意思。只见他从包裹堆里抽出两根手臂长的棍子，不知道是什么材料，接了起来，然后脱掉手套，露出已经完全汗湿的手，做了一个柔韧性非常好的准备动作：把两个手掌插在一起转了一个圈。

我不知道他要干吗，一时间没想到去阻止。他拿起棍子，忽然往前方地上一撑，在狭窄的空间内犹如要杂技一样翻了出去，接着凌空一转，脚已经踩到了一边的洞壁上。

我还没反应过来，他撑在地上的棍子一下松开撤回，在空中舞出一片影花，在自己失去平衡的那一瞬间，棍子撑到他脚踩的洞壁上，把他再次弹起，用一个牛到妖孽一样的动作顶到了洞的那一边。

我看得下巴都要掉下来，就见他如此重复，一根棍子犹如魔术棒一样，在极短的时间内，他犹如一个精灵，在洞壁上极快地翻转跳跃，动作行云流水，不见一点吃力，几秒钟后他就离我远去了。

“专业。”我脑海里突然冒出了这么一个词语。比起爷爷、陈皮阿四他们小心翼翼地一点一点在机关上摸过去，这种神乎其神的绝技绝对高级了不止一个档次，在倒斗的过程中，绝对是最有效率和最安全的方法。

不一会儿，就听到里面一声呼啸，手电的光芒从里面射了出来。看样子，里面的距离比我想得要浅。

“怎么样？”我问道，在洞里激起一阵回音。

“没我想的那么难，很轻松就能过来！”他叫道，“里面有个洞室。”

“轻松你个屁！我怎么办？”我大怒，我连第一个动作都做不到。

“等一下我来想办法，你先别动。”小花的声音从里面传了出来，“我看到一个奇怪的东西。”

他的声音在洞穴管道里回声不断，因为被绷带蒙着脸，听起来让人不舒服。

“是什么？”我立即问道。

静了一会儿，他的声音才幽幽传来：“不知道，说不出来，好像是铁做的。”说着，我听到了里面传来金属敲击的声音。

“你形容一下。”我的好奇心一下被吊了起来，脑子里出现了很多奇怪的画面。

“呃……”他迟疑了一下，“我不知道该怎么形容。”

“这有什么难形容的？”我不耐烦地朝里面吼道，“圆的方的？长的扁的？多大？”

“是一只巨大的铁盘子，像一只钹。上面有很多奇怪的纹路。”

小花说道。听声音，他的注意力已经完全被那个东西吸引了过去。

“这有什么奇怪的？”

“老大，”小花的声音轻了下来，好像有点不敢相信，“这东西在转动，自己在转。”

第三十五章 · 怪家伙

自己在转？我一下想不出那东西该是个什么样子，怒火攻心，恨不得能立即过去看看，叫道：“快想办法让我进去。”

“等等，我觉得有点不对。”他忽然叫了一声。一下子，声音就静了下来。

“到底怎么了？别卖关子。”我骂道。

小花这一次却没有说话，空有我的叫声在石洞里盘旋。

要不是前面的情形实在太可怕，我肯定不顾一切地跑过去了，比起之前，这种人为的卖关子的行为让我更难受。我等了一会儿，又叫了一声，但是小花还是没回答我，只听到里面忽然传来金属敲击的声音。

我忍不住想骂人，但是想到是传说中的发小，又不是太熟，也不好直接发飙，就一边用榔头锤击石头表示我的不耐烦，一边继续叫唤。

这么叫了几声，里面敲击金属的声音却越来越大，简直是在破坏什么东西。

“你在搞什么？”我紧张起来。

小花还是不回答，回答我的只是尖锐的“当当”声，好像他是在用什么东西用力地敲击那只“铁盘”。山洞里回声不断，这些声音说响不响，但是特别刺痛神经，让人烦躁。

我忽然意识到不对，他没有理由不回答我。都是成年人，在这种场合不会耍小孩子脾气。难道他忽然不能说话，敲击那只铁盘，用这个来求救？就在刚才那一两分钟，悄无声息下，他那边难道出现了什么变故？

但是铁盘敲击得非常用力，听那种响声的蜂鸣就能知道，那是用尽了全身力气在砸，杂乱但是不急促，不像是求救。那听起来，就像是想把那东西砸掉。

我最后用力叫了一声，还是没有回音，立即反身，一边往洞口爬去，一边就拿起对讲机，呼叫下面的伙计。那些伙计都睡了，迷迷糊糊的，我把情况一说，那四川哥们儿就说立即上来。放下对讲机我就意识到不对，这爬上来得四个多小时啊，要是真有事情，十几回都死了，要是我去拉他上来最起码也得两小时。事情不是那么干的。

于是我又爬了回去。里面的声音吵得我心烦意乱，我继续大吼。在这种扩音器般的环境中，我的声音也非常洪亮，他不可能听不见。但是他就是不回答，我心急如焚，想到了三叔和解连环。

我靠！我心说该不会重蹈他们的覆辙吧？这实在是太悲惨了。这都是什么事情。

我想着如果小花挂掉或者出事了，我怎么面对解家的人？我们吴家会不会被披上“解家收割机”之类的外号？

我靠！我靠！我靠！我看着面前那些古怪的罐子上的头发，脑子一片混乱，简直无法思考。就在那一刹那，我忽然看到了一边墙壁上

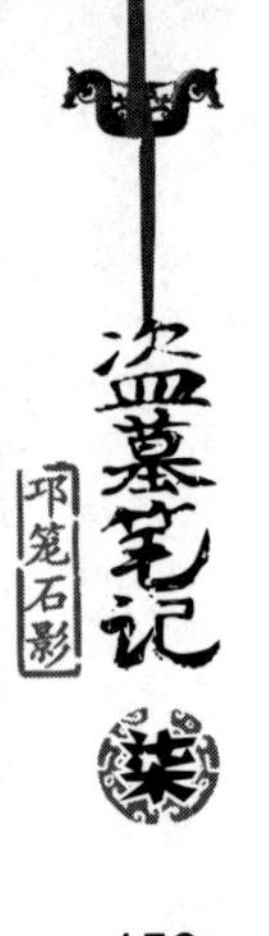

那些挖掘出来的放古籍的凹坑。

我看了看四周的手套和自己的登山鞋，比画了一下，突然想到了一个通过那些罐子的方法。但是，我的直觉告诉我，这个办法绝对是一个馊主意，很可能把我自己也搭进去。

刺耳的敲击声打乱了我的判断，那个直觉立即湮没到了无边的焦虑中。我深吸了几口气，尽力把那种燥热压下去，小心翼翼地从石头堆的塌口中跨了出去。

一脚踩下，尸鳖的那些碎壳在我脚下碎裂的感觉让我吸了一口冷气。面前那些长满头发的小球，好像感应到了我的进入，在手电的照耀下，顿时显得更加妖异。

我的办法其实非常难看：洞壁上都是放置着古籍的凹坑，我不想碰到下面那些恶心的头发球，就得趴在洞壁上，脚踩住那些凹坑前进。

看起来其实不难，但是问题是我没有退路，我不可能爬到一半就停止。在这么局促的环境里，弓身趴在洞壁上，就靠手指的力量抓住那些凹坑固定身体，对于体力的考验极大。如果洞穴的高度高点，能让我站直，那就轻松很多。

那刺耳的金属敲击声让人崩溃。我比画了一下，又上去试了一下，发现没我想象的那么困难。特别是反身抓住的时候，好像得阑尾炎的耶稣基督被钉在墙上，但是小心一点能保持平衡，那就是说我有机会短暂地休息。

于是我深吸一口气上了墙，先凭着第一口气不给自己退缩的机会，一下就爬进去十几米。速度还算快，只是不知道动作是否华丽。

十几米后手指就力竭了，我不得不休息一下继续往前。手电咬在嘴巴里，我看到自己身下那些长满头发的东西。

这个距离近得多了。那是一个个小球，这里面的部分似乎比外面的部分更大。我一直尝试说服自己上面那些毛是一种新品种的蘑菇，但是在这个距离看起来，那真真切切就是头发。头发非常直，还泛着光泽。

什么东西会长出这个来？我觉得恶心和悚然。如果你在野外的任何地方，看到那么多头发铺成一片，恐怕连去细看的勇气都没有。何况对头发这种东西，我比其他人有更深的阴影。

恶心之下我却有一种很焦虑的冲动，想去拨开那些头发，看看下面那像只脑袋一样的东西到底是什么。我这个距离，只要手往下一撩就能撩起来。

看着实在有点受不了，吸气反身继续往前。一股气泄了，下面就快不了了，只得一点一点地往前挪。脚下半尺就是那些不明功用的头发，往前挪一点都得用手指借力，有些崖壁的凹坑太小踩不实，脚只能踩进去一个脚尖，很快就开始有抽筋的迹象。

好在这么一来，我的精神高度紧张，那些刺耳的金属声几乎被我排斥在外，我所有的注意力都放在了自己的手指上。

也不知道挪了多久，回头就看不到来时候的地方了。手电也照不到，估计怎么说也过了一半了。那敲击声还是存在。

我稍微放松下来，心说这样的话，他的危险应该不是非常致命的。我浑身是汗，想找个地方再休息，手电一转，却忽然感觉到哪里有点不对。

刚才那个动作，我无数次地用叼着的手电环顾过，每次看到的都是头发和两边漆黑的洞壁，但是这一次，一瞬间有东西挡着了我的手电光。

我转回去，忽然看到黑暗中离我十几米的远处，本来的漆黑一片中，出现了一个和之前这里不同的东西。

那东西有一人多高，但是绝对不是人。我无法理解我看到的东西，如果一定要说，我只能说，我看到巨大的一团头发，站在那儿。

我一开始还以为这是禁婆，但是立即知道不可能，因为我没有闻

到那种香味。但这个“头发”里肯定有什么东西，因为整团头发站在那里的样子，一看就感觉里面有活物。

不过那东西并没有移动，就是站在那儿。那些头发在手电光下散发出一种非常妖异的光泽，看得人浑身战抖。

第三十六章 · 头发

瞬间，我脑子里有两个问题：这玩意儿到底是什么？刚才没注意。如果这东西本来就在这里，那这也许只是我身下那些小球长大后的样子？如果不是，那这东西就是活的，事情就有点麻烦了。

金属的敲击声格外清晰，我看着四周，心说，这该不是求救而是警告？我心如电转，想先给自己选好退路，却发现真的无路可退。如果小花出现变故就是因为这东西，那么我在这种状态下，实在是更惨；他还能狂敲东西表示郁闷，我只能用头撞墙。

不过，虽然非常慌乱，但是我的脑子十分清晰，罕见地没有发蒙。我没有等那玩意儿来告诉我它是什么，而是随手从一个凹陷中扯出了一卷竹简。

好家伙，竹简足有五六斤重。玩惯了拓本那种宣纸片，沉甸甸的竹简让我心生敬畏。我抡起来，就朝那头发砸了过去。

竹简本身是系在一起的，经过这么多年，丝线早就腐烂成泥。我

抓起来的时候还能保持形状，一甩出去，整个竹筒犹如天女散花一般，摔到了那团头发上。

我能非常清楚地感觉到，头发中有实体的东西。竹筒掉落一地。

我警惕地看着，想着如果那东西动起来，自己就一下跳下去，不管脚下踩到什么东西，先狂奔出去再说。

然而那东西纹丝不动。那种不动是真正的不动，犹如死物。

我警惕了一会儿，心中十分抗拒。我希望它能动起来，这样我可以撒丫子逃走，但是不动，它就有可能是无害的。也许只是当时在这里设立的一个桩子，上面爬满了头发。这就意味着，我必须过去。

听着那刺耳的声音，我定了定神，没有再过多地犹豫，咬牙往前。几步之下，我越来越靠近那东西。

试想一下，黑暗中，一大团诡异的头发站在那里，里面不知道是什么货，在晃动中，手电光在黑暗里划来划去，时不时地照到一下，那种诡异的感觉很不舒服。最后，我只得干脆不去看，只是趴着想要尽快挪过去。

整个过程我的后脑都是麻的，感觉头发就在我的后脑，刺痛我的后脖子，我就咬牙，嘲笑自己：什么时候能过得了这一关，才算是真的麻木了。

然而，爬着爬着我忽然感觉到一阵寒意，就停下来，镇定了一下。

后脖子真的有点痒，我动了一下，没有减轻，反而更加痒了。

我通体冰凉，忽然意识到，那不是我的错觉。

我×，那玩意儿现在在我身后！我浑身立即剧烈地发抖，所有的感觉全部集中到了后脖子。我几乎能想象出后面是个什么情况。我一回头，脑袋立即会埋进一大团头发里。

瞬间，不知道我是怎么做的决定，猛地把头往后一撞，想把那东西撞开，然后立即跑。就听一声闷响，我后脑一阵剧痛加蜂鸣——后面那东西硬得像铁一样。

实打实地撞上去，不留任何力气，那已经不是痛可以形容的了。我撞得七荤八素，一下就晕了，手中一软，等我反应过来，已经滚在了头发堆里。

我挣扎着站起来，满手都是头发，脚下的陶罐被我踩得咯吱作响。拉扯中我的手电从嘴巴里掉了出来，一下滚到头发堆里，我也没敢去找。只觉得手按到那些小脑袋上，头发缠在指甲里，手感好像按着很多团成一团的抹布，很多液体在我的挤压下从头发里渗出来。

也没时间觉得恶心，混乱中我立即撒腿就跑。前面一片漆黑，只有尽头有小花的手电光，脚下一脚深一脚浅，但是我也不管了。很快就有罐子被我踩碎，脚踝被刮了好几下。我知道脚踝肯定破了，但是感觉不到痛。

一直冲到手电之处，前面没有了罐子，我翻滚出去，发现自己来到了一个小小的石室内，刺耳的金属声就在耳边激荡。

这种场面简直就是地狱。我叫了几声："大花！"才发现自己叫错了。这里还是站不直，我爬起来弓着背环视，就看到小花的手电架在一边的凹陷处，但是没有看到他的人，不知道哪儿去了。

同时，一个奇怪的东西吸引了我的视线。

那确实是一只铁盘子，有一张圆桌那么大，摆在石室的中心，一看就是极端古老的东西，上面刻满了奇怪的花纹。正如小花所说的，它竟然在旋转。那不规则的金属声，就是从铁盘内部发出来的，好比一只巨大的电铃。

我同时看到，铁盘的底部是和岩石连在一起的，底下还有沉闷的铰链声，显然铁盘子的动力来自这岩石内部。

但是小花呢？这里这么局促，他能躲到哪儿去？

我拿起他的手电，这才感觉到脚上的剧痛，咬牙回看来处，也看不清楚那玩意儿是不是在过来。又听着那不规则的敲击声，心说，难

道小花在这盘子里面？

铁盘子非常大，但是上面没洞啊。

为了验证，我拿出我的锤子，一边看着洞口，一边对铁盘敲击，出乎意料的是，随着我的敲击，下面敲击的声音也立即变了，似乎是在回应我。

“干！”我大怒，心说也太顽皮了，你是怎么下去的！立即转圈找洞，但是，整个铁盘完全严丝合缝。

黑暗中，从通道里传来了陶罐碎裂的声音。我吸了口冷气，似乎看到那东西来了，我瘸着想找什么东西堵住洞口也无果。心急如焚下，我只能一边继续找，一边在那里大吼：“快告诉我怎么打开！”

没叫几声，我忽然发现，在盘子的底部，和岩石连接的部分是活动的，好像可以扛着盘子的边缘把里面的轴拔出来。

我立即趴下去扛住，因为盘子在转动，所以盘子的边缘一下卡到了我的肩膀，我立即被逼着跟盘子一边往前走，一边用力往上抬。

刚开始的一瞬间极其重，但是等到抬起来一个手掌的宽度，一下就松了。整个盘子抬了起来，拔出了下面的铁轴，铁盘立即停止了转动。我喘了口气，就看到黑铁的轮轴是空心的，上面有一个椭圆形的洞，通到下面，像根管子一样。

敲击声还在继续，我都能感觉到振动顺着轮轴传递到我肩膀上，显然小花就在下面。我不甘心，想再叫几声，结果却让我吃了一惊。

我在这里叫出的声音，非常的含糊不清，根本不是我想叫出的声音。

我咽了口口水。不知道从什么时候起，觉得喉咙不舒服，再叫就发现喉咙口的肌肉没法用力，声音非常古怪，而且叫不响。

我咬了咬下嘴唇，心说糟糕。

那种感觉不是喉咙被堵住了，而是感觉鼻腔里的肌肉和声带麻痹了。虽然我能从肺里呼吸，但是没法发出很响的声音。

我用力憋着，又嘶哑地叫了几声，意识到出了问题。这不是心理作用，我是真的说不出话来。

我没注意到这是什么时候开始的。原来不是小花不想说话，而是这儿的环境有问题，有什么东西似乎能麻痹人的声带。

难道是因为刚才碰到的那些头发？想着就真的感觉自己的喉咙里毛毛的，一阵恶心。但是这显然是不可能的，因为小花没有碰到头发似乎也不能说话，能这么悄无声息地让我中招的，也许是这里的空气。

难怪他要一直敲，但是现在怎么办？我扛着这铁盘其实不用太大的力气，显然铁盘下有借力的装置，只要能抬起来一点，借力装置就会启动。但我一放手，按照惯例，铁盘有可能会卡住，也有可能会缓慢地压下去，小花有可能就是因为判断失误被困住的。

虽然我觉得用盲肠想一想就能知道，一个人的时候不能冒这种险，为什么小花会犯这种错误我无法理解，但是现在也没时间来考虑这些了。即使我能立即钻入洞里，铁盘压下来，我很可能也会和小花一样被困住。现在只能看看下面到底是什么情况。

我用力把铁盘往上抬，一直抬到几乎到顶，先松了一下，果然，那铁盘没有立即落下，而是"咯噔"一声卡了一下，然后一点一点地往下缩去，和我预料的一样。

我揉了揉肩膀，看着通道内似乎还没什么情况，就立即靠过去，把手电伸入轴部的孔内，往下照去。

我立即看到了下面复杂的机关，最多的是黑色的铁链，上面沾着很多无法形容的棉絮一般的东西，交错在一起，还在不停地抖动。奇怪的是，感觉上，我觉得很难从这里下去，因为下面的零件之间的空间非常局促，如果是小花那种身材，加上缩骨不知道能不能通过，但是我没有看到小花。

我站起来，再次把铁盘顶到顶上，此时已经什么声音都发不出来

了，只得把手探入轴管内敲击。

里面的铁壁火光四溅，小花却还是没有露头，从管壁传导上来的敲击声甚至没有任何变化。我急火攻心，骂又骂不出来，心说，难道他不仅哑了，而且聋了瞎了？

最后我把心一横，从一边的墙壁上掏下一包竹简来，也不管价值连城不连城了，直接甩了下去。这一下管用了，几乎是立即，敲击声就停了。我用手电狂照下面，希望能看到小花，哪怕是任何一部分。

果然，在那些铁链和零件的阴影下，出现了一个影子。同时，我听到了一声闷响，那却不是人叫出来的声音，而是一种非常沉重的石头互相摩擦的声音。

我忽然觉得有点不妙，又觉得有点不对劲。因为我可以肯定，那影子绝对不是小花。

这时候，刚才那种金属的敲击声又响了起来，却不是从这铁盘下面，而是从另一边的通道里。

我感觉莫名其妙，转头去听，一下就看到那团头发已经出现在了手电能照到的视野里，那奇怪的敲击声就是从它身上传出来的。

如果是遇到一件非常恐怖的事情，我现在有信心能够冷静地处理，但是遇到一件完全无法解释的事情，我真的不知道如何去面对。

这到底是怎么一回事？刚刚声音还是从这下面传来的，我不可能听错，但是怎么一下就转到那儿去了？

我看着那团头发，也不知道声音是怎么发出来的，此时也管不了其他，放下了铁盘让它缓缓落下，重新开始转动。我举起我的锤子，擦了擦冷汗，准备大干一场。

没有闷油瓶和胖子在身边，我毕竟心虚，脚都发软，想着自己的结局如何。如果我这次死了，胖子和闷油瓶会不会在上坟的时候感慨，这家伙缺了我们就是不行。我此时非常后悔当时轻易地就和他们分开了。

不过，看这团头发的行走速度，我也不是完全没有胜算。

那刺耳的敲击声其实和下面的并不相同，大约是因为敲击的东西不同，不那么刺耳了。我看着那东西缓慢得几乎无法察觉地移动，心急如焚，还冒出了要不要主动攻击的念头。

但一静下来，我就发现那声音有点问题。仔细一听，我就呆了，我发现我听到了一种奇迹般的声音。

那边传来的金属敲击声，竟然是有节奏的，竟然是花鼓戏的鼓点的节奏！

第三十七章 • 花鼓戏

我在长沙听过不少花鼓戏，现在一下就蒙了，听了好几分钟，才确定这就是花鼓戏。

瞬间我就明白过来，心说，我靠，难道，这才是小花？小花困在这团头发里了？

想想肯定是这样。如果这儿有一只会唱花鼓戏的怪物，那么我不如一头撞死算了。但是，那，刚才在这铁盘下敲的是什么玩意儿？小花又怎么会变成这样？他是中招了，这些头发是从他身上长出来的，还是如何？

我看了看铁盘，又看了看那团头发，决定不去管了，先凝神静气地等着。那东西似乎看到了，也放下铁锤不再锤了。

这一静下来，整个洞穴的阴冷就透骨而来，冷清之感顿现，有点像从迪厅里走出来那一刹那的感觉。我瞬间感觉有点好笑，只得咬牙沉住气，一直等到那团头发慢悠悠地走到这间石室的口子停住。

大团大团的头发堵在洞口，看得我鸡皮疙瘩直竖，我咽了一口唾沫。接着，我看到从头发中，伸出了一根棍子，递到了我面前晃了晃，然后指了指一边。

我认出那是小花用来飞檐走壁的那一根。顺着棍子看去，就见他指着一边的岩壁的一个凹陷。

那个凹陷很大，比其他的都大，边上还有好几个差不多大小的。我走过去，就看到里面放着一团奇怪的东西，一看就知道是铁做的。我看了那团头发一眼，就见他晃了晃棍子，示意我快点。

我把那团铁从凹陷里挖出来，就发现极其重，抖开一看，竟然是一件铁衣。

所有的部分都是用铁板和鱼皮连接起来的，上面有一层已经干涸的油皮，可以直接像蜕皮的香港脚一样撕下来。我把这些皮撕掉，就发现里面的东西保存得相当好。

我再回头看了看那东西，他又挥了挥棍子，似乎是想让我穿上铁衣。

好吧，我心说，事情一下就从恐怖变得十分搞笑。

研究那铁衣花了我不少时间，还好并不是特别复杂，于是我费了九牛二虎之力套上了铁衣。里面的腐蚀程度比外面厉害多了，弄得我一脸的锈渣，还有一股非常奇怪的味道。而且，这东西竟然是全封闭的，连眼洞都没有。

我眼前一片漆黑，正不知道怎么办，就感觉一根杆子在铁衣外戳了我一下。我用力举起手抓住，他就把我拉着开始走动，好像盲人一样被一根棍子引着往一个方向走，很快我就知道自己走回了通道里，然后走到了那些头发上。

铁衣出乎意料地重，不用尽力气连站都站不起来，我理解那种缓慢的速度其实是迫不得已，好在这种重量代表着铁衣的厚度。中国人就喜欢这种瓷实的感觉。

进入通道，走上那些头发之后，脚底的感觉就很不舒服。不过，因为穿了坚实的铁靴，所以踩下去格外有信心。

我们走走停停，节奏始终由前面的棍子控制，足足走了半个小时，我才觉得脚下头发的触感消失了，我重新踩上了石头。接着我感觉到碎石开始出现，我们回到了入口。

棍子还是不满意，继续把我往前引，一直到开始听到外面的鸟叫，我才意识到自己已经到了洞的入口。

空气中的味道出现了微妙的变化，那是岩石、丛林和雾霭的味道。棍子不再往前，我吸了口气，不知道现在能不能把铁衣服脱下来，此时就听到了一声非常难听的声音："你是傻，还是缺心眼儿？害我走过来又走回去。"

那声音犹如一天抽一条雪茄的那种人发出来的。我润了润喉咙，发现我似乎也可以发声了。但是也许是肺活量的问题，我回了一句连自己都没听懂的话。

一边就听到他继续道："把头盔摘下来。"

我往洞壁靠了靠，然后用尽全身的力气把头盔摘了下来，清醒的感觉一下扑面而来。

果然是到了洞口，洞外的夜空中是一轮皎月，在崖壁和外面横生出的树木上洒下一片冰凉的银光。那成都的伙计还没上来呢，但是看到一边一条绳子在紧绷地抖动，显然在努力中。

那团头发就在我的对面，躺在地上，看着像发了霉的冬瓜，倒有点好玩。我清了清喉咙，吐了口痰，说话才清楚起来，问道："你是怎么回事？怎么一下子搞成这副德行？"

他道："先别问，帮我把这些头发弄掉，用火把烧。"

上来的时候有带登山用的专用小火把，可以用来取暖和发信号，其实就是只大型的打火机。我拿出来摇了摇，就打了起来，往他身上弄去。

不知道是因为高温还是什么，那些头发一靠近打火机全都缩了一下，接着“吱”的一声，变得卷曲，一吹就成灰了。我只花了几分钟就把他胸口的头发全部烧掉了，接着就烧起其他地方来。

不知道是不是我的恶趣味，烧了几下我就感觉很好玩，那么多头发烧起来很过瘾，难怪以前三叔说，人类有玩火的天性，特别是看到火能烧毁污秽，再脏的东西也能烧成炭和灰之后。

一直把头发团一样的他烧成一只没毛的鸡，我才道搞定，就看他一下脱掉头盔，满头都是汗，接着就好比从茧里脱出来一样，从领口钻出了铁衣。我闻到了很浓的血腥味，见他铁衣服里面的部分，竟然都被血染红了。

“真是不容易，为了把你弄回来，我扛着这破东西来回走。”他的声音逐渐恢复了，“大哥，以后你能不能机灵点儿？”

我心说，我这不是为了救你连命也不要了嘛，这事情不能怪我啊。

他扯出包里的绷带，脱掉衣服，我看到他肋骨的地方有一道吓人的伤口。

“到底怎么回事？”我问，“怎么会伤成这样？刚才就一刹那啊。”

小花用水壶浇了一下伤口，咬着牙道：“那铁盘下有个棘手的东西。”

小花的体力透支得十分厉害，脸色苍白，本身人就瘦，那道伤口更显得狰狞。

我帮他用一种云南白药混合了其他东西的粉末先止血，他就忍着痛和我讲了事情的经过。

过程比我想的要有戏剧性，听得我自己都觉得自己有点傻。他看到了那只铁盘之后，立即发现了铁盘下的蹊跷，随即尝试着抬起了铁盘，这时候，从铁盘下开始传来了金属敲击的声音。那声音不规律，让他觉得非常蹊跷，感觉是活物在下面。

这时候我就开始叫唤，他觉得喉咙不是很舒服，同时也觉得我有点烦（他竟然直接说出来了），就没理我，想探到下面，看看是怎么一个情形。他就用棍子撑住了铁盘，脚背钩住洞口，身子像蛇一样扭进了那个洞里，结果发现下面的结构竟然复杂到无法理解，整个下面的石洞里都是各种铁链和齿轮。

而使得这些齿轮转动的，好像是石头内部的水流，但是主轴在哪里转动，当时还看不到。

在下面，那金属的敲击声简直是震耳欲聋，他打起小火把去照四周的时候，忽然那声音停止了。接着，他只觉得劲风一闪，肋骨处一阵剧痛，他立即一个翻身从洞里退了出来，一看，自己已经受了这么重的伤。

此时他才发现自己不能说话了。情急之下，他想立即用同样的办法先回来。可是，等到他走到通道里，就发现靠近他那边的那些头发，竟然全都竖了起来，好像被他身上的血腥味所吸引。

他不能说话，又没法出来，身上的伤口又在不停地流血，只得再退回去，想找些东西点火，用火光来通知我。没想到让他发现了那种铁衣，于是他穿上铁衣想往回走，结果才走到一半，那些头发竟然全都盘了上来，好在铁衣十分坚固。

没有眼洞，他看不见我，只是在路途中感觉到我的存在，想来摸一下，结果把我吓了个半死。而更让他崩溃的是，几乎是筋疲力尽的时候，他听到我竟然冲进了那个铁盘的房间。

他知道我很可能也会重蹈覆辙，所以只得再回来。结果体力透支不说，还让他浪费了那么多的血。

“那边的空气可能有问题，能麻痹我们的声带。”他道，“我要让下面的人吊几副防毒面具上来，如果我声带坏了，我就不能唱戏了，很多女孩子会伤心的。”

我听完后觉得非常不爽。这确实没我什么责任，如果要说一定有我判断失误的地方，就是我对他的能力判断不够，如果是闷油瓶，我可能就会老老实实地待在这边。

说起来，这人的性格和我真的有点类似，话不多，脑子里不知道在想什么。

“那下面会是什么东西？这么厉害，是不是只‘粽子’？”我问道。

“肯定不是，这种地方一定没有粽子。”他道，“不过，这么邪门儿的地方，有点邪门儿的东西也不奇怪，总之，接下来要小心一点。”

我点头。又想到刚才说的，我觉得有点奇怪。他说那些头发是因为他的血而产生反应，为什么我的手脚都划了血口子，但是那些头发对我没有反应？

难道是因为我比较爷们儿，它们不好这一口？

想着，我就去看我自己的伤口，一看之下，我打了一个激灵。我看到我的手上竟然有稀稀落落的几根头发。

于是我立即去拍，发现粘住了拍不下来。我就去抠，一抠忽然觉得钻心地疼，仔细一看，发现那头发竟然是从我的伤口里长出来的。

我扯一下，伤口就翻开来一点，里面的肉和头发纠结在一起，几乎让我崩溃。我立即去看我的脚，脱掉袜子，那些被瓦片割伤的地方，都是黑色的毛刺。

第三十八章 • 毛刺

我不知道这些头发是粘到我的伤口里的，还是真的从里面长出来的。但是，不管它们怎么进去的，都让我心里非常难受，有一种强烈的无法抑制的欲望，想把这些头发扯出来。但是，只要拉动头发，整块伤口都会疼，这种痛感非常深，显然在伤口的深处都有头发。

如果是摔倒之后，陶片划破我伤口的同时把这些头发带进去的，倒也可能形成这种状态。可是，我咬牙用力想把头发扯出来，连里面的肉都翻了出来，头发却扯不出来。而且扯完之后，伤口的深处就会立即发痒，好像是头发在里面生长一样。

小花看到我的伤口也觉得毛骨悚然，我想着他说的，头发感觉到他的血腥味爬到他身上来，就意识到很可能这些头发真的是有生命的。如果它们真的在我的伤口里生长，一想象它们顺着我的血管和神经爬满我身体的情形，我就想立即把手剁下来。

如果我死了，有人打开我的颅腔发现大脑里盘满了头发，那是多么诡异的场景，都可以去拍恐怖片了。

小花一边让我镇定，一边拔出他的匕首，用小火把先消了毒，然后让我躺下。他一下坐在我的肩膀上，踩住我的手腕，就问我："你觉得秀秀怎么样？"

这是句莫名其妙的话，如果是其他人一定会愣一下，但是我立即知道他是想转移我的注意力，反而立即把注意力全集中到了手掌上。几乎是同时我感觉到手掌一阵剧痛，滚烫的匕首尖部刺进我伤口的剧痛，我一点不落地全部灌入脑海。

小花的动作非常快，我能肯定，无论我的伤口内部有多糟糕，他都没有受到任何的影响，剧痛只持续了三十多秒，他就放开了我的手。

鲜血从我的伤口里流出来，但是头发不见了，小花给我看他的匕首尖，上面是一小片指甲大小的薄陶片，上面还沾着类似肉的东西，头发、陶片和肉几乎是缠绕在一起的。

放到火光下，我清晰地看到，那些头发是从陶片上长出的，竟然穿过了那些肌肉组织。

"应该是从陶片上长了出来，不过，好像停止生长了。"他道。

"停止了？你怎么知道？"

"你自己看。"他让我看那片陶片，"虽然这些肌肉被头发缠绕住了，但是头发丝全都长出了你的体外，并没有在你的体内生长。"

我看着，果然，这就和植发一样，插入你头皮里的东西没有根部，只是一个固定点而已。但是，因为这些头发非常明显地穿过了我的肌肉，所以肯定是在陶片嵌入我的伤口之后长出来的。

"那会不会有毒什么的？你还是帮我先全部弄出来吧。"

他不语，却露出奇怪的神色，把那块陶片伸到被他的血染红的铁衣内侧，放下来，没隔多少时间，那些头发忽然轻微地扭动了起来，往血污最重的方向缓缓刺去，然后开始打卷。

我心说，这是什么头发，这简直是细丝一样的蚂蟥。

他看着，又看了看我的伤口，就道奇怪。

“这东西对血非常敏感，如果刚才没有这件铁衣服，我的伤口里肯定钻满了头发。但是，这些头发如果是嗜血的，那么进入你伤口之后，应该顺着你的血管疯长，它们应该是往里钻才对。但是你看你伤口里的这些头发都是往外长的，显然它们是想逃离你的身体。”

“逃离？”我奇怪。

我就看他拿住我的手，往铁衣上方一拉，然后一挤我的伤口，几滴血从伤口里滴下去，滴到了头发上，一下就看到那几根头发扭曲着迅速退了开去。

我看着，心中有点迷茫：咦，这是怎么回事？我就听他道：“现在我知道老太太为什么要让我带着你了。”

小花的表情很是感慨。我奇怪那是什么意思。

他就道：“你的名字果然不是随便取取的，你的血很特别。”

“很特别的血？”我想起了当年凉师爷和我说的话，“你是说我吃过麒麟血竭？”

“具体我不清楚，麒麟血竭只是一种可能性，这种血到底是如何产生的，还是一个谜。”他道，“没想到你会有这种体质。你是天生的还是后来的？”

我心说应该是后来的吧，不过我在去七星鲁王宫之前从来没有注意过我的血的问题，学校里的体检什么的，我一直都正常。不过，谁知道呢，在学校里的时候我可没遇到过这些事情。

他用火烤烫匕首，继续为我处理其他伤口，同时道：“老太太肯定知道，看来她都算计好了，但是为什么没告诉我？”

我在当时的叙述过程中，也讲到过这个细节，不过我不知道那老太婆是否真的是因为知道这个细节才安排我和小花来这儿的。我自己也不敢肯定，因为我这血，时灵时不灵的，和段誉的六脉神剑差不多，实在是不能依靠。

“麒麟血竭到底是什么东西？”我想起闷油瓶的血，就问他。刚问完，匕首尖就挑入我的脚里，疼得我几乎缩起来。

一会儿他就挑出了一片东西给我看，同时道：“我不清楚，我只是听到过很多的传说，据说以前有人研究过，这种血液形成的机制很奇怪，似乎每个人都不一样。我爹说，一种可能是渗透作用，长年服食中药的人，浑身都会有淡淡的中药味，同样，常年吸烟的人，烟味是很难去除的，你要是天天用雷达杀虫剂洗澡，也能达到同样的效果。”

我心说那多熏得慌啊。不过他说的办法类似于熏香，古代人治疗狐臭也用这个，据说杨贵妃有狐臭就是天天用中药泡澡。在清朝有一个妃子叫香妃，据说也是从小在花瓣香料中长大的，所以身上带有异香。不过，我和闷油瓶身上没有任何异味，我也不相信一小片麒麟血竭有那么大的效力。

“我还听说过另外一种可能性。你知道不知道药人这种说法？”

我摇头。我是倒卖古董的，医理这种东西本身就不熟悉。

他用水壶冲洗，拧干汗衫上的血和汗水，然后一边用来捂住我的伤口，一边道：“古时候，有些方士会养着一些药人，或者叫方人，这些人大部分都是疯子或者奴隶，用来试验丹药。因为很多丹药都有猛毒，方士为了让这种人能抵抗毒性，会每天以小剂量的毒药喂食，使得这些药人的身体慢慢适应毒药。这些人吃的药五花八门，所以体质会非常异常。特别是他们的血，会和常人很不一样。”

我道：“我爹可没那么变态，我是吃大米饭长大的，可别告诉我，我老爹使用砒霜炒菜，水银当酱油使。”

刚说完，我的脚又是一阵剧痛，我几乎缩了起来。

“反正这对我来说是个非常好的消息，我相信婆婆是故意这么安排的。如果你和那个黑面神都有这种血，那么非常合理的，两个人应该分开使用，他们大部队用大号的，我这里用一个小号的。而且很显然，你有个很不错的头脑，这可以弥补你在体力上的不足。”他按住我的脚道。

“你看上去体力也不是特别OK的那种，我最多说你比较会爬和跳而已。”我怒道。

“从中国墓葬进入有完整葬制的时代开始，倒斗淘沙这种行当的首要素质就是灵敏的身体，虽然不是经常能碰到这种可怕的场景。”这时，他回头看了看我，表情很奇怪。

“怎么了？”我咬牙道。

他道：“不好意思，我不小心把你的血管挑断了。”

第三十九章 ● 寄生

他的表情满是无辜，甚至有点幸灾乐祸，我却完全愣住了，一时之间没反应过来，足足过了一秒钟才想到把腿收回来，看看他到底干了什么。

一看却只看到我的伤口，血是有，却丝毫没有血管被挑的惨状。我动了一下，除了伤口的疼痛也没有任何的不适。

我疑惑地看向他，他静静地看着我，我却不知道到底是什么情况，到底是哪条血管断了。

看着，他忽然缓缓地笑了，笑得很含蓄，很无奈，我更加觉得莫名其妙，他才道："这是一个玩笑。"

"玩笑？"

他失笑，拍了拍我，递给我水壶，让我自己洗一下伤口，对我道："你的人生一定很枯燥。"

我慢慢理解了他的意思，也没生气，只是觉得好笑，心说，你小

子有什么资格教训我？也不见得你生活得多欢乐。

不过，这一下让我对他有了改观，原先不觉得这人有问题，不过因为我们两个背景实在太相似了。虽然我确定我自己是这样的性格，但是我能明白，他在那种生活经历下，最有可能是个什么样，或者会被逼迫成一个什么样的人。

这也是到现在我遇到的，倒斗这一行里的所有人的唯一共同点，不管是胖子、闷油瓶，还是潘子、三叔，等等，这些牛人，他们做事情都是极端功利性的，倒也不是说完全的功利主义，但是他们没有艺术家的那种“干一件和现实生活完全没关系也没人能理解我的事情”的脑筋。

但小花的这个笑话，说起来有点无厘头，完全没有任何意义，这也是我一下反应不过来的原因。倒斗的人永远应该是有事说事的，不应该是这样。这个玩笑，让我一下意识到，他和他们不一样。

也许是因为他是唱戏的。这让我不禁想起了当年老九门二爷的趣事，那个绝顶英雄又如孩子一般的二爷可能是老九门里最可爱的一个人。

处理完伤口，我贴上了无数的创可贴，整只脚好像后现代艺术品，然后套上袜子，就见他往洞的深处看了一下，还让我去看。我一看，发现那些头发竟然在向洞口蔓延，显然是被小花的血吸引着。

我就问他接下来怎么办，他这德行恐怕连移动都不方便，要不是不知道我们在这儿到底要干什么，我就自己做主把他先送到悬崖下去了。

“这段时间，我们就暂时不要进去了。”小花揉着伤口的位置说道，“婆婆他们应该很快就会有消息送过来。现在进去也没有必要了，我们接下来，就是等消息。”

这洞里尽头的铁盘，从做工看不出是什么年代的，也不知道是何作用，更不知道小花说的“棘手的东西”到底是什么。但是，洞内的情况已经一目了然，确实没有再进去的必要。

我想起老太婆说的，这两支队伍需要互相配合，也不知道到底是怎么一种配合法，我心中总隐隐觉得不安。

他的伙计又过了两小时才上来，几乎不成人形，看到满地是血，吓了一跳。我们把情况说了，然后在他的帮助下，把小花吊回到了悬崖顶端。之后，他又下去，准备更多的药品和食物。

之后的几天，生活犹如鸟人一般，在悬崖上的巢里，只有方寸大的地方，四周都是深渊，可谓要么不活动，一活动就是世界上最强的体力运动。

小花的定力十分好，要么玩手机游戏，要么呆呆地看着远处的雪山，在悬崖之巅一边眺望仙境一般的景色，一边打俄罗斯方块，有一种很错乱的美感，总让我感觉不真实。

而我也不输给他，靠在悬崖上，高处的风吹过，整个视野里，包括脚下所有茂密的绿色树冠拂动，绿浪之中，和小花聊聊过去的事情，发发呆，感觉很像《等待戈多》里的两个傻瓜。唯一痛苦的是上厕所。那剧烈地破坏了所有的美感，而且时刻有生命危险。

在此期间，悬崖下的伙计每天都要去一次附近的村里，用那里的电话确认消息。开始两天都没有任何音讯，但是到了第三天，从悬崖下吊上来一个巨大的信封。

我们拆开信封，发现里面全部是纸和照片。第一张，就是胖子和云彩还有闷油瓶的合照，胖子穿着条短裤，在那条我们熟悉的溪边做了一个黄金荣的姿势，闷油瓶坐在一边的石头上，云彩配合胖子摆了个姿势，她身上可能穿着胖子带给她的衣恋少女装，清纯中还带出了一丝性感，很符合胖子的恶趣味。

照片的后面胖子就写了三个字：羡慕吧。

我骂了一声，看了看一边穿着带血背心的小花，心说，难道站错队伍了？

剩下的很多照片，都是他们进山的时候拍的。阿贵也在，似乎还

是他们带队伍进山。我看到了老太婆坐在銮驾上，活脱脱一老佛爷，不由得就想起了陈皮阿四，心说，不都说倒斗的人晚年悲惨吗？这些人要是不那么纠结，晚年的生活质量绝对比富豪高吧。

一面翻着，就看到他们来到了当时我把他们拉出来的岩石口子上。那是山脚下，到处是灌木，也亏得他们能找到。他们所有的装备都堆在那个口子附近，闷油瓶穿着洞穴探险的衣服，似乎正在准备进入。

之后就没有人物的照片了，全是洞穴内部的情形，要是拍到了人也是偶然拍到的。

小花看得不耐烦，就快速地翻过，一直翻到一张被红笔打了一个记号的照片，拿了出来。

我们看到，那是一段岩石的通道，就是我之前爬出来的那种。闪光灯下通道壁的颜色很是惨淡，但是能看到，闷油瓶在最前面，让开了身子，让后面的人拍他挡住的东西。那竟然是一块石板，上面雕着一个圆形的类似于星盘的图案。

照片拍得十分清晰，我一下就发现了，那图案，肯定是我们之前在长满头发的洞里尽头，那只铁盘上看到的。铁盘的四周，还雕刻着非常多的小图案，后面几张照片，都是拍那些图案的细节。

小花看着吸了口冷气，显然不明白是什么意思。我让他翻过来，看照片的后面，果然有人写了一行字。

我看到那张照片，一下就明白了，闷油瓶他们的行动，和我们的行动是有关系的，而他们的目的地，和我们的目的地竟然也有关系。

照片后面的那句话，证实了我的推测，但是也没有给我们更多的提示。

从入口入内七百米，遇到第一道障碍，解开这道障碍的关键应该在你处，不知你处情况，请尽力分析。

写得非常清楚明了。

由此可以推断出，他们在巴乃，从我当时从石山里出来的裂缝重新进入之后，可能凭着样式雷发现了通往霍老太认定的那座山中古楼的道路，但是道路中出现了障碍，这个障碍应该就是照片上拍的东西。

我没法知道那是一道门，还是石头隔离墙，甚至只是一块石头的截面。但是，毫无疑问，这上面的图案，应该就是铁盘上的图案，两者内在存在着一种联系。

如果真如老太婆所说的，张家楼的另外几层是在那片岩山之中的某一座山内部，那么，修建并且隐藏这座古楼的人，以及重修古楼的样式雷，又及在千里之外的峭壁上装置那只铁盘的高人，必然也会有千丝万缕的联系，而且，其中的故事，可能同样复杂得不可想象。

我们把关键的照片一张一张地夹在我们"巢"的钢筋上，一张一张仔细地观察起来。

我几乎可以肯定，那面石壁上的浮雕，刻的就是铁盘，那片圆形的浮雕，应该就是铁盘本身。

而铁盘四周刻的图案，就很值得细细品味了。从浮雕的刻法上来看，整面石壁的浮雕，都不能算是精品，也就是说，它没有多少艺术价值，很多线条甚至没有完成。这面浮雕肯定只是一个坯，没有经过细细的打磨。

从风格上来说，有很明确的清代特征，应该和样式雷脱不了关系。如果是样式雷主持的设计，又有点敷衍了事，可见这种设计的目的，肯定是功能性大于装饰性。看来，这块挡住路的石壁不会那么简单。

我们把照片按照顺序排好，从十二点的位置看起。

第一张照片拍出来的浮雕，是一只奇怪的动物。

中国传统浮雕中的动物，我几乎能背出来，什么貔貅、狻猊，等

等，但是这只动物，非常少见，虽然比较抽象，但是我还是可以立即认出来，那是一只“犼”。

“犼”这种东西，有两种不同的说法，一说是麒麟的爷爷。麒麟算是上古的神兽，但是普遍被认为低龙一等，“犼”是麒麟的祖宗，以龙为食物，属于食物链的最上层了。另一种，则认为它是“魃”的一种，也就是一种非常特殊的粽子。

浮雕中的“犼”，被一种奇怪的东西束缚着，和下面的铁盘浮雕是连在一起的。

第二张照片中的浮雕，和第一张中的犼看上去似乎是连在一起的，整个图案是一个整体，我却看得出是出于装饰的需要。那是几个人，不过，能看得出来，那些人都没有右手。

没有右手的人，一共是九个，有远景，有近景，都赤裸上身，下身穿着瓦裤，做逃跑状，但是并不慌乱。

我深谙此道，看到了好东西，忍不住卖弄。我指着那几个人道：“没有雕琢，也没有反复修角的痕迹，这几个人几乎是一气刻出来的。虽然如此，但是人物的动态身形，前后错落跃然壁上，操刀的是顶级的工匠。虽然他不重视，但是多年的技法让他随便几刀都能刻出自己想要的神韵来。”

小花的注意力不在这边，却问道：“为何不重视？”

我道：“古代的工匠分为两种，一种本身手巧又精通各种工程技术，称为掌案，但这种人一般只做精巧的小东西，这种打磨石头的陋活应该不是他们干的；另一种是我们称之为能工巧匠的纯手工工匠，这些人身怀绝技，但是终日劳作，靠体力和手艺吃饭，这种人是工匠而不是艺术家，所以，他们不会严格要求自己，能偷懒的一定会偷懒。”

我刚才判断这块石壁上的浮雕是功能性的，也是基于这个，能让工匠全力以赴只有一个办法，就是有一个很难伺候的东家。

小花点头，示意我继续往下看。

再下一张照片，是在六点的位置，雕刻的东西就有点难理解了。那还是一群人，却明显不是刚才逃跑的那一批人，因为这些人的手都是健全的，而且，有明显的服饰特征。我一眼就能认出来，那肯定不是汉族人。

这群人，手里都拿着长刀，戴着奇怪的头冠。人数很多，工匠在这里用了重叠的构图，没法数出到底有多少人，而看他们的姿态，似乎是在埋伏。

我觉得很难理解。按照惯例，从总体的构图来说，所有的图都是在独立地表达一个意思，但是这里的浮雕，三幅连在一起，十分自然，很难说是否有两层意思。

这样最后一幅浮雕就很关键，我立即去看最后一张照片。

最后一张照片中的浮雕，却出乎我的意料。倒不是浮雕上的东西很匪夷所思，而是那地方根本没有浮雕，只有三个呈梅花形排列的深孔。

四幅主要的图案，都是由大量的装饰性线条天衣无缝地联系在一起的，配上中间的铁盘浮雕，很像是一只古怪的时钟。

小花看到这儿，对我扬了一下眉毛，不知道是他想到了什么，还是想表达什么异议。接着他问我："你有什么想法？"

我啧了一声，心中还是无法释怀。这些图案，到底是相互联系的，还是独立的？如果是相互联系的，那么，我似乎有点小小的眉目。

第四十章 · 来自广西的提示

如果把围绕着铁盘雕刻的浮雕在一条直线上表示，那么，这幅大型的浮雕，最左边的，是一只“犼”，中间雕刻的，是几个在逃跑的人，最右边，是一群穿着奇怪衣服的少数民族刀客。而在雕刻的最后，是三个孔洞。

让我最在意的，是里面构图的朝向。从内容上看，犼虽然被锁在了铁盘上，但是它还是一个追击的姿态。

中间的人没有右手，背对着犼，呈现逃跑状。而很关键的是，那群少数民族刀客的形象，是面对着逃跑的人的，也就是说，少数民族刀客和犼对中间那几个人，形成了一个前后包夹的阵势。

这可以有多种理解，我的第一感觉是，难道，这是一场杀斗，两方，一兽一人，围杀了这几个没有右手的人？

从图面上看来，这是最合理的理解，但是如此理解，有什么意义？我实在是想不出来。

我几乎能肯定，这种如此具体的浮雕雕刻，肯定是在传达什么意思，不可能是单纯的装饰。装饰一般是用龙凤纹那种可以无限复制而且很容易让人有整体感的图案。

如果不是这么理解，那么，其实还有一些是需要揣摩的，比如说，这是场埋伏？

少数民族刀客埋伏在前方，没有右手的男人们负责做饵，不过，如果对方是犼——我是不相信会有这种生物的——这几个刀客估计一秒钟都挨不到，就会全部被烧成渣。

浮雕一般有夸张之嫌，很大的可能是，当时遇到的东西，他们无法解释，所以套用了一个神话里的形象。

这么推测，完全没有方向。我贴近去看所有浮雕的细节，感谢专业的单反相机，细节清晰得一目了然。

仔细看却更加失望，浮雕根本没有细节。

如果假设它们不是连续的，每块浮雕都有单独的意思，那就更加无从分析了。

怎么看怎么想摇头，因为连思考的方向都没有。小花往后一靠，就道："这有点像千里锁。看样子，可能要回到那个铁盘那里，才能有些眉目。"

我默默点头。我听说过，千里锁是一种计策，不是真的锁，而是一种非常有效的防范措施。如何使一件事情的操作成本成倍增加，最好的办法就是使得这件事情成功的要素隔得足够远，比如，门在南极，钥匙在北极。在北欧神话中，被杀死的恶魔往往被切成无数块，散布在世界的各个角落，这样，要使得魔神复活，阴谋论者不得不进行长达几个世纪的旅行。

但是，既然有打开的机制，就说明这座张家古楼并不是一座墓穴。我猜想，很可能和这种群葬的制度有关系，可能每隔几代，依据祖训，张家死去的人就要被移入这座古楼之内。

只是不知道这件事情是如何和样式雷扯上关系的。样式雷摆明了姓雷，皇家姓爱新觉罗，都没有理由为这座神秘的“张家楼”买单。

闷油瓶那边面对的是一道机巧的机关封石，开启封石的诀窍，应该就在这四个图形中，而我们这里的铁盘，也许是揭开这四个图形蕴含信息的解码盘。具体如何，确实只有到了铁盘边上才能知道。

经过几天的休养，我们的体力都有恢复，小花的伤口早就止血了，回去也没有什么大的风险，于是我们开始做准备。想到那条通道是一个巨大的麻烦，我们不可能频繁地在通道里穿梭，所以，我们准备了一周用的水和食物，怕洞内的空气流通太慢，又在洞口搞了一只排气扇，是成都的哥们儿从村里借来的打谷机，买了一大捆电线接到悬崖下的拖拉机电池上。

说实在的，我的想法是，弄几桶汽油，直接一路烧过去，一了百了，但是在狭窄的山洞里，氧气很容易烧完，会形成气闭效应，很难烧起来。我们学建筑的时候，学过相应的知识，如果使用鼓风机往里鼓风，那里面会变成一个高温窑，本来就不是特别稳定的岩石结构，说不定会被我们烧塌了。

小花已经没法施展自己飞檐走壁的绝技。我们爬回洞口，查看那些铁衣，发现小花的铁衣里，那些血迹上已经长出了手腕长的黑毛，一团一团，沾了血的地面上也全是，凡是有一点血迹的，都长出了黑毛。这东西和真菌一样。

抖开我穿的那件，倒是还好，沾到小花血的地方有被感染，其他地方却没有。

小花说，有我的血在，不用害怕，我就这么走进去应该也没关系，他穿铁衣，他可以背我过去。

那铁衣已经极其重，再背我是绝对不可能的事情，加上洞穴的高度很低，人都站不直，背一个人更是够呛。合计来合计去，小花想了一个办法：由我戴上防毒面具，穿上铁衣先进去，一边走，一边在洞顶上钉上岩钉，吊上一根滑绳，这样，一旦有人拉动绳子，吊在滑绳上的东西就会前进，他反正体重很轻，可以通过这种方式吊过来。

我一听，这也是没有办法的办法，于是照办。下面的岩钉吊上来，小花给我穿上铁衣，似乎是感觉很有意思，拍得我的铁衣梆梆响。在他的鼓励声中我走进洞里，就感觉这家伙骨子里其实和胖子一样不靠谱。

用岩锤把特制的岩钉钉到洞顶的岩壁缝隙里，我学过结构工程，知道三角受力的方式，所以打算在一个地方钉入三到四个岩钉，这样就算吊相扑选手都问题不大。

搞完一切大概花了三个小时，我的手都麻了，没有再遇到什么危机。洞的尽头，铁盘还是那个样子，竟然还有轻微的金属敲击声音从铁盘的底部传出来，但是已经不似剧烈的敲击，而好像是什么垂挂的东西被风吹动撞击到铁门的声音。

我脱掉铁衣服，发现身上完全汗湿了，湿得好像洗过澡一样。我将小花拉进来，架起照明的矿灯，在洞口处堆上一堆柴火，浇上汽油以防头发的突袭。我们一起把带进来的食物、烧酒放到铁盘上，立即开始比对铁盘和照片。

两个人戴着防毒面具，这一次没有发生喉咙失声的事情，不过那东西非常重，戴上后脖子非常难受。小花建议我们速战速决。

照片中石壁上刻的东西，果然是这铁盘，所有的花纹都完全一样，不过，铁盘的四周，并没有照片中石壁上刻的三组图案。

铁盘顺时针缓缓转动着，小花知道建筑和机械有很多地方是相通的，就问我："怎么办？"

我心说，一般的机械，要先弄清楚它是怎么运作的。我让他帮忙，先是顺着铁盘，看看能不能加速它的运行。我发现铁盘顺时针推速度很快，显然顺时针的时候，没有机关会被激活，然后逆时针开始

推，一推就发现不对。

一下子我就感觉铁盘吃到了力，非常沉重的力道，但不是死力，我能感觉到好像是上发条。我用足了力气，铁盘被我逆向推动起来，几乎同时，铁盘下面传来了一连串铁链沉闷的传动声音。

可惜，我只逆时针推动了五十度，就没力气了。无论小花和我如何青筋暴出地使力，那铁盘往前一分都不行。

但是我很清楚，那不是卡死，而是因为我们的力量不够，我深吸一口气，几乎是大吼一声，憋气往前狂顶，不过所有的声音在防毒面具里显得非常可笑。终于我先脚下一滑失去了支撑点，小花一个人不够力气，那铁盘立即顺时针转了回去。

“你搞头牛来才行。”小花靠在洞壁上不停地喘气。

我的脚似乎扭了，疼得要命，心说要是胖子在就好了，这种体力活儿就轮不到我了。

不过我们都没提让下面的人上来帮忙，因为刚才的手感，不是我们的力量不够，主要是因为这铁盘没有什么着力点，光光的，上面的图案被打磨得很光滑，根本没法受力。如果有个杠杆，也许局面会不一样。

于是我掏出那些长条形的工具，想看看有没有地方可以插进去。

找了半天，发现整个铁盘没有任何可以借力的地方，上面虽然全是花纹，但是花纹都非常细腻，东西卡不上去。

我回忆着以前的生活经验。现在的情况好比是面对一个矿泉水瓶，但是因为手上油太多，怎么拧都拧不开。

最简单的办法应该是增加手上的摩擦力，用毛巾什么的包住来拧，这里没有毛巾，但是身上的衣服可以。

于是我们想脱掉衣服。我们检查身上衣服的质料，看看有没有粗糙的部分。这时候，小花忽然发现了什么异样。他指了指我的衣服：“这是什么？”

我低头一看，就看到自己的衣服上，刚才推动铁盘蹭到铁盘的部分，全都黑了。

“掉漆？”我瓮声瓮气地骂道。我看了看手心，发现手心也全是黑色的。

但是，那不是漆，好像是煤渣一样的颗粒。我心中奇怪，难道上面被人用煤渣抹过？

我用手电照了照手心，捏了捏，又发现那不是煤渣。这种颗粒呈现片状，但是用手揉搓之后，变得十分细腻。我发现，我好像认得这种颗粒。

我用手电照了照那铁盘，用肉眼看不出来铁盘上面覆盖了那么一层东西，但是我用尖锐的东西划了几下，刮下一片，用手捏碎，我“啊”了一声，对小花道：“不妙，这是血。”

第四十一章 · 奇怪铁盘上的血迹

"血？"

"对，绝对是血，有人往铁盘上倒过大量的血，而且不止一次，这些血是一层干了，又浇一层，这么浇上去不知道浇了多少次才能积得那么厚。"我道，看着铁盘上的纹路，瞬间意识到了是怎么回事，"你看这些凹槽纹路，我以前见过类似的东西，这些是引血槽，这不是个普通的铁盘，这是个祭盘。"

为了验证我的理论，我立即拿出我的水壶，开始往铁盘上浇水。我浇得十分小心翼翼，在灯光的照射下，那些水的颜色有点像古代某种神秘的液体，闪烁着黄色的光芒。从铁盘的中心倒入，水很快就顺着上面的纹路，迅速地扩展。

看到水流动的方式，我几乎能肯定这些纹路是设计好的。水流在纹路上的流动方式简直有一种异常和谐的美感。

水流似乎是有生命一般在铁盘上绽开一个奇妙的图形，然后顺着铁盘四周的纹路流到铁盘的侧面。奇异的是，它们经由侧面之后，没有滴落到地面上，而是顺着侧面流到了铁盘的底部，并且顺着底部的花纹继续流动，往轴部汇聚。

这是因为水的张力，血中的杂质更多，张力更大，红色的血液贴着铁盘的底部应该会流得更加漂亮。

“这东西原来是这么用的。”小花见过世面，倒也不惊奇，“难道，我们也要搞那么多血淋下去？”

这我就不知道了。我摸了一下铁盘，被湿润的血迹开始融化，感觉上还是比较新鲜的，有可能是当年老九门进来的时候洒下来的。

盗墓贼不会讲这种血祭之类的大规矩，而且在这种地方，虽然不是古墓，但是带血还是不太吉利的。如果老九门当年进入这里的时候，对这个铁盘淋过血，肯定有其他原因。现在毫无头绪，只有试一试了。

我想着，也许这铁盘下面有什么机关可以通过血液来启动。

这倒是不难解构出来。这机关也许会利用血液的黏性，在这些纹路上使用血液作为媒介，我相信古代的技术是完全可以做到的。只要纹路设计巧妙，使用水或其他液体的流速会完全不同。

我准备把小花挂出去，让他叫下面的人弄点血上来，小花却摸着那些融化的血迹，忽然问道：“先等等，你说，这种是什么血？”

“什么血？”

“要是猪血、狗血倒也好办，如果是人血就难办了。而且看这血量，也不是一两桶能解决的，这么多血弄到里面来，是个大工程。”

我一想，倒也是，要是人血就麻烦了。不过，老九门没这么变态吧？而且我也不相信古代的机关能分辨血的种类到那么细微的差别。

我和小花两个人都不是血气足的人，要人血的话，我们两个能凑出一杯来就算不错了。我想了想，说猪血和人血差不多，先搞点猪血来试试？

小花摇头："太麻烦了。"说着他想了一想，道，"直接搞头猪上来。"

搞头猪上来，这听起来是一个很好的主意。一来，外面那么多头发，一桶一桶血运上来，刺激那些头发，真不知道会出现什么情况，运猪上来比较好。二来，猪是活物，可以保证血不会凝固。但是，仔细一想那情景，把一头猪吊上这么高的悬崖，那简直是一种行为艺术了。

消息下去，下面的人马上傻了，联系确认了好几遍，对讲机里一阵沉默，显然已经完全弄不清楚我们在干什么。小花让他们立即去做，下面才说去试试。一直到第二天，我们从对讲机里听到猪叫，知道搞到了。

农村里有猪是很正常的事情，不过，把猪制伏运到深山里很麻烦，也难为了这帮伙计。

我和小花两个人花了九牛二虎之力，把那猪吊上来，吊到洞口一看，那是头肉猪，已经吓得连挣扎都不会了。

两个人把猪解下来，塞进洞里，闻到一股令人难以忍受的臭味。猪身上的粪便并没有被洗干净，陈年的恶臭让人难以忍受。因为耽搁了一天时间，我们都很急躁，顾不得那么多，把猪绑住吊在绳子上，也当成货物运了进去。

再次回到洞内，我们先做了准备工作，用铲刀铲掉铁盘上积聚的血垢，露出了铁盘本来的模样，使得上面的纹路更加清晰。

全部查完后我发现，铁盘上所有的花纹，应该是一朵花的形状。而且我发现，铁盘上的某些部分，有明显的被修补过的痕迹，铁盘的整体非常古老，但是那些修补的地方，铁皮上的疙瘩和锈斑还是比较新的。显然，有人在距今比较近的某个时候，对这个铁盘进行过修复工作。

小花看着铁盘的上方，我们发现那个地方的洞顶有一只石钩，有小臂那么粗，一看就是敲出来吊什么东西的。于是两个人用绳子穿入石钩，把猪倒吊了上去。

那头猪似乎才缓过来，开始不停地挣扎和叫唤，刺耳得要命。那细细的绳子被绷得犹如琴弦一样，我生怕断掉。

因为本身洞顶就不高，所以这头猪挂在那儿，猪头离铁盘非常近，可以直接放血。小花看了看我，就把他的匕首拿了出来给我，道：“来吧！”

我愣了一下，就道：“我没杀过猪。”

他朝我眨眼一笑：“你没杀过，难道我杀过？这刀很锋利，在脖子上随便抹一下就行了。”

我怒道：“那你干吗不去？”

“我下不了手。”他道，“拿刀去杀一只和自己体形差不多的动物，那不是谁都可以做到的。”

“我靠，难道我就像下得了手的人？我长得像屠夫吗？”我骂道。但是小花不容置疑地看着我，那眼神的意思就是，他是绝对不会去的。

我接过匕首，看着那猪。之前确实没想到杀猪这一层，小花是道上混的，我想杀头猪总不是什么问题，怎么这事也轮到我身上了？

那猪叫得甚是惨烈，让人烦躁。我比画了两下有点崩溃，感觉自己肯定也下不了这手，就道：“要不让你手下把杀猪的也吊上来？”

“这儿的山洞当地人都传说有鬼，这事情是不可能的，他们绝对不敢上来。”

小花道：“你怎么就这点出息。”

“你没资格说我。”我看着那猪苦笑，心说胖子在就好了，不过不知道他会不会下手杀他的同类。

僵持了片刻，两个人谁也不肯做所谓的屠户，只得再次把下面的伙计吊了上来。小花的伙计是狠角色，平时在成都砍人也排得上号，我们把情况一说，他却拒绝道：“猪的血管很粗，一刀下去血全喷射

出来了，到时候到处都是。放血要用放血的管子。”说着他找了一只酒瓶，几口就喝光了里面的酒，拔出自己的砍刀，一刀砍掉瓶底，再一刀把瓶颈瓶口部分砍成尖的，上去就捅进了猪的脖子里。

猪哀号一声，顿时血就从瓶底的口里流了出来，无数道血痕开始在铁盘的花纹上爬行。

我觉得一阵恶心，不忍再看。以前看到的尸体大多是腐烂恶心的，但是从来没有这样厌恶的感觉。杀死猪的过程让我心中发颤。

五分钟后，猪已经停止了挣扎，极度虚弱。猪血顺着那些花纹，把整个被我们铲干净的铁盘重新染成了黑红色。血顺着那些花纹爬满整个铁盘的过程应该是十分诡美的，但是我没有细看。让我有点担心的是，铁盘没有任何变化，还是那样旋转着。

小花说这只铁盘的作用是引导血液流入下面的机关，虽然铁盘上全都是血，但是流到铁盘下面的部分还需要一些时间。

果然，又过了三四分钟，那铁盘的转动忽然发生了一点变化，似乎是卡了几下，接着，停了下来。

我和小花在边上立即做了防备的动作，以防有什么机关启动。我们就听从铁盘下，传来了一连串铁链互相摩擦的古老沉闷声，接着，这种古老的声音开始在山洞的四壁内出现。

我大惊失色，听着四周洞壁里急促的声响，心说我靠，难道这洞的四壁内全是机关？

如果是这样，那说明这铁盘驱动的是一个大型的机关。大型机关一定不会那么简单，肯定要发生一些非常大的变故。因为如果你只驱动一百公斤以内的东西，是不需要那么大的动静的。

刚想提醒所有人注意，变故就发生了。周围三个方向的洞壁上，满墙原本放置着古籍竹简的那些洞里，忽然起了异动。所有的竹简全都被顶了出来，接着，缓缓地，一只只奇怪的“东西”，从洞底“伸”了出来。

第四十二章 · 浮雕补完

霎时间，我面前三面洞壁上的孔洞都被填满，洞壁变成了一整片墙，而从洞里伸出来的东西，凸出于洞壁，看上去像是什么浮雕的一部分。

整个过程非常快，我们愣愣地看着四周的变化，谁也没有说话。因为在那一刹那，所有的洞口都同时长出了“东西”，而且立即长成了这么个东西，那过程其实极端震撼。

我甚至有错觉，似乎有什么东西要从墙壁里冲出来一样。

用手电去照那些从洞里伸出来的东西，就发现那些全都是用和洞壁一样的石头雕刻而成的，每个从洞里伸出来的雕刻都不一样。我一眼就看出，那确实是某一面浮雕的各个部分。

往后一步退到洞口，从整体来看这个洞壁，我立即明白了是怎么回事。原来，这个洞壁上应该雕满了浮雕，但是，如今被全部敲掉了，一点儿也没剩下。

而这些凹坑，是在浮雕上挖掘出来的孔洞，好像拼图一样，这里挖掉一块，那里挖掉一块，所有挖掉的部分，其实都嵌到了那些洞的深处，使用机关驱动，一被触发，就会被里面的机关推出来，洞口被填满，浮雕拼图的全貌才会出现。

真是精巧。这样的设置，浮雕之中应该是隐藏了什么信息，但是最关键的部分被隐藏了起来，只有浮雕复原之后才能看出来。

可是，看着洞壁我又觉得无语，所有的关键部分之外的浮雕都被敲掉了，我说这洞壁怎么看上去这么毛糙。

这些非常易于推断，小花和他的伙计几乎同时都做出了判断。一下子也没人去理会那只猪了，所有人都朝墙壁走去，看那些被推出来的部分。

经过勉强辨认，我们发现，那些浮雕的拼块，雕刻的东西各不相同，最明显的几块，刻的是人的手，但是都是很模糊的小手，显然是远景中人物的手部。有些刻的是一些很难辨认的线条，但是会有细节。我看到有一块上，刻有一只眼睛，那么肯定是某张脸的一部分，但是那只眼睛，又不是人类的眼睛，不知道是张什么样的脸。

有远景，有脸部雕刻，这一定是一幅叙事或者场景的浮雕。想到这里，我忽然想到了从广西寄过来的照片。那上面的几幅浮雕和这里的浮雕，在细节上似乎有点类似。

我立即想问小花，却见小花已经拿出那张照片在对照了。几个细节对照下来，发现果然不错，在我们之前看到的广西拍的照片上，圆盘图案四周的三个浮雕中，我们找到了和这里的浮雕碎块一样的细节。

那几只手，就是之前看到的照片里少数民族装扮的那些人像的手，而那只眼睛，和照片里“犼”的眼睛完全一样。

看来照片里广西石壁上的浮雕，应该就是这里洞壁上原本的浮雕，两者完全一样。

“原来是这么回事。”我心道。这里的那些浮雕虽然都是一块一块的，但是里面雕刻的技艺十分高超娴熟，而且刀口很圆润，显然是精心雕刻的精品。而刚才我就发现广西照片上的浮雕，似乎是高手的敷衍之作，显然很可能广西的浮雕是临摹或者仿刻这边的原型。

不过，这样的设置有什么意义呢？我心说，如果如小花说的，广西那边的浮雕，其实是对这里的一个提示，那么提示的是什么东西？

我努力地揣摩，拿照片和四周进行对照，想发现什么蹊跷的地方。但看了半天，并没有什么发现。

再看四周，如果我背对着洞口，那么我左手的洞壁上，就是那只“犼”。如果那些浮雕不被敲掉，那“犼”的造型肯定十分壮观。在我面前的洞壁上，应该是那几个没有右手的人，而在我右手的洞壁上，是那些少数民族的伏兵。

照片上那三个孔洞，似乎代表的是我背后的洞口，顺序丝毫不差。

整个洞里没人说话，都在仔细地看着那些照片。我坐下来，喝了口酒，觉得有点不对。

因为我发现照片上的那些图案都很简单，一点也不复杂，这不是那种非常精细的浮雕雕刻。而简单的雕刻中，很难看出什么特别的信息。

于是我把注意力放到了铁盘上，一看，我立即明白了问题所在。

铁盘上有无数复杂的花纹，但是，有两条大的花纹，在铁盘上形成了一个十字，这十字的顶端都有一乳头状的凸起。而十二点位置的凸起，非常大。

照片中的铁盘，这粒凸起在犼的位置，而我面前的铁盘，这粒凸起是在洞口的位置。如果这凸起代表铁盘的指向性，那么，铁盘的指针指错了位置。

我把小花叫过来一说，他也皱起了眉头。我就道：“看样子，这

张照片上拍到的图案是一张示意图，它告诉我们这里所有东西应该如何摆放。这铁盘可以转动，如果把铁盘推到和照片上同样的位置，很可能会触动下一道机关。”

小花摸着铁盘，看了看照片，觉得很有道理：“是顺时针推还是逆时针推？”

“一般来说应该是逆时针，但是刚才我们用猪血启动了机关，机关的方向也有可能会变化，要推推才知道。”说着我就想上去。

这一次小花却拉住了我：“最好不要再转动它。”

第四十三章 • 秘密

小花给我比画了两下，告诉我他的想法：“四周都是浮雕，而铁盘能转动，浮雕只有四个方向，那么，即使没看到这张照片，胡乱推动铁盘也很容易推断出照片中的位置。如果这是什么秘密提示，也太容易被试出来了，而且没有组合性。”

我皱起眉头，还是不太明白。他就继续道：“比如说我们家里的保险箱，起码会有三位密码，才有密码的效果，而一个密码位会有零到九十种可能，那么密码的复杂性才足够。不管这铁盘是什么东西，如果它和四周浮雕的组合，是什么密码或者任何阻止别人能快速启动某个机关的措施，那么，它的可能性只有可怜的四种，三岁小孩都能轻而易举地试出来。”他顿了顿，“那么它其实是没有什么用的，比如说你的保险箱的密码只有一位数，而且，只能是一到四中的一个，它就不是保险箱，因为它完全不保险。”

我用手指弹了一下照片，立即觉得他说得有理。

小花继续道：“我们假设，以当时的技术，只能做出一把密码为一位数、只有一到四四个数字可选的锁，你如何使得这把锁有足够保险的效果？”他看着我，“知道收缩法则吗？”

我摇头。小花的语气很平静，好像是在给别人讲戏的老艺术家：“当你可选择的东西不够多的时候，就减少你选择的次数。就好像拆炸弹一样，当你只有红、黄、蓝三条引线可剪，那么你可能最多只能剪一次，剪错就会爆炸。所以，如果你说的是对的，我们要转动这个铁盘，很可能只有一次机会。如果转错了，很可能会启动这里的机关，不知道会有什么后果。”

说着他看了看通道:“没有十足的把握和准备之前，不能轻易地尝试。这里已经发生过一次惨案，很可能再次发生。”

我听得有点发愣，感觉忽然间有点不认识他了：“你经常以这种口吻解决问题吗？”

他用手电照着满是鲜血的铁盘道：“解家人做事情的准则就是严谨，从小的家教就是这样。”

老九门解九爷确实以做事情滴水不漏闻名。我想了想，吴家做事情的准则是什么？我爷爷好像是以人缘好出名的，这在现在听起来真不是什么长脸的事情。

“好吧，小九爷，那现在应该怎么办？”我跌坐在地上。

小花道：“我们要从头想起，凡事都有理由。这里设置那么精巧的机关，肯定是有着它的必要。一起想吧，小三爷。”

听到这个久违的称呼，不知道为什么，我心中抽了一下，有一种莫名的惆怅。他看着我，我看着他，两个人就笑了一下。看来，我们两个人确实背负着很多相似的东西。

两个人都静了下来。我从带来的食物里找出一包牛肉干，边吃边说：“你说，当年张家楼的后人，他们是如何使用这里的机关的？我们要不要这么来想一下，比如说你是张家的后人，你老爸去世了，你要把你老爸葬到广西的张家楼，我们来模拟整个过程。”

小花道：“我肯定偷偷把他烧了，然后告诉他们已经放进去了，解家人不会做多余的事情。”

我道：“假设一下，是张家人，那么情况是如何？”

小花想了想：“最开始，我肯定会得到一个说明，家族的长辈会在一个隐秘的场合告知我这件事情：我们有一个家族古墓，我必须把我的父亲葬到古墓里，但是那座古墓有非常严密的防盗措施，必须先到四川四姑娘山这儿来寻找一个山洞，在这个山洞里能得到打开古墓的钥匙。”

“这说不通，如果是这样，他是看不到广西那边的浮雕提示的。他应该是先到广西，找到了古墓，然后发现了那块浮雕提示，最后才到了这里的山洞找钥匙。”

“那块浮雕的提示难道是：请在这里拍照留念，并携带照片前往四川四姑娘山？”

我觉得一点也不好笑，想苦笑，却忽然一个激灵，一下就想到了什么。

“照片？对啊，照片。”

我立即抓起广西寄过来的照片，捏在手里整理了一下思绪，心说我靠。

这是一个非常典型的先入为主的错误。人总会以现在的各种现实细节作为自己判断的依据，而忽略了时间和地点各种因素。我们一直认为，广西那边的浮雕，其实是这里的提示，但是，在那个时候，世界上是没有照相技术的。

那么，也就是说，不可能有我们现在这样坐在这里看着广西的照片琢磨的情况。他们能传达过来的，最多是一张临摹的画或者干脆是自己的记忆。无论是临摹或者记忆，总会有细节的损失。

特别是临摹，临摹的画很可能会流传到民间，如果靠临摹传达什

么信息，是很不安全的。作为一个防盗措施那么复杂的古墓，不可能会犯这种错误。而且，如何保证后辈子孙会带着素描工具前去古墓呢？难道张家所有人从小就会被培养素描技艺，同时有殉葬的时候必须带着全套绘画工具这样的族规吗？

那么，这张照片里传达的东西，不会单单是画面那么简单，其中蕴含的意思，应该是脱离画面的。比如，当年的张家人看到这浮雕，很可能会恍然大悟，知道了这浮雕之中的秘密。

第四十四章 · 提示的诀窍

当我说出这些后小花就问我，能不能看出来，这里的一切都是在什么朝代建立起来的。

我道："很难说，这里不是典型的古迹。假使说是古墓或者庙宇的遗址，因为其雕刻建筑都会蕴含着大量的文化细节，很容易就能知道它的朝代。但是如果你发现的是一处铁匠铺的遗址，除非铁匠铺是在大型的古城遗址之中的一部分，否则你是很难知道它的年份的，因为铁匠铺中承载文化信息的地方太少了。"

这里的各种东西，包括墙壁上的石雕，还有这里的铁盘，上面所有的纹路都缺乏某一朝代特有的特征，所以，几乎无法判断它们建造于哪个时代。我也没有深究，因为我在潜意识里已经把它们和样式雷联系在了一起。

这里有铁器，官方上最早出现在春秋时代，但是因为有陨铁的存在，事实上很难只靠铁器来判断年代。不过，因为样式雷牵涉其中，

那么，即使这里不是清代建立的，也一定在清代被使用过。

样式雷能搞定的东西，我一直认为我这个中华人民共和国的本科生没有理由搞不定。“难道你觉得能从这里的朝代上看出什么来吗？”我问道。

“中国墓葬文化是在不断发展的，各种精巧的机关都有非常清晰的时代特征，而且越是发达的朝代，越会出现技术上的飞跃。比如说，汉代出现的鸽子翻，在唐代就发展成连环板；辽人因为处北寒之地，那边的古墓墓葬多用剧毒、排石；到了清代，国外机械技术的进入，更是丰富了奇技淫巧的发展，甚至做出了没有声音能自己恢复原样的机关。如果能知道这里造于什么时代，大概就能知道这里会有几种可能性了。”小花道，“举个极端的例子，这里肯定不是现代，那么就不会有红外线这种东西需要我们担心。”

这个我也听爷爷说过，确实如此，不过这一招用在这里，我觉得太冒险了。因为我之前经历过很多事情，我明白，在这个几千年前的谜团中，我唯一可以肯定的是，古人是不能被小看的。

我爷爷也和我说过另一个例子。他在一个北周时期的墓葬里，看到过一只非常奇怪的陶器，那是一只长长的陶瓶。上面全是手指形状的孔，更像是一只乐器。他以为他发现了一只用来“过滤”的器皿，但是，当他拿起陶器就发现非常非常重，接着当他上下颠倒这东西，想看个究竟时，就在那一瞬间，从那只陶器的孔里，伸出非常多的石雕小手。所有的手，都有一个弧度，一边的洞口里的手，向左面展开，而另一边的孔的手臂，向右伸展。

所有的手好比孔雀开屏一样形成一个扇形。

这样的构图，他的目光自然而然集中到了扇形的中间。他看到，在中线的那个位置上，中央的那一排孔里，从里面伸出了一座黑色的佛陀雕像，配上两边的佛手，一眼看去就像是一座被嵌在瓶中的千手观音。

他当时就呆住了，因为在那一刹那，所有的洞口同时长出了“东西”，而且立即长成了这么个东西，那过程其实极端震撼，他甚至以为，那只瓶子是一个活物。

后来，那东西在他逃难的时候流失，再也没有见过，但是他十分喜欢，常常怀念，就想让现代的工匠复制一个。但是，竟然没有一个现代工匠能做出来，因为他们无法在已经烧好的陶器内设置机关。就算勉强做出来一个样子，也完全不是那么回事。

北周时候理应是没有那么精巧的技艺的，爷爷告诉我，这说明每个朝代都会有那么一些人，完全超越他们生活的纪元。越是无法琢磨的古墓，越是不同常规的地方，就越是可能看到这种东西。

不过，反正这里也分析不出朝代来，我也就没和小花说太多，我们只好继续思考下去，还是得明白照片里的蹊跷。

但是，如果这么说来，这图形中蕴含的是什么意思呢？这比单纯从这些图形中寻找图形信息要难得多，因为更加无章可循。如果是他们家族里的人才知道的蹊跷，那基本不可能猜测出来。

加上本身这个神秘的家族基本没有资料可查，那么，我们面临的基本是一个无解的局面。

想到这里，我立即开始佩服当年这个局的设计者。如果这是防盗墓措施，那简直是太成功了。

我记得我爷爷说过，防盗措施一共就几个层次，往往所有的大型古墓都有这样的特征。

第一是找不到，第二是打不开，第三是拿不走。这座张家古楼，几乎在每一个点上都做到了极点。难怪这么多年，所有人都对其束手无策。

但是，这么来想，那不就无计可施了吗？现在唯一可以做的，是离开这儿，到处去收集关于张家楼的资料。以张家古楼的隐秘程度，不说能不能找得到，就算真有一些信息，恐怕也得花大半年的时间，

更不用说那信息有没有用了。

想到这里，我十分沮丧。我是这么一种人，只要有一点希望我都会干劲十足，但是，一旦我的意识判断这件事情是不可能的，那么我会立即颓掉，而小花听我说完，也沉默了下来。

从东西寄到这里到现在，我们已经耽搁了非常多的时间。但是，我真的是毫无头绪。我感觉有点绝望，感觉即使再徒劳地尝试几天，我们也只能送一封信回去，告诉老太婆："对不起，我们搞不定，要不咱们回北京洗个澡，再看看有没有其他办法？"

我倒是不介意，但总觉得这么做，吴家的脸肯定被我丢光了，虽然其实吴家到现在也没剩下什么脸来。不过，我知道小花不可能那么轻易地放弃。

他沉默了片刻，就对那个四川伙计道："你帮我寄信回去，告诉他们，那张照片无法解密，我们采取自己的办法，让他们再等一段时间。"

那个成都伙计点头，但是脸色微变："东家，您自己来？要不要给先生打个电话？"

小花摇头："没事，我能应付。"

那伙计就点头出去了。我一边拉着绳子将他送出去，一边问小花："什么叫我们自己的办法？现在还能有什么办法？"

"换一种思维模式。所有的机栝，奇技淫巧，如果你正面没法解开，可以使用一种比较野蛮的办法。"

我还是不明白，他喝了一口烧酒，就道："如果你没法把一个魔方还原，最简单的方法是什么？"他做了一个掰的动作，"把魔方上所有的颜色都抠下来，按照你的想法重新组装上去。"

"啊，你是说？你要——"

"我要从机关的内部去解开它。"他道，"我要进入这些洞壁的后面，看看这个机关的结构是怎样的。"

第四十五章 • 进入机关之内

我们把死猪放了下来，然后用水冲洗整个铁盘，很快，机关的声音传来，铁链在洞壁内不停地传动，缓缓地，那些从洞里传出来的浮雕全都缩了回去。同时铁盘顿了几下，又开始缓缓地转动起来。

我和小花把冷烟火、短柄猎枪、烧酒这些防身和照明的东西都重新打包，合力把铁盘抬了起来，用铁棒撑住，露出了那个洞口。

之前小花受的伤还让我心有余悸。这下面肯定有什么棘手的东西，如今下去十分危险。他也并不冒进，而是先切下一只猪脚，用绳子系着，先从洞里甩了下去。

好像钓鱼一样，我们一点一点地放着，放到了很深的地方，却没什么反应。

他在胸口和背后垫了块铁衣的铁皮，动了一下，就先从口子里钻了进去。他的速度很快，只见他的手电光迅速地往下，一到最下面就暗了下来。

我不敢说话，后背全是冷汗，一直等了五六分钟，下面的手电光才再次亮起来，闪了两下。那是给我的安全信号。

我深吸了口气，先把上面的装备包甩了下去，然后小心翼翼地把头探进洞里，再尝试让自己的身体钻进去。

我比小花要“肥硕”一些，攀着那些铁链，好不容易下到了底部。我发现下面的空间非常局促，连站也站不起来，坐着都要碰着头。

整个铁盘底部的“消息机关空间”，结构非常之复杂，已经到了我无法形容的地步，但是我下来之后，能一目了然地知道整个机关消息的运作机制。

铁盘的轴承上有很多铁牙，可以通过铁盘的旋转而张开，四周有无数的铁环，铁环连着一条条错综复杂的铁链，连通到这些石室一边的不知道什么地方。

可以预见，转动铁盘的环数不同，张开的铁牙勾到的铁链也不同，那么拉扯的铁链不同，启动的消息机关也不同。

而在石室的下部，是一个水轮一样的东西，插在底下的一个井口内，井口内水流汹涌，是一条岩中水脉，转动的水轮通过齿轮和链条传动到轴承，所以铁盘才能经年累月地自己转动。四周没有看到任何当时抓伤小花的东西，但是能看到铁链上挂着无数棉絮一般的东西，似乎是很久以前的油脂。

整个消息机关室好似一口井，只是底下稍微大一些。机关室内有很浓的血腥味，但是看不到一丝血，不知道那些灌下来的血到哪里去了。同时，我们也没看到小花说的棘手的东西。

没看到不等于没有，我们小心翼翼蹲下来四处搜索，发现四周确实没有活物。

也许是因为什么机关？我心说，小花和我都看走眼了，小花也露出了疑惑的神情。不过，两个人都松了口气。

我用眼神问小花接下来如何，他就用手电指了指一边，原来在这口井的井壁上，有三道五六米高、只有一人宽的裂缝，一看就是修出来的，好像非常非常窄的走廊一样。所有的铁链分成三组，都直刺入这三道裂缝中。

手电光照入其中，发现里面很深，人勉强可以挤进去。往上一照，就发现裂缝的顶部三四米高的地方，都用铁链悬挂着一条一条的条石，而条石的下方，全部是我们在西王母国看到的那种陶罐。

这是机关的“冒头”，如果我们弄错了什么，上面的条石一定会掉下，砸碎陶罐，那么罐子里的鳖王一定会让我们吃足苦头。

最前面的几条条石已经掉了下来，把前面部分很多的陶罐敲碎了，露出了里面的头发。这应该是上一次有人来这里的时候，误触了消息机关。

我看到后面部分一直到裂缝尽头的黑暗中，还有无数的条石，阴森森地挂在那边，整齐地列入裂缝的深处，不知道有多少。下面累积如山的陶罐，一层叠一层，让人喉咙发刺。

其他两条裂缝也是完全相同的情形，三条裂缝里穿插的铁链好像是一只怪物的三条触须。

“这种结构说明，这个机关一共有三道，我们即使解开第一道，也无济于事。如果老老实实从提示上下功夫，会是个旷日持久的工程。我们从铁链的高度来判断，最低的这一组应该是第一道消息机关。”我道，“这东西和门锁有点像。”

第一道消息机关的机关室，应该在这最低的一组铁链所经过的裂缝尽头，我们要穿过去。

这样的设计是非常巧妙的。我能看到在裂缝两边的石壁上，有无数的铜质卡钉，也就是嵌入石壁内的铜疙瘩，都锈成了绿花，似乎是给人行走的。但是看卡钉排列的那种诡异的形状，我就知道其中肯定有猫腻。这些卡钉下面一定也有消息机关，一旦踩错凶多吉少。

而且所有卡钉的位置，都在很适合落脚的地方，要爬过去，很难避过这些。即使小花在巅峰时期，在这么狭窄的空间，也没法施展任何的手法。

我问小花："悟空，怎么办？"

小花上下左右地琢磨，看看哪里有能避过的地方，但是显然这里所有的细节都被关注到了，往上到洞壁的上沿，也全都是老铜卡钉，他一时间也想不出好办法。

我指了指悬挂在上方的那些条石，每条都有一吨重，那些悬挂它们的铁链很结实，不知道能不能从那上面过。

小花用手电照着，"啧"了一声，道："看上去可行，但是，你看这儿这么多的铜钉，他们能考虑到这一点，难道考虑不到那些条石？我看，这条沟里的东西，都不能碰，肯定都有猫腻。造这儿的人，和一般的工匠完全不一样，他们精通一般的倒斗机巧，不会留给我们这么明显的空当。"

"不从上面走，那要么爬墙上的铜钉过去，要么踩着这些陶罐过去，没其他路了。"我道。一共就这么几个方位，难不成我们还能穿墙？

小花侧身进入缝隙之内，小心翼翼地往前探了一段距离，用手轻轻地碰了碰那些铜钉，又蹲下来，从那些陶片中捡起一块，退了出来。

陶片的里面还沾有很多黑色的污迹，应该是人头腐烂留下的痕迹。他把陶片放在地上，让我踩上去。我踩上去，陶片立马碎了。这陶罐的制作工艺非常简单，而且很薄，根本不禁踩。

小花就道："这真的绝了，根本没打算让人过去。"

"他们当时是怎么设置的？难道没工匠的秘密通道什么的？若是要维修怎么办？"

"这玩意儿应该没售后服务吧。古代的消息机关一般都用条石、铁链做驱动，都做得非常敦实，一般来说不是地震什么的不太可能会损坏。如果设置有通道，那一定是在这些卡钉中，但是我们现在要从这么多卡钉里找出来哪些是安全的，风险太大了。”小花道，“这儿的设计者不是普通人，不会有普通人的想法。”

这种感觉，我之前从未经历过。看着眼前的机关，感觉并不复杂诡秘，但是着实让人没有办法，比起汪藏海卖弄巧艺的那些机关，这里的机关实用有效而且毫无破绽。这才是真正的高手设计的东西，让人不能不生出一股挫败感。

闷油瓶在就好了，我再次出现了这样的念头。我忽然发现，那么多次化险为夷，原来不是我命好，而是我身边的那两个人解决了那么多的问题。我已经把这当成理所当然的了。

犹豫了片刻，就见小花脸色凝重地叹了口气，对我道：“没办法，只能硬碰硬了，看祖师爷保佑不保佑了。”

说着我就见他从装备包里抽出一捆绳子，交给我，让我抓住，自己把另一端套在脖子上，从随身的小袋子里拿出一只哨子大小的紫砂瓶，拔掉塞子，把里面的东西涂到自己手上。那是一种黑色的粉末，即使隔着防毒面具，我也立即闻到了一股中药的味道。

“你要干吗？”我有不祥的预感。

“这是用来吸汗的中药和炭灰，也能提神。”他道，“我要爬过去。”

“你疯了！”我道，“这里的罐子这么脆，一碰就碎，你想找死也别连累我啊。”

“站上去会踩碎的东西，躺上去却不一定会碎，只要有很多的压力点分散体重，就算是灯泡我也能过去。这得要硬碰硬的功夫。”他道。

说着他脱掉自己的鞋，背过身去，一下躺到了地上。

我原来以为他会趴着，没想到他是面朝上这么躺下去，心中的惊讶更甚。就见他背部和臀部非常巧妙地用力，整个人已经贴着地面往裂缝里缩了进去。

这是一种靠背部肌肉的灵活，用手辅助前进的方法，好像是一种非常轻松的瑜伽。但是小花移动得非常快，让我感觉他简直是条蛇，贴着地面在爬，我知道那绝对是巨大的体力消耗，也知道他那种精瘦但是有力的肌肉是怎么练出来的了。不过，我不得不承认，那样的动作十分难看。

“你有把握吗？”我道。毕竟他的背上没眼睛，这种手段还得靠运气。

他看了看我，就道：“没把握你来？”

我摇头苦笑。他白了我一眼，然后全身放松深吸了几口气，念了几句不知道什么话，开始往裂缝的深处前进。

在小花靠上那些陶罐的一刹那，我和他都顿了一下。我清晰地听到陶罐受到压力，和下面的陶罐摩擦发出的声音，似乎还伴随那些薄薄的陶片即将被压裂的脆响。我屏住呼吸，看着他缓缓地挪了上去，那种声音越来越多。但是小花没有任何的犹豫，一点一点地全身都挪到了陶罐上。

那一刻，我的后背有些发麻。我有些庆幸在经历了这么多之后，我跳过害怕，直接进入了高度紧张的状态。我屏住呼吸，看着他每一个动作。

很快，他就离我非常远了，在手电光的照射下，一片漆黑的缝隙里能看到他在挪动。这种感觉非常诡异，好像我们在通过什么古旧的电缆管道越狱。他一边爬一边放着绳子，之后我得通过这条绳子进去。

五六分钟后，他已经深入三十米左右的地方，我的手电已经照不分明，他的手电照着前方。一路上，虽然那些瓦片发出很多让人胆寒的声音，但都是虚惊。我慢慢就安心了，听着他喘气沉重的回音，就对着缝隙叫道：“慢慢来，咱们不急于一时，也没有人和你争，累了就歇歇。”

片刻就从里面传来他边喘边骂的声音：“你在这种地方歇？”说

着他的手电光划动了一下，我看到他照亮了上方的那些条石。这些东西要是掉下来，能把他直接砸成肉糜。

“你保持状态和体力，越急越容易出错。”我道，“那些东西没那么容易掉下来。”

“这不是个技术活，只要我躺着，没什么意外的话，不需要太集中精神，太过于注意背部反而会出问题。”他道，“就怕出问题，怕有些陶罐本身已经碎了，但是没裂开，被我一压才裂开，或者这些陶罐里还有什么机关。这些事情要看运气，我快一点慢一点，结局都是一样，我宁可省去等待的过程。”

他的声音很平静，我似乎在以前也有过很多类似的念头，这不知道算是开脱，还是一种我们这种人特有的心境。我一下就感觉到了，小花的内心确实和我很相似。

“那我可帮不了你什么了，你总不希望我在这里帮你念经。”

“等我出事了再念吧，现在你可以唱个小曲缓解一下我的紧张感。”他缓缓道。

这种笑话一点也不好笑，反而能让我感觉到他内心深处还是在担心着，我听着有些害怕。这是个正常人，不是神，也不是什么怪物，他和我有着一样的情绪和弱点，他在这种时候也会紧张，这也许才是这个行当的常态。

“放心吧，你死了我也跑不了，黄泉路上听我唱个够。”我朝他吼道。

也许是觉得我站着说话不腰疼，小花没有再回答我，而是喘着气，继续往前爬。我也知道在这种情况下，说话是非常消耗体力和分散精神的，于是闭口不言。

手电光继续远去，又过了一会儿，我已经只能看到灯光了，空气中只剩下了那喘气声，带着空灵的回音，听着有点安魂曲的感觉。我逐渐有点无法集中注意力。

隔了一会儿，他才又说话："那不是，我觉得你还是会上天堂的。小爷我大约就往相反的方向去了，所以我等下要是那啥了，你转头该走就走，小爷不会怪你。"

我听着觉得越来越不吉利，就想让他别废话了，等下阎王爷听了觉得盛情难却就糟糕了。还没说，他却道："嗯？"

"怎么了？"我一下回过神来。

"这儿上面吊着的不是石头。"他道，用手电光照了照上方。我已经看不到他那个位置了，也看不到他照射的地方。

"是什么？"我紧张起来。

他扫了几下："吊得很高，看不清楚，好像是什么动物的皮，肯定不是什么好东西。"说着他似乎在转动手电的光环，光线逐渐聚集变强，那动作使得他下面的陶罐发出了一连串碰击声。我立即对他道："小心点！镇定一下，你看你喘成这样，还是先定定神，不怕一万只怕万一。"

听到他的声音带着回声传过来，他似乎愣了一下，一边照上面的东西一边纳闷："喘？我没喘气啊，不是你在喘吗？"

我道："我要喘也没这么夸张啊，况且我又没动，我喘气干吗？"

他静了一下，就用手电朝我照了一下，距离很远，只闪了一下。我道："别开玩笑啊，这儿瘆人。"

"我没开玩笑。"他那边的声音已经冷下来。

我看他的手电开始在缝隙里扫动，意识到不太对劲。两个人都静了下来，我开始冒冷汗，听着喘气的方位。

喘息声肯定是来自这缝隙内的，因为有回音所以我才会以为是小花在喘。但如果不是他，那这是什么声音呢？

第四十六章 · 吊

两个人都没有再说话，我再次辨认那“喘气”声。仔细去听，才感觉那不太像是喘气，更像是有什么玩意儿在吸东西，但是声音非常空灵，不知道是从哪儿发出来的。缝隙的底下一目了然，洞壁上也没有趴着什么，那声音应该是在缝隙的上方。那儿铁链和条石林立，非常难以辨别。

我一边反身抽出了包里的短头猎枪，一边拿出胶带，迅速把手电绑到猎枪上，对着上面反复地看，但是什么都看不到。

包裹里还有冷烟火，我拔了几支，打起一支往上甩去，打在洞壁上摔了下来，火星四溅。

这一下，小花进也不是，退也不是。冷烟火极其亮，照得我眼睛发花，空气中弥漫出了一股刺鼻的金属燃烧的味道。

我看着上面的铁链，迅速又拿出一支，然后从炸药捆里扯出一段细铁丝，弄成钩子的形状绑到冷烟火尾巴上，这样就算不能挂到铁链

上，也能在落下的时候挂到比较高的洞壁上。

等冷烟火烧完，我揉了揉眼睛，想立即打起甩上去。这时候，我忽然发现，那喘气声停止了。整个缝隙一片安静。我冷汗直冒。忽然，我发现小花的手电光被什么东西遮了一下，恍惚间，我看到有一团东西从上面落了下来。

我条件反射地把手电照了过去，就见红光一闪，刚才落下的冷烟火上，盘着一条血红色的东西。

那东西有手腕粗细，正好奇地盯着那团冷烟火看，浑身血色，红得让人眼疼。

我看到了，是一条鸡冠蛇。

除了冒出来的冷汗，我没什么惊讶的情绪，这儿有西王母国的罐子，有这种蛇再正常不过了。我郁闷的是，我之前怎么就没想到。看到这些罐子的时候，我就应该意识到这种可能性。

这条红色的鸡冠蛇，基本无视我的光线。它盘绕着那支冷烟火，忽然一下立了起来，发出了几声喘息的声音。

我立即明白那是什么声音了，它一定是听到了小花的喘息声，所以开始模仿了，这种蛇总是能模仿其他生物发出的使用频率最高的声音。

听刚才的声音，现在的安静，我稍微镇定了下来。现阶段，这里应该只有一个办法：我拉上枪栓，瞄向鸡冠蛇的脑袋。但是一瞄，就发现不能开火。

这里面一开火，铁砂如果喷到一边的那些铜钉上，触发了机关，那我们都死定了。

我看着它闻着那团冷烟火的味道，又对我们的手电光和声音没反应，心中一定，一下敲起我手上的冷烟火，然后往一边的那些轴承的铁牙上一勾，同时立即闪到一边。那烟火剧烈地燃烧，浓烈的气味蔓延开来。

“来吧来吧。”我心中默念，“出来吧，这儿的味道更新鲜。”

烟火烧着，逐渐冷却下来。我用枪瞄着那烟火的位置，等着那条鸡冠蛇游出来。然而，我看着那烟火，发现不对劲。

明亮的火焰，把整个暗室都照亮起来。我看到一只长满了黑毛的人形的东西，从底下的井口探出了半个身子，浑身是水。

第四十七章 • 黑毛

这是什么？我还没仔细看清楚，就见水花一溅，那东西猛地整个从水里跳出来，朝我扑了过来。

感谢上帝给我的条件反射，快到连我自己都不敢相信的地步，第一时间我猫腰翻身，那东西整个撞在我身后的石壁上。

这是我第一次发现我的身体快于神经，这要得益于这一段时间我经历的东西。不管那是什么玩意儿，老子一定见过比你狠得多的东西，也见过那些玩意儿是怎么被干掉的。

摔翻之后，我立即爬了起来。如果是以前，我一定会定神去看清那到底是什么，但是这一次，不知道是怎么回事，我竟然没有去看。虽然我很想扭头，但是我还是以最快的速度再次翻到了那轴承之后。

几乎同时，我听到我身后刚才站的位置上劲风一闪，那东西扑了过来，如果我刚才犹豫半分肯定已经和它滚在一起。

但是就算我躲得再漂亮，形势也极端不利。我还没站起身，就发现两次翻身之后，我的腰部已经没力量了。我立即往前狂奔，同时反身从腋下穿过就是一枪。

枪的后坐力巨大，我在秦岭领教过那玩意儿，有了心理准备和经验，一枪之后顺着后坐力把手甩了出去，瞬间甩到肩膀上，反身又是一枪。

所有的动作几乎在一瞬间完成。我听到后面有东西摔翻的声音，就知道自己肯定打中了，但是不知道效果如何，一下绕着那轴承又跑回走廊口。我把手里的枪一甩，扯起那只装备包，抽出另外两把枪，在墙上一卡，将其中一把上了膛，就往地下转身一躺。

我能预见那东西几乎贴在后面，那我一枪就能把它轰出去。但是那一瞬间，我发现身后什么都没有。

几乎是同时，我看到我头顶的铁链一阵晃动，接着那冷烟火就熄灭了。

整个室内瞬间暗下来，我本能地立即往前一扑，根本没有时间表示惊骇，就感觉背后一阵剧痛，什么东西一下抓在了我背上。

接着我被冲力一下扑倒在地上，脚竟然立即抽筋了。

刚才的过程，我几乎在这几秒钟内把我所有的潜能都发挥了出来。那一瞬间，我感觉游刃有余，然而这是错觉。我心念如电，几乎绝望了，觉得自己死定了。

就在电光石火之间，忽然我脚下一空，枪一甩，一个翻滚，一下滚进了轴承下面的井口，摔进了水里。

入水之后一片漆黑，但是我立即撞到了下面的转叶。水流速度极快，我一下就被水流带了出去，然后猛地一撞，我就撞到了什么东西上。那是水下的铁链。

我一下扯住，摸索着发现这井口下的空间十分大，但是到处横亘

着铁链，交错成网状，把整个井口附近包住。

几乎是同时，那东西跟了下来，但是我先入水，强大的水流，让它在那一瞬间顿了一下。

我知道无论它是什么东西，在水下是不可能瞬间置我于死地的。我的背后火辣辣地疼，我屏住呼吸，迅速拿出两支冷烟火，伸手探出水面，打亮甩了出去。

火光一下照亮，耀眼的白光从水面上透了下来。在那一瞬间，我看到一个模糊的影子就在我面前。

我几乎立即把腿蹬了出去，一只脚已经剧烈地抽筋，但是我竟然感觉不到那种疼痛，那一脚实实蹬在那东西的胯下。

我感觉就像踹到一只厚轮胎上，但是在水下那玩意儿没什么借力，我一下就把它踹了出去，同时借力一下冲上了水面。

外面亮得惊人，我大吼一声，拼命往上爬，竟然给我翻上来了。可没等我站起来，水面又一下炸开，那玩意儿也翻了上来。

那一瞬间，我终于看清那玩意儿的真面目。

那几乎是一只猿猴，但是我能看出，那是一个人，非常非常瘦，只是那人的浑身上下，全都是之前我们在洞里看到的那种头发，所有的毛都贴在身上。这东西的指甲极长，而且似乎灰化了。这家伙看上去在这儿有些年头了。

最让我感觉到恐惧的是它的眼睛，我看不到它的眼睛，它的眼眶里竟然也全是头发。

它的动作非常诡异，完全不像是人类的动作，上来之后，迅速地朝我扑了过来。这一次我再也没有力气躲开，只得用尽全身的力气，把身上剩下的最后一支冷烟火点起来，当武器。

没有任何作用，那东西几乎一下扑在了我身上，一爪就抓在我耳朵边上。我的耳根立即出现了一条非常深的血痕。

我已经完全没法思考，恶心地抓狂起来，翻手就是一拳，打在那东西脸上，好像打在一坨钢筋上，抖了我一脸水。我第二下抡起那冷烟火猛敲那东西的脑袋，敲得火星四溅，我本没觉得会有作用，却发现那东西竟然猛地退开了。

同时我就看到，它身上的头发全都扭动起来。

我一下就想了起来，这些头发怕我的血。

随即摸了一把耳根的鲜血，我立即朝那东西掷去，那东西立即缩了一下，一股奇异的感觉从我身上升了上来。我对它叫了一声：“跪下！”

那东西却猛地站了起来，顺着轴承几下就爬到了上方的铁链上，开始朝缝隙里爬去。

我一看不好，立即回身，抄起一边的短头猎枪，对准它就是一枪，一下就把它轰了下来，紧接着又是一枪，将它打了一个趔趄。我跑到缝隙口，此时我才发现，那东西的琵琶骨上，竟然连着铁链，另一头在水里。

我立即上去，抓住锁链，一下就把锁链卡到了轴承的牙口上，旋转的轴立即扯动锁链，将它拖动起来。没想到那东西力气惊人，锁链扯动几分，竟然连整个轮轴都停住了，但是，它被铁链拉死，再也动不了半分。我从装备包里掏出几瓶烧酒朝那东西砸去，然后点起打火机甩了过去。

那火一下就烧了起来，火势蔓延极快，瞬间就烧满了它的全身，很快它的力道就没了，轮轴继续转动，很快把铁链缠绕了起来，那东西被拖到了轮轴下，火才熄掉。

酒精燃烧得很干净，我看到了头发的焦炭下，是一具发绿的古尸，在水面上的部分冒着烟，张大的嘴巴、眼睛里全空了。空气中弥漫着头发烧焦的味道，让人作呕。

我长出了一口气，摸了摸背后的伤，腿才开始抖起来。我感觉我背后的皮全开了，恐怕都能摸到自己的脊椎骨了。

就在我分神之际，就见那绿色古尸的脑袋忽然动了一下。我端起枪以为没死透呢，猛地水里出现了几个气泡，接着，一瞬间从它的嘴巴里吐出一条红色的东西，一下就吐到了我的脖子上。

红光一闪下，我看到那是一条红色的蛇，绕着我的脖子抬起头来，就在我嘴边头一缩，做出了攻击的姿势。

第四十八章 • 蛇咬

我甚至没有感觉到害怕，脸上已经一凉。等我一把把它从脸上拨下来，脸上已经火辣辣地疼，我能清晰地摸到被咬的毒牙孔。

我捂住脸颊，简直不敢相信，几乎是瞬间，我就感觉一股麻木从脸颊开始弥漫。

我想起了阿宁死时候的情形，当时觉得那么突然，那么不现实，没想到，自己也会死在同样的东西手上。

很快麻木就传遍我的全身。我看到那东西站在那里，直勾勾地看着我，我忽然意识到不对。

这东西不是粽子，难道这玩意儿是有智慧的？

接着我缓缓后退，我想必须在我死之前，把这里的情况告诉小花。

退了几步想找那个缝隙，我想大声地叫唤，却发现舌头和喉咙全都麻木了。我摔倒在包裹上，最后摸到的东西是一片陶片。

刚才小花用这东西做了承重的实验。

我捡起一片来，就着感觉写了几个字，我不知道自己写了什么。我感觉到那条蛇重新盘回我的身上，但是我没有力量去集中精力了，感觉逐渐远去。

同样被蛇咬死，会被阿宁取笑的，我最后一个念头竟然是这个，我想笑。就在一切都要消失的那一刻，我忽然听到了奇怪的声音。

最后在意识要消失的那一刻，一切都好像停止了。

我并不记得，我当时到底是在一个什么状态，但是我清晰地记得那种剧烈的头晕，晕到我无法思考，唯一的几次清醒都是一瞬间，我想的还是：怎么还没死？难受死我了。

我能感觉到过了很长很长时间之后，似乎有人到了我的身边，在那之后，头晕才缓缓地消失。等我醒过来的时候，我发现小花和他的伙计都在我身边。

我感觉不到我的身体，最开始感觉只有一个脑袋，无论是说话，或者是抬眼，任何动作都没法做到，我只能透过眼缝看到他们。过了很长时间我才逐渐地缓过来。

我不知道我为什么没死，我被他们扶了起来，小花看着我的表情就道："你走运，不是我们救得及时——"

"我走运？"我奇怪道。

"有东西咬穿了你的脸，可能是条蛇，毒液进得很少，全刺在你嘴里了，以后你讲话肯定更难听了。"

我摸了摸我的脸颊，上面果然贴了胶布，又摸了摸脖子，都被处理好了。

"那些蛇？"我问道。

他看了看四周："应该还在。我随身带的草药，全部撒在四周，这里应该安全。你晕了两个小时。少说话，不然脸上的伤会留疤的。"他又递给我水，做了个侧脸的动作，"喝水，把脸往一边倒，否则会从另一边漏出来。”

我照做，心里觉得很惊讶，两个小时，我感觉自己起码晕了好几天了，怎么才过了那么短的时间。

看了看四周，我还躺在我晕过去的地方，确实没有被移动过，那么确实只有两小时时间。

“你没事吧？”我问道。

“没事，我没碰到蛇。我回来的时候，就看到你躺在这里，然后——”他指了指另一边被我烧焦的古尸，“还有它，看不出，你还蛮能打的。我以为你死定了。”

“如果我挂了，解家和吴家就扯平了。”我咳嗽了几声，他问我什么情况，怎么会弄成这样。

我把经过简单地和他说了一遍，此时才看到一边，一条绳子一端系在旋转的轴承上，转动的轴承把绳子绷紧拉直，挂在半空，不知道另一边系在什么地方。这是一条简易的单绳索道，已经从缝隙中连了出来，看来小花已经成功地到达缝隙的尽头，把索道搭起来了。

看来，他没有在我昏迷后，立即出来看我的情况，而是继续往里爬去，进入缝隙的尽头，完成了既定的工作，然后再出来看我死没死。

我不由得有点不爽，这种心理素质，我不知道可以说是无情还是坚定，不过，显然对他来说，一点心理负担也没有。我终于发现了一点我和他不同的地方。

不过我没把这种情绪表现出来，我没体力，也不想破坏某些默契。我知道在这种行业，没有拼死救护同伴的习惯。这好像是一种事先的契约，两个人互相说好，在各自可能出现危险并且连累对方的情况下，大家都可以放弃对方，这在事故发生之前会显得非常的公平。

确实当时小花对于我的情况判断不明，这个时候，是否要立即回去救人，换作我是他，也会犹豫。

我不由得又想起了胖子和闷油瓶，如果是他们在，那满身黑毛的家伙一定会在划伤我后背之前就被拧断脑袋了，或者我会看到胖子踩着那些陶罐冲出来把一切搞砸，但是我一定会得救。

在那一瞬间我心中出现了极度的不安全感，比之前感觉到的更加厉害。虽然我们现在是三个人，但是，其实我只有自己为自己负责，这种感觉让人很不舒服。同时我忽然明白了，为什么小花对我会进洞去救他没有什么感激，只有恼怒。

他习惯了自己一个人解决自己遇到的问题。他在做这些事情之前，已经默认没有任何后援、任何帮助。他不会为自己的死亡怪罪任何人，也不会为别人的死亡怪罪自己。

这就是老九门吗？我心里有点发寒。

“这条绳子太长了，就算拉得再紧，我们的体重也会因为力矩的原因把绳子拉成一个弧形，两段绳子打结的固定处就会承受很大的压力，我不知道爬上去之后绳子会不会中途崩断。”他看我看着绳子发呆，就道，“所以我把绳子在这个房间的这一头系得很高，这样，压力会更多地集中在这一边。那样，只要有人看着，我们就能在绳子断之前知道。”

“听起来很专业。”我道，“你在里面看到了什么？那个消息机关室是什么样子的？”

“呃，”小花的脸色有些异样，“没法形容，我从来没有见过那种东西。”

他的表情告诉我，我必须亲自去看看才能知道那是什么。我叹了口气，想站起来看看身体状况如何，才动了一下，胳膊肘就压到什么，低头一看，是那片陶片。

同时我看到了陶片的边上，用陶片写了一些东西，歪歪扭扭的。

我记起昏迷前，曾经给小花留的口信，就是用这陶片写的。我十分恍惚，根本不知道自己有没有把信息写清楚。现在看来我还是写了一些东西的。

我下意识地看了一眼，忽然愣住了。

我发现地上歪歪扭扭的字，数量非常多，我感觉当时我只写了几个字而已。

我用手电照去，发现那是很长的一组数字——189652802200059。

“这是什么？”我就问小花。

“这不是你的遗言吗？”小花问，“我以为是你的卡号和密码。”

“我的遗言？”我感觉莫名其妙，心说，我当时根本不知道自己写了什么，而且我为什么要写这些数字？

但是看笔迹，确实是我一气画出来的，笔画非常连贯。我没法分辨我的笔迹，因为非常潦草，但是，我意识到那真的是我写的。

这肯定是在我意识模糊的时候写的，可是，为什么是这些数字？

第四十九章 • 密码

我感觉非常莫名其妙，我想不出我有任何理由会写下这些。我看着最后几个数字，那是我熟悉的，我记忆中的——02200059。

这是打开那只放着铜鱼的盒子的密码，据说是从帛书上翻译过来的东西。我至今不知道它有什么用处，而且它只出现了几次。我有时候在琢磨那些事情的时候，也想过这东西是否非常关键，但是就如秀秀说的，那好比从后往前看一本小说，我没法知道这串数字任何的来龙去脉。

最重要的是，我在失去意识的那一刹那，脑子里没有任何关于这些数字的记忆。我在想，要不要给小花写点什么，但绝对不是这组数字。

我的脑子难道有点问题？我觉得非常的古怪，让我很不舒服。

我站起来之后，小花才发现我背后的伤。他摇摇头，默默地给我包扎，一边对边上的伙计说："看来婆婆那边还得等几天，小三爷的伤得养养。”

“不用。”我道，“我还顶得住，最多留下疤。”我不能确定为什么突然要这么说。感觉上，我不想停下来休养。因为这样我就要面对我写下来的这些东西，我知道只要我仔细地想想，就肯定会知道一些我不想知道的东西。

说着我不等小花和我争辩什么，活动了一下手脚，感觉身体并没有大碍，就一瘸一拐地走到索道下面，看它结实的程度。

“你没事吧？”小花感觉到了我的不对劲，用奇怪的眼神看着我问。

我没回答他，只是敷衍地笑了笑。他道：“本来进去没什么大问题，但是你说从上面会有蛇掉下来，那不得不小心一点。”

“这里的蛇不会很多，否则我们早挂了，你不是有药吗？”我想起在西王母城里，也是用硫黄来驱逐这些毒蛇的，“一路在绳子上抹过去，对这种蛇很有效果。”

小花更加感觉我莫名其妙，不过他没有再追问，而是立即开始教我如何使用这条绳子。

这种用绳子做的索道非常难爬，其实要过去只有两种方法，一种是走钢丝一样从上面走过去，另一种就是从下面倒挂着。显然我们只能选择第二种。

我们有登山的装备，可以把自己扣在绳子上，这样可以省去抓住绳子的力气。如果我们要休息，可以放开双手让那只登山扣吊住我们。

小花是第一个，因为他体重轻。他一边将蛇药抹到绳子上，一边往里飞快地爬。

十分钟后他已经在另一边落了下来，然后晃了两下手电。

然后我踩着那具被我烧得皮开肉绽的古尸，爬到轴承上，小花的伙计帮我把登山扣扣在绳子上。

背上的伤口火辣辣地疼，不过小花给我上的草药里有麻药的成分，这种疼痛并不是无法忍受的。我咬牙定了定神，然后开始攀爬。

爬动比我想象的要省力，最主要的问题是绳子的晃动，只要我的动作稍微大一点，绳子就会以一个非常大的幅度开始晃动，所以我没法以连续的动作进行。我只能爬几步，停一停，爬几步，停一停，让开始的晃动停下来。

手电被我咬在嘴巴里，照着缝隙上方吊着的长石。古老的石头凝固在那里，我看不到更高的地方，但是能隐约感觉到那些陈旧的铁链。我尽力不去想任何东西。

没有蛇掉下来，我很快爬到了小花觉得奇怪的地方。

手电凝聚光圈照去，我发现在缝隙的中段，有一段地方确实没有悬挂长石，而是很多皮革一样的东西。我去过皮革加工厂，几乎能肯定，那些应该是某种东西风干的皮，看颜色，非常的古老。

我没过多停留，而是继续前进。十几分钟后，我看到了小花的手电光在很近的地方照向我，对我道："下来的时候小心。"

我转头去看他，看到他站在缝隙的出口处，手电光扫过之下，我发现他脚下竟然似乎是湿的。

小心翼翼地解开扣子从绳子上跳下来，我几乎立即滑倒跌进了水里，在这条缝隙的尽头竟然是一个水潭。

我被小花扶起来，发现这里面的水没到了我的膝盖，而且地面不是平的，整个地面是一个漏斗一样的斜面，用手电照射能看到这个石室中心的地面非常深，而四周很浅。同时我看到，在石室中心的水下，有一个巨大的东西。

水非常清澈，但是凉得吓人，我必须咬紧牙关才能忍受那种刺骨的感觉。我小心翼翼地往下蹚着，一直走到水没到腰部，才能完全地看到那东西的真面目。

那真是一个无法形容的物体，我只能肯定，那是青铜做成的，一眼看去，像一只巨大的马蜂巢。

因为不规则的表面除了紧致古老的花纹，还有无数的孔洞，这些孔洞中都有铁链连出，通到水下石壁上的孔中。而从轴承上连过来的几条铁链，也连在这个奇怪的巢上的几个洞内。

“我的天！”我不敢相信自己的眼睛，“这是一个古老的密码模块。”

第五十章 · 解开密码

"这几条从轴承处延伸过来的铁链牵动着这里面的消息机关，只有一条铁链是启动正确的解码的，其他的都代表着错误。"我数了一下，一共有五条铁链从那边延伸过来。

我非常惊讶，因为我从来没想过在中国的古代，会有这么成熟的模块化技术。在中国，最有名的原始模块技术就是活字印刷，模块技术是可以超越地理限制多次使用的，显然，这里的机关可以用在任何地方。

我一下就想到了闷油瓶那边。张家楼的后人设置如此巧妙的机关，四川和广西，两边的地质状况、天气，各种因素都不一样，所以要保证设置在两边的、互相有联系的机关足够稳定，千年之后都不会损毁。

因为整个机关是为了他们自己的子孙，无论是哪里的部分先出了问题，都可能造成他们子孙的死亡。

如果是普通的工匠，只能利用巧妙的技术，根据两个地方各自的条件尽量设计适合两边的机关。但是那在古代是不可能使用的，因为当时的工匠完全没法算出几百年后是什么情况，所以，按照各自的地理环境设计的机关，是两个完全不同的东西。

而模块化的东西就不同，它可以保证在任何环境下，你这个东西放到哪儿去用都是一样的效果。这就是为什么肯德基到哪儿吃味道都一样，活字印刷能保证一套字版重复多次的高质量使用。

“那又如何？”小花不是很明白。

我道：“古人有从实用性考虑问题的习惯。比如说，以前的印刷术，一本书必须刻一个整版，使用完就不能用了。有个古代出版商觉得很烦，于是发明了活字印刷，这样他可以开除一半的雕刻工匠，只留几个最好的备用。不会有人为了模块化而模块化，古人的模块化都是预见到大量重复的劳动而做出的调整。”

如果这里的工匠使用了模块，那么我能想到的原因是，他们不想针对所有的环节来分别设计机关，那么，非常有可能，这里所有的机关，和在广西那边的机关，使用的都是这种蜂巢一样的东西。如果闷油瓶敲开那些石头，他可能会看到和我们这边一样的东西。

张家楼的设计者们在选择好张家楼的建筑地之前，就设计好了一切，并且做好了这些机关。这样他们只要选好地方，然后砸几个洞，把这些模块安装进去就行了。

“我有点知道你的意思了。”小花显然要比胖子更能理解我的思维，“我靠，这有点牛啊。你是说，张家楼，是在移动的？”

我点头：“模块化最大的好处，是可以拆下来整个带走。你看样式雷，看其他的各种痕迹，这里的铁器铁链，但是只有这东西是青铜的，说明在历史中，那些张家祖先的棺椁换过不止一个地方，所谓的张家楼，肯定只是他们最后一次。”

小花意味深长地笑了一下：“我又发现了一个婆婆让我带上你的

原因，某种程度上，你也有点牛。”

我咧咧嘴巴，心说这些话怎么听怎么像他之前根本不想我和他一组。

我蹲下去，用手电照着下面的东西：“我想，样式雷只是一个承包商，他们帮所谓的张家，修建了张家楼来安放那些棺椁，但是他们没有参与更多。”

“雷思起晚年是慈禧时代的事情，大清国的金山银山已经花完了，雷氏家族庞大，交游广阔，不管是友情赞助，还是接了私活，都可能让他们出手帮助张家修建新的祖坟。”

“是的，也许张家每次修建祖坟，因为这些古楼都修建在非常诡异、难以进入的地方，所以不得不寻找当时最好的工匠。”

“那，他们当年在元末明初的时候，说不定和汪藏海都有联系。”小花道。

我点头，非常有可能，只要这个家族真有那么深远的历史。而且我相信，随着交通工具的发展，这两个地点会越来越远，也许最初的时候，这个放置“钥匙”的山洞和张家的群葬地只有一山之隔，然后慢慢变成了一个省，再是四川到广西的距离，如果张家后人还在，那么下一次可能要移到国外去了。

这也解释了我的另一个疑惑：我一直没法判定，这里的东西到底是什么朝代的，如果是这样，那么一些东西经过多年的翻修，会留有好几个朝代的印迹，基本无法判断。

“不说这些。你这么牛，能不能猜出，这些铁链中，哪一条才是正确的？”小花问我，“还是说，我们只要一根一根地试就知道了？这里有五根铁链，如果我们拉错了，就会启动上面的机关，上面那头猪会被射成刺猬，但是我们在这里，不会有事。”

理论上只要把五条锁链都拉一下，然后出去就行了。但是我不知道上面设置的是什么机关，要是等一下有巨石摔下来，把我们封死在里面，那就死定了。

“现在一般的密码会有错误限制，只有错误超过一定的次数才会有惩罚程序。不过古人没有那么仁慈，这个地方也没有被使用得那么频繁。所以，一旦弄错了，可能是致命的。我们必须确切知道是哪一根，才能拉动。”

“怎么搞，小三爷博士？”小花看着我，“我想我可以在老九门里开门课叫《学术盗墓》，让你来讲几堂课。”

我心中觉得好笑，有时候确实好为人师，特别是想通一些事情的时候，我总是想立即说出来让别人也感受我相同的感觉。以前胖子经常会突发奇想，没人陪我剖析事情，但是小花可以，所以我就说得多了点。以前我觉得这样挺失态的，但是次数多了，我觉得也没什么。

我看了看整个蜂巢，就陷入了沉思。想了想，我问他：“你们的规矩，是怎么做的？”

“那个怎么说的？模块化？就和你说的一样，我以前没有见过这种东西。我们一般会很明白地看到那些还没有触发的陷阱，然后破坏它。我们的规矩是必须看到消息机关是怎么运作的。所以，如果是我们的做法，我们得敲开这只马蜂窝。”

整个青铜球完全是铸封的，不可能打开，而且这里全是水，我们没有那么多时间可以冒险。况且打开之后我们可能会完全破坏这里面的运作，就像小时候拆开闹钟发现齿轮掉了一地，再也无法恢复一样。

我尽量让自己浸入水中，小花帮我照明，我去看那几根铁链，它们完全一样，想必无论是机关还是正确的那条链条，都没有被频繁地使用过。

“要不要这么想？你看，我们在上面看到的死人，都是死在那些头发手里，没有看到什么陷阱被启动的痕迹。如果是这样，要么老九门在这里什么都没做，只是盗走了那些古籍；要么，是否可以这么认

为，这里不会设置具有毁灭性的陷阱？”小花道。

我明白他的意思，但是现在我什么都不敢去假设：“这不能靠猜，要是他们真的什么都没做呢？”

“不可能，我了解老九门，了解那批人，除非，他们在这里遇到了什么非常非常恐怖的事情，把他们吓得魂飞魄散，否则，任何困难都不会让他们停手。而吓到他们魂飞魄散，我想象不出那是什么情况，最直接的证据，是铁盘上那么多血。”

我想想，总觉得哪里不对：“说不通，这么严密设计的机关，肯定会有某种可怕的措施，古代的密码不会太复杂，如果有个人可以一次一次地试错，那很快他就能试出来正确的，那设置这样严密的机关就没有意义了。但是，你说得也有道理，如果只是普通的消息机关，老九门不至于被吓跑，老太太说这里出了巨大的变故，损失惨重，如果只是有几条蛇，或者一些虫子，或者一些飞镖和落石，他们那么大的规模，不可能搞不定。”

小花点头：“比如那些黑毛，甚至外面的那些头发，如果是那样的规模——”

“就会发生我在柴达木遇到的事情，他们甚至可能会把这些罐子上的黑毛烧掉，然后一只一只小心翼翼地搬出来，密封进玻璃箱，打包送到国家博物馆去。所以，任何实际的威胁，对于他们都不是威胁，就算这里有只恐龙杀了十几个人，也立即会被后来的人乱枪射死。但是这个洞里的一切，几乎没有被破坏过，他们没有使用任何野蛮的方式，为什么？”

“你到底是什么结论？”小花有点不耐烦了。

“我现在只能假设一些细节，比如说，为什么他们没有把那些黑毛罐子处理掉？他们有那么多的人，那么多的时间，要什么武器有什么武器。有了这些他们还是没有动手，显然只有一个可能性，就是他们认为没有必要。”我道，“我们的老前辈们，这些老家伙，压根儿没把这些罐子当一回事情。”

我大致可以想象当时的场面，他们没有理会那些黑毛，而那些罐子没有任何破坏，也表明他们最后遇到的变故和这些罐子没关系。

同理，老太太说这里发生了让他们损失惨重的事情，不会是实际的威胁，一定不是什么暗箭落石。

能够让老九门在这种规模下损失惨重的，不会是物理上的，而只能是精神上的。

他们遇到的变故，一定是一件让他们无法理解的事情。无法理解就无法防御。

我道：“他们一定准备好了一切，然后启动了机关，以为自己可以应付，但是，没想到发生的事情匪夷所思，和他们想象的完全不同。”

小花还是一脸迷茫，我就举例子道：“如果你启动了机关，然后有乱箭朝你飞来，你可以用盾牌挡一下，有只粽子朝你扑过来，你可以用AK–47扫回去。但是，如果发生了一件你根本无法理解的事情，你是没法做任何补救的。比如说，你启动了机关，”我顿了顿，“接着你消失了，再也没有出现。”

我以前听说在浙江的山区，发生过非常奇怪的失踪事件。有一队护林员在山里失踪，然后政府派人上山寻找，下来又少了三个人，出动武警和动员群众，又有人消失，这些人从此再也没有出现，几乎是地毯似的搜索都没有任何结果。山区里的老人说，那是被山婆婆带走了，最后部队撤出山区，不了了之。

当时巡山的盛况，要是真有山婆婆，而且长得和奥特曼一样巨大，也会被荡平的。只有无法解释，才可能让要钱有钱、要人有人的那种力量退缩。

“当然实际的情况可能更加诡异，”我道，“因为金万堂说过，有很多人满身是血地被抬下来，这些人都死了。但是我们没有得到老

太太的证实，无法知道真实的情况，所以也没法再推断下去。”

“好吧。”小花莞尔，“你说了那么多，无非是想告诉我，不能贸然触动那些机关，我同意。但是，这对我们的处境没有帮助，现在被你说得我连试都不敢试了。”

冰冷的水刺痛了我背后的伤口，我有点扛不住了，倒退了几步，能感觉到背后开始火辣辣地疼起来，显然麻药开始失效了。这时候，我看到了十几条从这蜂巢中延伸出去的更细的铁链。

这些铁链显然连接着最后的触发机关，它们和洞壁上十几个小孔相连，我相信只要抽动其中几根粗的铁链，这些细的铁链中的几条一定会产生联动。

我两边看了看，立即意识到应该怎么做了，其实非常简单。

对于一个机关来说，其实只有两种选择就够了。A是进行的步骤正确，机关启动奖励；B是进行的步骤不正确，机关启动惩罚。

这里有三条铁链，它们会被另一边的轴承牵引，按照顺序被拉动，这等于是三位数的密码，之后这只蜂巢内的机关会被牵动，拉动那些伸入洞壁里的细的铁链，启动奖励和惩罚。

那么非常简单，大部分胡乱的扯动，都应该是错误的，只有正确的扯动才能导致正确的牵引。所以，我们只要砍断所有细的铁链就能无休止地实验，大部分的次数，我们都会引发错误的牵引次序，知道了错误的牵引次序，那正确的牵引出现了我们就能立即发觉。

虽然一到五五个数字密码的排列次序还是稍微有些烦琐，但是比起现代的密码锁，这种体力活简直不在话下。

小花给我做了一个牛的手势，我不相信他想不到，拍了拍他。

接下来的事情就是体力和细心的活儿了。我们先把所有细的铁链编号，然后用钢锯小心翼翼地弄断，在断链的两端都做上记号，以免弄混。

然后我们一个一个按顺序试，果然和我说的一模一样，我们扯的结果，大部分细铁链条都是以相同的顺序被牵动，一共有二十三条细链条，牵引惩罚的顺序是：四，五，八，十二，二十一。

最后，我们发现了一次不同于这个惩罚顺序的牵引。

小花记录了下来，然后用登山扣重新连起了那几条铁链，再次尝试。

看着细的铁链瞬间被牵引，我的心都跳到了嗓子眼儿，随即我们听到，从洞壁中传来了古老沉重的声音。

声音持续了足有五六分钟，然后停了下来。我看了看小花，小花看了看我，我们都活着，没有任何事情发生。

我们都知道，我们成功了，上面的石室内，一定发生了某种变化。

第五十一章 · 成功者

我们收拾东西，跌跌撞撞地爬回石室，立即看到了变化所在。

在石室的石壁上，我看到那些放着古籍的空洞出现了奇特的变化。有些空洞之中，浮雕石被推了出来，有些空洞则没有。

整个石壁变成一个非常奇怪的拼图，有些地方被拼上了，有些地方没有，还是一个洞。

“正确的答案，就是这个？”我喃喃自语道。

小花坐倒在地上，拧开酒瓶喝了几口：“枉费我们搞了这么久，这答案看上去倒是出奇的简单。”

“这是什么意思呢？”我凑近看。

他沉默不语。我想继续思考，却发现已经脱力了，脑子已经完全转不动了。

沉默了半晌，他揉了揉太阳穴道：“再想也没用，到了这一步，其实和我们没关系了。这应该就是根据广西那边的提示，能得出来的唯一结果。我们再回想一下过程，看看是否还有什么纰漏，如果没有，那么，我们应该递出交接棒了。”

我明白他的意思，“提示”我们拿到了，而执行提示的地方在千里之外，不在现场，我们再怎么考虑也没用。

于是我也坐了下来，两个人在心中慢慢地把所有的过程都想了一遍。最后，两个人一致确认，问题不大。

“如果这样还错了，那只能说他们倒霉。”小花拿出相机开始拍摄，把整个石室几乎所有的细节都拍了下来。

我在边上，一下就放松了戒备，感觉上，这比我任何一次旅行都要轻松，如此这般，工作就能告一段落了。

“你说，这些张家的后人，为何要把事情搞得那么复杂？”小花道。

“一点也不复杂，如果你自己考虑，就会发现这是唯一的方法。你试想一下，如果是古代，我们一定对此束手无策，你得把这些东西全画下来，然后快马加鞭，从四川送到广西，当时这两个地方都是非常深的深山，没有任何道路，你知道来回需要多少时间吗？”我道，“没有一年是做不到的。而且，老虎、土匪、强盗，广西那边以前基本上属于无人区，是南蛮流放之地，而这里是黑虎羌寨。所以事实上，在那个时代，要进入张家楼是不可能的，更何况，你不要忘记了，这座陵墓是移动的。”

“那么，张家后人本身不是也非常危险？也许在路上他们的宝贝子孙会挂掉好几个，为什么他们一定要把自己的祖先全部葬到一起呢，然后又不停地移动那座陵墓？”

“我想，那应该是不得不做的行为。”我叹了口气。

照片被导入电脑，在附近的镇上通过公用电话线拨号上网传到广西巴乃，然后由那边的伙计快速送到老太婆的手里。

我不知道他们那边看到这些照片是什么感觉，但是肯定和我们一开始看到他们寄来照片的感觉差不多。而接下来就是长时间的等待。

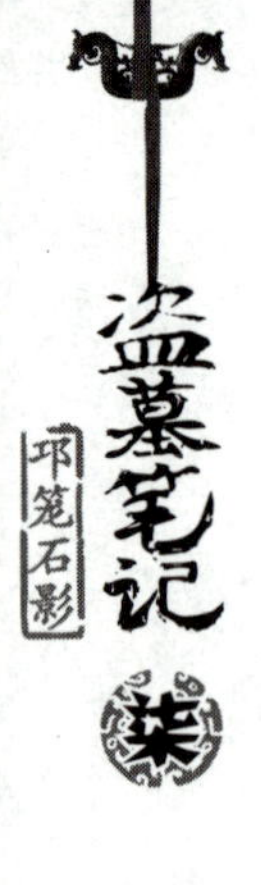

我们无事可做，我待在半空，看着远处的四座雪山，那些犹如幻境一般的黄昏下的云彩，带着仙气和潮湿的风，和小花聊天。

小花明显比以前接纳我了，我们聊了很多东西，小时候的事情，分开之后的事情，学戏的事情，时而聊得哈哈大笑，时而又感慨万千。因为我们两个的背景太相似了，甚至性格都很相似，只不过，我的爷爷一心洗底，而他，因为他家庭的关系，不得不继承他的家族。

"老天爷是公平的，所有人都认为解家是屹立不倒的家族，但是谁也没有想到，好像是诅咒一样，解连环死了之后，我的父亲很快也去世了，我的几个叔叔随后相继都病死了，我爷爷最后也走了。一下子，整个家族就只剩下我一个人，于是那些女眷，闹分家的闹分家，改嫁的改嫁，分到我手里的，其实是个烂摊子。"小花喝着酒，靠在悬崖上，"你说你从小一直是游离在这些事情之外的，所以你很多事情都没有经验，这其实是你的福气。我爷爷死了之后，已经没有什么洗底一说了，解家什么都没有了，我妈妈努力维持着解家在外面的面子，我只有出来当我的少东家，那时候我才八岁。"他顿了顿，"那些你没有的经验，我都有，但是你一定要相信我，那些经验，真的是非常非常不舒服。"

"解家一倒，如树倒猢狲散，无数人来找我们麻烦，好在我爷爷做事情非常谨慎，死前已经有了准备。他安排我去二爷那里学戏，这算是一个长辈收纳晚辈的信号。解家还有现在的这些产业，能够让我从八岁熬到二十六岁，全靠我爷爷死前的设计和二爷的庇护。"他道，"你不知道，但是我要提醒你，如果你已经离开了这个圈子，那就不要再进来，这里的人，都不是什么好人。"

"那你算是好人还是坏人？"我问道。

"你说呢？"他看向我，叹了口气，"你认为一个好人，听到他小时候的玩伴生死未卜，但是他还是不加理会，先完成自己的事情再说？"

"我以为这是一种素质，而且，其实我们也不算太熟。"

他苦笑："是的，是我爷爷定下的规矩。我爷爷他太聪明了，他算得到一切，我不敢想他是错的。你知道我以前做过多少次这样的事情吗？很多次，我都会想，如果我没有听我爷爷的，而是立即回去，那些人会不会还活着？”说着他自己也笑，“一旦你有那样的想法，你就不可能有朋友，因为，你知道你不能回去救他。那么，如果你和他成了朋友，发生这种事情，你就会伤心。为了不伤心，为了能够心安理得地抛弃其他人，我不能和任何人成为朋友。听着有些矫情是吧？”

我不知道怎么接他的话，只是干笑了几声。

他道：“不过，这些都是我小时候的想法，现在年纪大了，很多事情已经想通了。”说着，他叹了口气，举起酒瓶向我示意，“所以，小三爷，和我在一起，你得自己照顾自己。”

我回了个礼，感觉他心中也不是很酸楚。确实，我很多时候也有那种感觉，偶尔感慨一下，但是能改变的东西，已经所剩不多了，该如何还得如何。

就这样扯皮，东聊西聊的，过了五天，广西那边才有消息反馈。

我们看到了比我们寄去的更多的照片，我一下就看到了他们是怎么运作的。

在他们那边的石壁上，闷油瓶他们和我们这里一样，刮掉了整个浮雕的表面。原来，石壁外层的浮雕雕刻在一层非常像石头的东西上。在照片的背后，有人写道那是用一种蛋清混合马粪的东西，糊在一块平整的巨石上，然后在上面雕了那些图案。

这一下解释了为什么浮雕那么草率，因为这种材料不能过多地雕琢。

浮雕铲掉之后，只有几个地方是真正在那块巨石上雕刻出来的。那些部分是铲不掉的，一对比就发现，那和这里墙壁上孔洞的位置一样。

而且，这些真的在巨石上雕刻出来的碎片，貌似是一种按钮，可以被按入巨石的内部。他们按照我们发去的照片，把巨石上对应的那些碎片，一个一个按了进去，然后我看到的一张照片是胖子光着膀子竖着大拇指站在分开的巨石前，巨石中间裂开，出现了可以让人通过的缝隙。照片后面写着：干得不错。

我和小花击掌庆贺，但是，我们立即发现，在这些照片后面，还有其他的照片，那又是一道石墙。

背后的附言更加简洁：第一道石墙后四百米，出现第二道石墙，请再接再厉。

照片上又是很多很多的浮雕图案。

我和小花苦笑，不过这一次我们都没有疑惑，因为不管照片上是什么，我们不用解开它，我们只要下去，到第二道机关的走廊，再来一遍就可以了。

如果是小说，可能期间还会发生什么事情，但是这一次，真的比我想象的要轻松多了。我们第二次准备得更充分，在第二天就得到了第二组浮雕的排列提示，然后三天后，他们打开了第三道石墙，其间再也没发生什么。

解开第三道石墙的密码之后，我们拿到了他们的反馈，根据这机关的数量，我知道这是最后一关了，他们进去之后，面对的应该就是张家楼。我们在石室收拾东西，最后看着那些浮雕，简直有点不敢相信一切真的就结束了。

我从来没有这么放松过，也从来没有那么有成就感过。从小到大，所有人都认为我是个担不了大事的人，这一次我证明自己做到了，而且，那种成就感真的很舒服。我算是明白了为什么有人会那么执着地追求成功。

小花也很高兴，心头的大石放下，现在只要等他们那一边的消息就行了。

我们确定再不需要待在这里了，就下到悬崖下面去。如果有好消息，我们就回到村里，或者干脆也赶到广西去，在巴乃等着庆功。

我心里想着老太婆答应我的事情，但是没急着兑现。一方面浑身是伤，也没体力再去想这些，另一方面，我不想显得自己太功利，我还是想让小花自己提出来告诉我。

不过那显然不可能。休息的第二天，小花一点儿要说的意思都没有，最后我忍不住，还是先问了他。

他靠在洞壁上玩他的手机，听我忽然问起来，露出一个挺抱歉的表情："不好意思，我忘了还有这事情。我自己本人不是特别在乎这事情。"

我道："我看出来了，看在我救了你一命的份上，你给我个痛快话吧。"

"应该的。"小花把手机放回兜里，"不过，你为什么这么想知道这件事情的真相？在我看来，事情的真相，很多时候还是不要知道的好。"

我不想解释太多，骂道："你告诉我，这一切到底是怎么回事。我听完了，我再告诉你我的一切是怎么回事。"

"好吧。"小花失笑道，"秀秀应该和你说过，咱们爷爷辈在这儿干的那件貌似惊天动地的事情吧？"

我点头。小花道："那我省了很多事情，让我来想想，事情该从哪儿说起。"他挠了挠头，"其实，整件事情，应该是从张大佛爷说起，这你也应该知道吧？"

张大佛爷是老九门之首，我听说过一些他的奇闻趣事，但是我不知道是不是小花要和我说的那些，于是干脆摇头。

小花道："那我大概和你说一下，你——"他顿了顿，"千万不要吃惊于听到的东西，那基本都是真实的。"

张家张大佛爷，来自北方，是北法南传的代表。但是，这个家族在来到南方以前，在北方的来源背景，十分神秘，一说是出自吉林一带的山区大族，但是北方的人说起这族，也所知不详。

就是张大佛爷自己，说起自家的来历，也很迷茫。他道他在北方，家族的祖训就非常低调，他只知道他们这个家族的背景并不光彩，他们

的这一支脉，似乎是被另一个张姓的大家族在几百年前赶出来的。

这个故事是张大佛爷自己在酒桌上讲出来的，现在听起来非常老套，他自己似乎也是当成一个传说来说。

可能是在几百年前，在吉林一带，有一支非常神秘的盗墓家族，隐居在深山里，过着不问世事的生活。他们执行着严格的家族通婚政策，除了被挑选出来的管事者，其他人都在深山的聚集地生活，完全不和外人来往。

后来，他们中有一个子孙，爱上了一个猎户的女儿，还使对方受孕。家族势力庞大，要杀死那个女人腹中的胎儿，那个子孙执意不肯，最后选择了离开家族。他被施以酷刑，剥夺了那个家族特有的特征，然后被赶出了家族。

这个子孙和那个猎户的女儿，就离开当地，来到了吉林的城中。万幸的是，这个男人聪明而隐忍，慢慢他们靠着他的盗墓技艺，和这个女人开枝散叶。

因为害怕家族的监视，他们这一生都过着非常低调的生活，之后这也成了祖训。这支家族历经几代，逐渐成为关东一股非常大的隐藏势力。

据说，那个子孙的第二代，曾经回到当年他们父母被赶出来的地方，想去找他们的奶奶和爷爷，却发现，他们的祖族所在地已经变成了一片废墟，不知道到哪里去了。不过，他们在那片废墟中，发现了他们祖族为何要与世隔绝的秘密。

据说是，他们在废墟的地下，发现了一个巨大的地窖，那是这支家族建造的，里面有无数铁封的棺椁，都是那家族历代祖先的棺材。

那个地窖之下让人恐惧，而地窖的最下一层，最古老的那些棺椁，被人搬走了，显然这支家族进行了一次搬迁，不知道是为了逃避什么。而剩下的那些棺椁，无一例外，都表现出一种诡异的状态。

他们为了掩盖这个秘密，烧毁了那个地窖，但是，那个秘密成了家族的一个传说。

在几十年前，中国最动乱的时代里，张大佛爷作为长沙当地最大的一派势力，参加了当时的革命。作为江湖中人，他武艺高强，身怀绝技，又有巨大的号召力，很快便站稳了脚跟。和他一样，也有其他江湖中人，甚至来自国外的力量，和他一起投身风云。

其中就有来自“它”组织的潜伏者，这个组织是否来自国外尚且不明，但我觉得十分有可能来自国外。在一次偶然的机会中，“它”组织的一个成员从他口中得知了这个秘密。

他们当时也许是在一次小酣中当成趣事来说的，但是这个人听了进去，对这个秘密有了强烈的好奇心。

后来张大佛爷离开这股势力，投向了当时更先进光明的力量，和老势力中的人，也失去了联系。

在完成革命之后，大家逐年老去，张大佛爷也退隐了田园，以为将就这么过完一生。可是忽然有一年，张大佛爷再次见到了当年的那个人，这个人已经改变身份，成为一个外国人。

当时他表明自己的老板对于当年的秘密还有着强烈的兴趣，并且以老九门当年的罪证作为要挟，如果张大佛爷不从，他要把老九门的家底全部曝光。在当时的年代，如果他这样做，老九门等于完全覆灭。

于是，张大佛爷只得翻查自己家族的信息。通过特权，他翻查了很多的县志，终于发现一些蛛丝马迹。我们无法知道具体的过程，但是他发现了四川四姑娘山这边的线索，于是有了“史上最大盗墓活动”的发生，老九门遭受了巨大的伤亡，幸存的人也都元气大伤，离开了这一行。

我想起了当年从二叔那儿看到的照片，照片上的那个人，在民间传说中早就死亡，但似乎是假死，并且拥有了外国国籍，替外国人效力也是始料未及。

“在随后的动乱中，老九门全部雌伏了下来。同时，很多老人相继去世，可以说老长沙淘沙客的黄金时代，走到了尽头。之后一直是风平浪静，所有人都认为这件事情过去了，包括霍老太、解九爷等人，都有意识地开始洗底，想摆脱这件事情的阴影。同时为了兼顾生意，以区域为划分，大家族开始联姻和合作。”小花道，“不过，他们没想到，这件事情根本没完。这个组织，在接洽老梯队的同时，二梯队和三梯队也早就开始渗透了。

“好像是七十年代中期，在霍玲、你二叔这一代人二十岁不到的时候，其实已经完成过一次摸底和挑选，我相信你家里你老爹、你二叔、三叔都知道这件事情。‘它’组织通过金钱还有关系等各种方式，胁迫新的梯队已经开始运作。”

小花把“它”组织称呼为A势力，那么这股A势力并没有放弃那个秘密的探索。而且，在那段时间，他们的目标已经从四川转移到了张家楼，同时样式雷和张家楼的关系，也被发现了。

A势力认为，当年张大佛爷的祖先离开吉林之后，很可能是带着那些祖先的棺椁去了广西，在山中修建了那么一座古楼，把那“秘密”藏到了这座张家楼里隐蔽了起来。于是，A势力使用霍玲和陈文锦这些新兴力量，组建了一支考古队，前往广西探查。

“这些就是我们遇到你之前，推测出来的事情。”小花道，“之前我们一直以为，那次考古项目给了霍玲巨大的打击，使得她好似着了魔一样，可能是为了解开心中的心结，她去了西沙，之后出了什么巨大的变故。老太太怎么查也查不到，她一开始以为，女儿葬身海底了，八十年代末，其实她也放弃和接受了，她厌倦了这里的事情，就想离开中国，移民加拿大。但是，这个时候，忽然有人给她寄了几盘录像带。”

我听秀秀说过，但是不想秀秀暴露，于是保持缄默又听了一遍：“录像带里有霍玲的影像，他们好像被关押在某个地方，她一直认为这个是一个威胁的影像，她的女儿在某个地方被关押着，威胁她不能出国，并且继续寻找那座张家古楼。你知道，对一个母亲来说，这是非常非常痛心的事情。”

“于是，老太婆明着说是为了知道女儿为什么会失踪，其实是被人通过这种方式威胁着，继续去找那座古楼，所以她才会高价来收购样式雷的图纸？”

“对！”小花道，“但是，你的出现搅乱了一切，因为你带来了一个惊天的大消息。”

假设，寄来录像带的是A势力，那么，可能连A势力自己都不知道，他们控制的那支考古队，其实已经被人调包了。

“你查出来的在广西妖湖边上的事情，告诉我们，在整件事情中，竟然还有一股隐藏得更深的，至今可能只有你查到的，B势力。”

这一支B势力，非常神秘，但是出手不凡，出现后一下就用了一个非常狠的招数，把那支考古队的人全部杀掉了，然后，用自己的人，替换了那支考古队。整个过程发生在偏远的山区，速度非常快。

很显然B势力十分了解A势力的情况，早早地做了准备，所以被替换的那些人连他们周围的人，都没有立即发现出了什么情况。而A势力也不知道，他们的队伍已经被B势力所替代了。

小花道：“听到这个消息之后，霍老太的忌讳就没了。你知道霍老太的性格，有仇必报，这两股势力，一股杀了她的女儿，一股耍了她那么多年，现在，是她反击的时候了。所以，她准备抢先找到那座张家楼，拿到里面的东西，然后逼幕后的人现身。”

“这是件很危险的事情啊。”

“是的，所以我们前往这里的同时，霍家的其他人已经离开国内了，老太婆这一次是玩真的。”小花道，“很抱歉，你现在知道她为什么会选你们几个当帮手了，是因为，她不能用自己家里的人。”

说起这个来我倒不是特别害怕，因为这些毕竟是很虚幻的。我问道：“那么，你们猜，这B势力是谁呢？”

“B势力肯定与A势力是暗中对立、表面合作的，否则，不需要做得那么隐秘。我听你说西沙的事情，西沙一定是各种力量博弈的终极，所以才会如此复杂。你三叔说不定真的在某种程度上也是被蒙在鼓里的。”小花道，“只有当事人全部坦白，你才会明白那儿到底发生了什么，可惜现在当事人基本不在了。”

我往地上一躺，心说也是，真不知道是什么情况。三叔和解连环分别代表的就是裘德考和老九门在野派的势力，其他人难道是披着A皮的B？那当时，闷油瓶又代表着哪一方的势力呢？

小花站了起来：“总之，好戏在后头。”他看着墙壁上的那些洞，百无聊赖地用手电照着，“等他们把东西弄出来，才是真正好玩的时候。”

我点头，刚想再骂几声娘，忽然看小花好像在洞里发现了什么，一下皱起了眉头，低下头仔细去看一个洞。

“怎么了？”我问道。

我见他皱起眉头，咬了咬下唇把手伸到那个洞里，拨弄了一下。我就听到洞里发出一连串咯啦咯啦的声音，又一块浮雕从里面显了出来。

小花拿出一块碎石，给我看：“我去，这一块被卡住了！”

我走过去，心狂跳起来，心说：怎么回事？

“我们开合太多次了，有块石头迸下来，卡在了缝里，这一块就没推出来。”小花道。

糟糕！我立即倒吸了一口冷气。

我退后一步看石壁，原来一共是四个按钮，那么现在变成了五个。我靠，那就是说，另外一边，原本需要按五个按钮，但是现在他们只按了四个。

可是，从闷油瓶发来的那张照片来看，那道石壁还是打开了。密码错误，石壁还是打开了，那他们走进去，会是什么情况？

第五十二章 • 死亡错误

我的冷汗顿时发散全身，那种恐惧难以言喻。他们当时打开门，肯定也以为是万无一失的，肯定会非常放松，如果忽然遭遇机关，那肯定是凶多吉少，而一切都是因为我这里的失误。

那等于是我害死了他们。就算是闷油瓶几个能幸存下来，只要有人死，那就是我的责任，我无法面对。

小花比我反应快得多，立即跳上滑轮，出到洞外。我听着他在外面大喊，要把消息传递出去，但是我知道已经太晚了，从他们进去到现在最起码过了三天，如果要出事情，应该已经出了。

一下子，所有轻松的情绪一溃而散，感觉像是以前帮别人作弊，交完卷才发现两个人考的科目不一样。我也走出洞外，两个人在悬崖上进入极度忐忑不安的发呆状态。

小花发了消息过去，让那边的人立即去查看情况，并且立即给我们反馈，但是消息到那边，再回来，最起码要两天时间。

我本来还想找点什么说辞来安慰自己和小花，但是这件事情随便想想就知道非常严重，我根本连自己的心跳都平复不下来。

那种焦虑，无法形容，我坐在那儿，想做点什么，偏偏知道现在做什么都没用了，所有的一切都是自己的责任。那种暗火在体内燃烧，让人没法冷静。

但是我没有任何办法，只有让它烧着。焦虑到晚上，精力全部耗竭，人才颓了下来。

到了第三天，我们收到了反馈，只有几个字："已经和他们失去联系。"我的头"嗡"的一声就炸了。

再也待不住了，我和小花下了悬崖，回到附近的那个村子里，直接在电脑边上和在巴乃的人沟通。我们的东西一到，他们也意识到坏了，立即派人进去，但是，已经没有反应了。

现在他们已经采取紧急的措施，准备派人进去查看，让我们继续等消息。

当天晚上一夜难寐，不知道是太久没有睡床了，还是因为焦虑。第二天，还是没消息，连进去查看的人都没出来。

我捂着脸就明白，不可能有好消息了。

我们还是等着，第三天，第四天，第五天，第六天。一周之后，我意识到了什么，但我还是让对方每天都要给我消息。那边整个已经绝望了，小花拍了拍我，道："别骗自己了，里面肯定是出事情了。"

我从来没有那么不知所措过，如果是平时，我还能冷静下来，因为我身边有闷油瓶和胖子，但是忽然间，我只有自己一个人了。

我想起了很多时候，在七星鲁王宫，在海底，在长白山，那些时候我都是和他们在一起的，被困住，遇到危险也是在一起的，我从来都不觉得有那么焦虑，但是现在……我再也待不下去了。我立即做了一个决定——我要去广西现场。

第五十三章 ● 冷静

在离开四川的车上，我才逐渐平静下来，开始冷静地分析情况。

小花说得其实没有错，我现在去广西，孤身一人，就算霍老太的手下敢放我进去送死，我能进去救出他们的机会也不大。

他们的那支队伍，有胖子，有闷油瓶，高手林立，如果他们被困在其中，凭什么我这样身手的人能救出他们？而要救他们出来，必然需要一批至少和他们相当的人。这种人，短时间内是找不到的。

而霍老太出事，这个消息对我们来说，足够调动霍家的力量。但是江湖事情往往不同于表面，霍家内部必然有利益冲突，当家的出事，对下面的人来说，首先是一个机会！他们会做什么，很难说。如果把消息宣扬出去，形势就更加复杂了，不仅不会有人真心地支持救援活动，说不定，还会有人阻碍。

所以，小花的打算是先压着，需要通过迂回的方式解决。而如他说的，我没有了胖子和闷油瓶在身边，其实只是一个普通人，这件事

情不在我能解决的范畴。其实细细想来，确实如此。

我在车上想着我的计划，就发现，毫无头绪。以前有什么情况，我会立即想到胖子，现在，我翻遍手机里所有的人，除了一个潘子，没有任何和这件事情有关系的人了。

而潘子，已经归隐田园，我应该去打扰他吗？

但是，我真的无法再等了。我经历过那些险恶的环境，知道时间是多么重要，解家人谨慎的性格我可以理解，但是我吴家三爷的义气和豁达，也在我的血里流淌。我下定了决心，这一次，我真的是豁出去了。

为了节约时间，我在飞往长沙前，给潘子打了个电话。

电话里的潘子，有点意外，我把我的情况和他说了一遍，说，我需要夹一只喇嘛，希望他能够帮我。

我原以为他会立即答应，没有想到，他迟疑了一下，只对我道："好，你来了再说，我去机场接你。"

我心中有些异样，感觉不太对。难道他那边，有什么变化？

一路上忐忑不安，想着他最后的语气，感觉不像他以前的口气。

到了长沙，一出机场，就看到潘子站在车边，我看到他，一下就惊呆了，几乎没认出他来。

当年的那个兵痞竟然有了白头发，现在看上去，比之前看到的，老了好几岁。虽然背脊还是硬朗的，但是一眼看去，无比刺眼。

我和他相对而视，一下子就什么话也说不出来了。"小三爷，气色不错。"他勉强地笑了笑，接过我的包，放到车的后备厢里。

我坐到车里，发现这是一辆二手车，比他原来开的那辆要差很多。潘子虽然一直是土不拉叽的打扮，但是，这一次看到他，我就感觉他身上的那股气没了，不再是我之前看到的，那个身上锉了几个洞都能站起来的潘子了。

车子颤抖地开出机场，我就问他："原来的车呢？"

"卖了。这车是问我朋友借的。"潘子道，"原来那车，是三爷给我的，三爷没回来，这里铺子里的货都被下面的人抢刮光了。下头的土耗子都来要债，我把车卖了还了点债，不能让那帮小人说三爷的坏话。"

我有点哑然。三叔的铺子出事之后，我真的一点也没管。

"你不说你找了一女人吗？嫂子呢？"我问道。

"女人。"他苦笑了一声，"咱这种性格，没资格要女人，也别去祸害人家的女儿了。"说着，他看向我，"你呢，听你电话里说的，你还在搞那些破事，怎么回事？"

我摇头："还是那烂摊子。"事情又说了一遍，我才问他，"以你的经验，现在组个这样的队伍，要多少钱？"

"现在不是钱不钱的问题，你要每人给个一万块雇外地人，要多少有多少，但是这些人没用。有用的人，不光看你给多少钱，还看你的背景。"潘子道，"三爷这样的身份，叫谁，谁都会考虑考虑，因为他们知道，三爷叫他们是去赚钱。但是，你现在不行，这些鸟人，你根本镇不住他们，到时候，不知道谁吃了谁。"

"那有什么办法？那小哥和胖子都在里面，不知道什么情况，要是他们死在里面了，我……"我叹口气，又想起盘马的话了，心中很不舒服。

潘子没说话，只是点起了根烟："干我们这一行，早有这觉悟了，不过，我最有这觉悟，却死不了。"

"三叔的铺子现在怎么样？"我问道，"你能摆平吗？找几个能干的伙计？"

"铺子？"他骂了一声，"哪里还有什么铺子，全烂了。那群鸟人，平时三爷对他们怎么样，现在他们是怎么回报的，只有几个地方的盘口，还算有点良心。等下，我约他们几个盘头出来吃饭，看看他们肯不肯帮忙。"

我颇有些吃惊。虽然之前也听说过三叔下面的事情，但是，我没想到会到这种程度。

“为什么一下子就变得那么糟糕？从塔木陀回来并没多少时间啊。”

“人心这种东西，真恶心。”潘子道。

车先开到郊区，有一幢农民房，潘子把车还给邻居，说一会儿打的，带我进了他家里。那是他租的房子，里面真是家徒四壁，我看着感慨道：“这也太不会捯饬了，这和住大马路有什么分别？就你这条件，你嫖妓都没人来。”

潘子苦笑道：“反正就一个人，弄得好又如何？房子又不是自己的。”

“为什么不去买一套？”我问。

“买不起。我以为三爷会一直在，等老了就和三爷一起去住养老院，也没存什么钱。谁知道会这样。”他从平板床的床底下拿出板凳，给我坐。

我踢开塞满了饭盒的垃圾桶，坐下来，就看到在一边，摆着三叔的灵位。

“三叔到底如何，我们还不知道呢，你搞这个，太不吉利了吧？”我道。

“正因为不知道，先把功夫给做足了，万一三爷在那边吃不上饭怎么办？”他道，递给我几瓶啤酒。

我拧开喝了，又观察四周的细节，发现这里电视也没有，只有潘子的床边有个破收音机。他的衣服倒是非常笔挺干净地挂在一边，一看就是精心伺候过的，看样子这是他当兵时候的习惯。

他看我的眼神，就失笑道：“老子是个粗人，你就是再看，也找不出丝花来。对我这种刀口上混过来的人，每天能睡到自然醒，醒过来发现是在城里，没人杀、没人砍，已经是很幸福了。”

“那你也得搞点娱乐。”我道，“你每天都怎么过的，看着四面墙？”

“谁说老子没娱乐？老子在窗口吃酱瓜，喝啤酒，看看下面的发廊妹，比神仙都舒服。”潘子坐到床上，看样子没有第二只凳子了，同时拿出他的手机，“我现在给他们打电话。不过，小三爷，今时不同往日了，我以前可以说一不二，现在，是求人办事，你得兜着点儿，等下那些人讲话，可能没那么好听。”

被他这么一说，我心里就忐忑了起来。我不是个很能受得了冷菜冷饭的人。

潘子开始打电话。有几个电话，只说到我来，有事情找他帮忙，就立即被挂了，有几个干脆打不通，只有两三个电话，说到了吃饭的事情。打完之后，潘子看了看我，还安慰我：“没事，有三个人会来，比我想得好多了。”

当天晚上，我就在国贸的饭店里见到了那三个人。我一看，确实都认识，以前三叔在的时候，这几个都是和三叔关系最好的嫡系，我都是叫叔的。

见面之后，他们也都点头，但是我也发现了，这一次，他们全都没有站起来。

我深吸了一口气，看他们的表情，也不像非常勉强，才逐渐放松下来。潘子点了菜，和他们闲聊了一下，就进入了正题。

我们当时有一套说辞事先想好了，也没说那张家楼如何恐怖，只说那地方如何之可能有货。

说完之后，几个人都陷入了沉思。我就道：“几位叔，现在世道不好，这么大的油斗，很难碰到了，我想借你们几个人，或者咱们几个联手干一票。”

我看着他们，却发现他们都现出了一种为难的表情。

“小三爷，你这算是夹喇嘛吗？”一个人问我，我记得这家伙叫

邱叔。

我想了想："算是，也不是。"

"江湖规矩，你这喇嘛夹之前，你得甩点东西出来，不然我们怎么知道你说的是真是假？你知道这地里的东西说不准的，你没下过几回地吧，我就是卖你面子，我手下的兄弟也不会听我的。"邱叔就道。

说完其他两个都点头："小三爷，现在大家混日子也不容易，差遣兄弟不是那么方便的，上下都得掏钱。"

潘子就道："今天的份子钱，三爷不是早就预付了嘛。这么多年兄弟了，你们也算是看小三爷长起来的，这么说多生分。"

那邱叔就道："三爷预付的是三爷的钱，你也说这是小三爷，你小三爷是三爷的儿子吗？如果你小三爷是三爷的儿子，那这三爷的钱，就是你的钱，可惜你不是啊，这不倒霉催的吗？凡事我们都讲个理字，这钱我是拿了，我是花了，但是，那和你没什么关系。"说着，他又看着潘子，"人家小三爷都管不了这钱，你潘子凑什么热闹？"

那家伙说着嗓门就响了起来，边上两个人忙劝他："老邱，潘子的脾气你还不知道，别说这话。"

潘子就冷笑，不吱声。那邱叔继续道："小三爷，咱们在这儿给三爷面子，也叫你一声爷，你要真想起这个事，也好办。你把杭州三爷那铺子的房契押给我们，我们给你人，你东西能拿得出来，是你的运气，你拿不出来，那算你倒霉。"

"我靠！"潘子一下就爆了，"我说今天你怎么肯出来，惦记着三爷的本铺是吧？我告诉你，我潘子现在没人没钱，但是老子宰过的人，比你的手指头还多。你试试动三爷的祖产，老子一把刀杀你全家。"

潘子爆完，那邱叔显然也是忌惮潘子的脾气，知道他真的干得出来，就瞪着他，另一个什么叔就道：“哎呀，自己人不要这样。”

邱叔一拍桌子站起来道：“得，你狠，你抱着吴三省那家伙的祖产去死吧。”说着，他看了我一眼：“什么小三爷，我呸，老子算是做慈善，到这儿来最后叫你几声。我告诉你，吴三省不在，你在长沙城算个屁，狗也不如。我明天就放出话，你有钱都夹不到喇嘛，我等着你跪着来求我！”

说完他甩手就走，另两个一看这饭吃不下去了，也急忙跟着邱叔走了出去。一下饭桌上就剩下我们两个人。

我完全蒙了，根本不知道眼前是什么情况，好久，才有一股恶心涌上心头。

潘子显然已经经历过很多，无所谓了。他深吸了口气，稳定了一下情绪，对我道：“现在，你知道这到底是些什么人了吧？”

第五十四章 · 绝望

当天晚上，我和潘子喝了二十罐啤酒。我们躺在酒店外的草坪上，看着灰蒙蒙的天，也没说什么话。

我算是知道潘子在这段时间里受到的打击了。三叔不在也就算了，整个盘口的情况还变成这样，这真让人恶心和崩溃。之前苦心经营的一切，一瞬间完全变成了另外一个样子。

但是，我没有太多的心思去考虑这些，另一边，胖子和闷油瓶是死是活还不知道呢。我一方面觉得非常沮丧；另一方面，一个希望完全破灭，我非常焦虑。

晚上我住他那农民房里，因为我身上的钱包什么的都在北京寄放着，也没什么钱。我问他，还有没有其他办法。

他叹气，想了想道：“三爷下面的人是靠不住了，我明天帮你去问问其他盘口的人有没有兴趣。”

“有戏吗？”我问道，心里想着，如果没戏，那我只有一招了，那就是报警。虽然结局非常惨，但是至少有救他们的希望。

“不好说。本来希望就不大，因为你吴家的少爷去其他盘口求人，这已经告诉别人吴家失势了，加上刚才王八邱的话，很难掰回来。但是，总要去试试。”潘子道。

果然，第二天早上他就去了，中午的时候提着外卖回来，问他如何，他苦笑摇头。我看到他的手臂上，有很多的瘀痕，就问他怎么了。他道，去另一个小盘口，正碰上王八邱的人，打了一架，下午他再去其他几个地方问问。

我看着他的表情，意识到，他自己几乎没抱什么希望，就拍了拍他，说算了。他道：“小三爷，你放心吧，实在不行，我和你两个人去，人少点还轻巧点。”

我想想，两个人进那么一个地方，连装备都背不进去。潘子身上的伤积到现在，他的状态已经不是当年，让他去，我真的很不放心。他本来的任务，已经结束了，一切都和他没关系了，再把他拖进来，我也不忍心。

不过我知道潘子的脾气，没有直接和他说。下午他出去的时候，我给他写了张纸条，告诉他，我找到能帮我的人了，让他不用担心，就自己离开了。

走出潘子家，来到马路边的那一刹那，我真的不知道自己要去哪里。我甚至想到去报警，但是想到我们做的那些事情，如果被抓住大约都是枪毙的命，那还不如不救呢。又想着，也许在我焦虑的时候，他们已经出来了，前几次不都是化险为夷、虚惊一场吗？

但是，那些都骗不了自己。我想着，要不回杭州，找二叔想办法？但是我几乎可以想象到他的反应，他一定会把我关起来，然后告诉我，去救他们是不经济的。

但是，不回杭州，我又能去哪儿呢？去广西吗？一个人去，我连湖边都没到，可能就挂了。

想着，还是到机场再说，如果被潘子回来看到，我必然瞒不过，于是想拦一辆的士。这该死的郊区尘土飞扬，到处都在大兴土木，怎么也拦不到车。

我顺着马路往前走，一直走了好几个站口，才看到一辆空车。就在我想上去的时候，我的手机忽然响了。

我以为是潘子，心里就揪了一下，一想他不可能这么早回来，心说难道是他搞定了，给我好消息?

拿出来一看，我才发现是条短信，而且是小花发来的。

我打开，翻出来看了一下。

“听说了你在长沙，知道你的困境，如你真已下定决心，不惜一切去救他们，请到如下地址，我在那里为你准备了一个东西。抱歉，我只能做到这一步。”

短信的后面，附有一个长沙城里的地址。

我有点不明白是什么意思，但是显然小花在北京听说了我这里的事情，老九门的耳目还真是厉害。此时我无限迷茫，也没有其他什么选择，就上了车，让司机开往那个地址。

车很快就到了，那是一幢毫不起眼的住宅楼，十分好找，我觉得有可能和之前成都那边一样，里面别有洞天。

门敲开之后，我发现屋里非常暗，从里面出现一个干瘦干瘦的女人，第一眼我几乎分不清楚她到底是男是女。她穿着很中式的衣服，问我：“找谁?”

我也不知道怎么说，就把小花的短信给她看。她就道：“花儿爷，明白了。”

说着她让我进去。

一进屋我就闻到一股浓烈的房间不通气的味道。屋子里非常干净，但是似乎很久没有开窗了，光线也非常暗淡。

我环视左右，发现这屋子一边放着一面巨大的化妆镜，然后四周竟然全都是柜子，还有很多好似发廊里的东西。

我心说这该不是一个暗娼吧，小花帮我的意思是，让我随便找个暗娼爽爽，忘记那些烦恼吗？那这暗娼也太奇特了吧。我见那女人，从里屋拿出一只盒子，放到我面前。

“花儿爷给你的东西。”

这是一只月饼盒子大小但是很薄的陶瓷盒子。我苦笑，把盒子小心翼翼地打开，一下就愣了。

盒子里盛着锦缎，锦缎上放着薄薄的一层东西，乍一看很像是面皮。但是我仔细一看，就意识到，那是一张人皮面具。

我虽然见过易容，但是这还是第一次看到真正的人皮面具，原来是这种好像食物一样的质地。我心中觉得好笑，却不知道这是什么意思，于是问那姑娘：“这是什么意思？”那姑娘根本没理我。我捏了捏人皮，发现还是蛮结实的，于是从盒子里拿了起来，在面前展平。这一展平，我就冒出一身的冷汗。我一下子就认出了这是谁的脸。

这是我三叔的脸。

第五十五章 · 轮回恐惧之面孔

我明白了小花的意思。那一瞬间我全明白了，但是我简直不敢相信。

他给我准备了一张我三叔的人皮面具。他不会是想向我展示一下易容术。他是想，让我戴上它。

我忽然间非常佩服他。他在千里之外，知道了我这里的情景，并且做出了最准确的判断。他知道，不管我如何地努力，不管我如何地去找老关系，整件事情都无法挽回了，三叔在长沙的势力已经完全崩盘，变成了无数的小利益集团，没有任何一个人，能够指挥他们。

唯一的办法，就是三叔回来。

但是三叔已经回不来了，那怎么办？

我们，来创造一个三叔。

但是，看着这张人皮面具，我忽然觉得，一股从脚底涌上来的寒意，没有任何缘由地，让我发起抖来。

我不知道这是因为害怕、因为惶恐，还是因为兴奋或者其他什么情绪，事实上在这一刻，我体内无数的情绪完全崩乱了。我的脑海里产生了无数的景象，一些是我三叔的，一些是如果我成了三叔之后，面对各个人的，还有独自一人时候的，脑子一片混乱。同时，闷油瓶和胖子的脸，不停地在里面穿插。

好在只是一瞬间，我就静了下来，手心开始冒汗。我开始很冷静地来考虑这个问题了。几秒钟后，我明白了自己的选择。

别无选择的选择。

“这东西怎么戴？”我问那姑娘。

“你如果愿意戴，我会帮你戴上，整个过程需要四个小时，可以保持四个星期。你想好了吗？”

我心说足够了，我只要把他们救出来就行了：“逼真吗？”

“这个，我帮你戴上之后，你可以自己判断。”她道，就指了指一边的躺椅，让我过去躺下。

我走过去，躺了下来，她立即把那张人皮面具盖到了我的脸上。那一瞬间，我的耳边忽然响起了三叔当年的一句话:

“有些面具戴得太久，就摘不下来了。”

（未完待续）